Shangri-La: Bleiche Knochen, Rote Erde

(Ein Pete-O'Brannon-Mystery-Thriller)

1. Fassung August 2021

Roman von Ivan Ertlov

Ich erkenne die Darug als erste Völker und traditionelle Bewahrer des Landes an, auf dem ich lebe und arbeite. Ich erweise ihren Ältesten – den Vergangenen, den Heutigen und den Künftigen – meinen Respekt, meine Dankbarkeit und meine Anerkennung.

Weitere Danksagungen und Grüße:

Cover: MNS Art Studio
Lektorat: Sven Bergmeier
Korrektorat: Myra Frost
Karl Fehringer – Jahrelange Mentorenschaft
Die Müllers feat. Laura Ertl
Familie Chapman-Paton

TRIGGERWARNUNGEN:

- Missbrauch
- Sexuelle Gewalt
- Explizite physische Gewalt

Inhaltsverzeichnis

Vorwort

Was? Ein Mystery-Thriller vom Schreibschwein? Warum denn das, wenn sich sogar die Science-Fiction-Krimis wie »Generation 23« verhältnismäßig schwach verkaufen?

Warum macht der Ivan so was?

Ganz einfach:

Weil ich es will.

Und hoffentlich auch kann, aber dieses Urteil bleibt euch vorbehalten. Ganz so ernst gegessen wie sie gekocht wird, ist die Geschichte natürlich nicht – denn sie basiert auf meinem Videospielhelden Pete O'Brannon, dem Protagonisten von »Into the Dark« (he, immerhin GameStar Spiel des Jahres 2014 in der Kategorie »Community-Liebling!«) und »Into the Ice« (ja, das mit den dinosaurierreitenden Nazis in der Antarktis, und ja, Iron Sky hat bei mir abgekupfert, nicht umgekehrt, aber das ist eine längere Geschichte …). Also, wer keinen Trash verträgt, sollte am besten jetzt aussteigen. Trotzdem danke für die paar Euro!

Allen anderen wünsche ich gruselig gute Unterhaltung!

So long,

euer Ivan

1. Von der Trouten

Mit einer flapsigen, beinahe eleganten Bewegung, die leider außer mir kein Schwein sah, kickte ich die Sneaker von meinen Beinen, stupste sie zur Seite und hielt meine sockenbewehrten Füße vor den kleinen Heizstrahler, den ich mir unter den Schreibtisch gestellt hatte. Einen Augenblick lang bildete ich mir ein, die feuchte Baumwolle mit den kleinen niedlichen Schweinemotiven dampfen zu sehen, aber das war wohl eine Illusion.

Zugegeben, nicht gerade ein Anblick für gekrönte Häupter oder den hippen CEO eines jener Tech-Start-ups, die unendlich viel Kohle zu haben schienen, obwohl bis dato nur eine Handvoll ihrer Lifestyle-Produkte ausgeliefert war.

Aber wisst ihr was?

Das war mir scheißegal. Dies war mein Büro, mein Hauptquartier, meine Burg – zumindest solange ich die 1.250 Dollar monatlich an den schmierigen Immobilienhai abdrückte, der den hässlichen Betonklotz vor drei Jahren gekauft hatte und seitdem in regelmäßigen Abständen versuchte, mich rauszubekommen. Klar, hier ein paar Wände rausgerissen, aus den Büros und engen, dunklen Wohnungen – davon eine meine eigene, besten Dank – ein paar Luxusapartments gemacht und schwupps, schon konnte er das Fünffache an Mieten kassieren. Oder gleich schön filetiert verkaufen, Apartment für Apartment, das Zehnfache des ursprünglichen Kaufpreises erzielen und anschließend noch jeden Monat eine Servicegebühr einstreichen, die sich gewaschen hatte. Denn wisst ihr, wenn man in so einem dann schicken Bunker eine Wohnung kaufte, gehörte einem das Ding ja noch lange nicht. Nein, es war weiterhin fest in den Händen des großkotzigen Immobilienhais, der es schaffte, die Kuh auch zu melken, nachdem sie geschlachtet war.

Heil dir, Kapitalismus!

Nun, an mir würde er sich die Zähne ausbeißen. Zum einen, weil mein Mietvertrag noch mit der Stadt New Hanover, der ehemaligen Besitzerin, abgeschlossen war. Zwar befristet, aber auf fünfzig Jahre, und von diesen lagen noch mehr als vierzig vor mir. Zum anderen an der Tatsache, dass ich ganz legal genug Knarren und anderes Spielzeug auf Lager hatte, um jene Gorillas abzuwehren, die Mister Fabian Ling so gerne besonders zu älteren Mietern und alleinerziehenden Müttern schickte, um sie zum Auszug zu motivieren. Und ein klitzekleines bisschen half auch das nicht unangenehme Faktum, dass ich immer noch eine knappe Viertelmillion auf der hohen Kante liegen hatte.

Nein, meine Freunde, nicht geerbt, sondern ehrlich und hart arbeitend verdient. Okay, vielleicht nicht unbedingt ehrlich, aber auf jeden Fall hart arbeitend. Wenn man es als harte Arbeit sah, für Uncle Sam oder seine Sponsoren Kugeln abzufangen – Gott sei Dank bis jetzt meistens mit nicht allzu wichtigen Körperteilen und Organen. Aber jeder Cent meines Vermögens basierte auf einer ordentlich ausgestellten Rechnung und war versteuert. Also richtig versteuert, nicht mit irgendeinem dieser Taschenspielertricks, die bei den Arschlöchern von Facebook und Amazon, Apple und Google so hoch im Kurs standen. Wenn meine im Schweiß meiner Gegner und Blut meines Angesichts – oder Moment, war das umgekehrt? – sauer verdienten Kröten irgendeinem armen Kid in Camden den kostenlosen Schullunch finanzierten, umso besser.

Wenn sie die dritte Mikrowelle in der zweiten Kombüse auf dem neuesten Flugzeugträger bezahlten, dann fick dich ins Knie, USA. Leider schien Letzteres viel wahrscheinlicher, wenn wir ehrlich waren.

Also ja, ich hatte mich in einen der scheinheiligen Heuchler verwandelt, die finanziell feist vom Kapitalismus gemästet über diesen ablästerten, auf Reddit in den einschlägigen Gruppen zur marxistischen Weltrevolution aufriefen, während der 80-Dollar-das-Kilo-Edelkaffee per Hochdruck aus der italienischen Barespressomaschine gepresst wurde, die beiläufig im Büro herumstand.

Was?

Ja, verdammt noch mal, vor der Tür stand ein Tesla, und ja, ich hatte ihn bar bezahlt. Aber das war vernünftig, nachhaltig und edel, ganz besonders angesichts der Tatsache, dass mein Mietvertrag mit der Stadt den Strom inkludiert hatte. Und es tat nichts zur Sache, nicht für diese Geschichte, nicht an diesem Nachmittag.

Ich hatte gerade meinen letzten Fall gelöst, für eine ältere Nachbarin, pro bono natürlich. Aunty Kelly war erleichtert darüber, dass ihr alter, fetter Kater Mr. Twinky nicht das Zeitliche gesegnet hatte, keineswegs als blutige Masse mit Fellbeschichtung irgendwo auf dem Highway von breiten Truckerreifen noch platter gewalzt wurde. Was sie viel weniger begeisterte, war jedoch das Faktum, dass sich das Biest einfach eine Zweitfamilie gesucht hatte, die ihn weiterhin mit fetten Fleischbrocken fütterte, nachdem Aunty ihn nach dringlicher Empfehlung des Tierarztes auf Diät gesetzt hatte. Hatte mich zwei Wochen gekostet, das Vieh ausfindig zu machen, mit den vermeintlichen Neubesitzern ein ernstes Wörtchen zu reden und dafür zu sorgen, dass sie ihrem zugelaufenen Liebling probehalber nur noch Trockenfutter anboten.

Am nächsten Tag war das verfressene Biest zurück bei Aunty Kelly und machte keine Anstalten mehr, fremdzugehen. Was vielleicht daran lag, dass seine Diät nun mit heimlich zugesteckten Käsestückchen aufgebessert wurde.

Kopfschüttelnd drehte ich meinen Sessel zur Seite, legte die nun angenehm warmen, vor allem trocknenden Füße hoch und blickte aus dem Fenster. Die Welt da draußen war grau in grau, mit Spuren von silbern in Form von Regen, der nicht stark, aber dafür unaufhörlich fiel. Ein typischer Frühlingstag in New Jersey, auch wenn das unsere Tourismusbehörde ebenso wenig wahrhaben wollte wie die schicken Bilder auf den Webseiten, die Sonnenschein, saftig grüne Parks und Wiesen sowie wunderschöne Sandstrände versprachen.

Ehrlich, wen wollten die verarschen? Seit wann ist New Jersey bekannt für seine Strände? Nein, setz dich ins Auto, fahre zehn Stunden nach Süden und dann, vielleicht, hast du die ersten akzeptablen Badeorte. Nicht hier. New Jersey ist der notorische Hochstapler der Bundesstaaten, der Möchtegern und hinterhältige Angeber, der Donald Trump und das Diet Coke unter den Sternen auf unserer Flagge. Wir tun so, als wäre New York zumindest teilweise unser Vorort, eine Aussage, die jedem gestandenen New Yorker Hipster die Zornesröte unter den himbeerduftenden, biberanusölgepflegten Vollbart treibt. Wir behaupten gerne, dass Philly ja auch irgendwie New Jersey ist, melden damit unseren Anspruch auf Steakpizza und Rocky an und hoffen, dass es der eigentliche Eigentümer Pennsylvania nicht mitbekommt. Wir fühlen uns edel und nobel, ganz so, als ob die geldadeligen New Yorker Anwälte und Schönheitschirurgen ihre Wochenendhütten bei uns hätten – und nicht in den Hamptons.

Was hatten wir wirklich? Fort Dix, ein paar brauchbare Parks und Teiche, ein Stück Atlantik, leider mit verseuchtem Fisch und ohne nennenswerte Häfen. Dazu jede Menge Regen, besonders um diese Jahreszeit herum. Kein Wunder, dass sich die Briten hier einst wohlfühlten und es halbherzig zu jener Arschkarte Amerikas zählten, die man immer noch Neuengland nennt. Ach ja, ich vergaß Camden. Je nach Zählung dreißig bis vierzig Prozent der Bevölkerung unter der Armutsgrenze, Slums, zu klein, um ein wichtiges Action-Item für den gerissenen Politiker auf Stimmenfang zu sein. Beschissene Viertel, aber zu unbedeutend, um eine echte Gettoszene mit Rap-Millionären zu erschaffen oder mit Schießereien aufzutrumpfen, die irgendeinen Senator dann doch dazu bringen, ein kleines bisschen Geld in die Jugend und Erziehung zu stecken.

Oder in ein neues Bundesgefängnis.

Mehr als einmal war ich die Ochsentour nach Camden gefahren, damals als New Jersey State Trooper, um den Kollegen vor Ort auszuhelfen. Was rechtlich verzwickt ist, denn eigentlich hat ein State Trooper keine Befugnisse in einer Stadt, wenn …

… ah, ich sehe, ich langweile euch. Gut so, dann hat diese kleine Übung bewirkt, was sie sollte – euch jene Stimmung näherzubringen, in der ich mich an jenem Nachmittag befand.

Ich sah vielleicht nicht Farbe beim Trocknen zu, aber meinen Socken – und das war deprimierend genug.

Deprimierend und nicht gerade lukrativ. Ja, ich weiß, ich habe eben mit meiner Viertelmillion Dollar geprahlt, aber die würde auch nicht ewig reichen. Fünf Jahre maximal, falls ich mich nicht vom Acker machte, unserem schleimigen Immobilienhai noch ein schönes Handgeld für meinen Auszug abknöpfte und mir irgendwo im Süden eine eigene Hütte kaufte. Florida vielleicht, natürlich nicht an den Keys – dort würde ich gerade mal eine Hundehütte oder einen Bootssteg bekommen. Nein, ein Stück Land im Sumpf oder weiter die Küste rauf, dort vielleicht wirklich am Strand. Etwas Kleines, Einfaches, ein Dach über dem Kopf, das ich selbst in Schuss halten konnte. Dann, ja dann würde ich mit meiner Army-Pension bis zu meinem natürlichen Ende auskommen und dieses mit karibischem Rum und geschmuggelten kubanischen Zigarren deutlich beschleunigen.

Die Alternative war ein neuer Fall, diesmal ein echter, gut bezahlter Job. Eine Seltenheit dieser Tage. Unser Beruf ist im Wandel, wie es so schön heißt – weniger schöngefärbt wohl eher am Aussterben. Jede größere Firma hatte inzwischen ihre eigene Intelligence, meist an die viel besser ausstaffierte Cybersecurity-Abteilung angeschlossen. Ehemalige Spooks, die für Datenanalysten arbeiteten, jeden Kunden oder Konkurrenten problemlos gründlicher durchleuchten konnten, als es wir Schnüffler je vermochten.

Brave new world, my ass.

Auch die Klassiker der mäßig bezahlten, aber dafür regelmäßig eintrudelnden Aufträge hatten sich langsam, aber stetig in Luft aufgelöst. Keine misstrauische Ehefrau beauftragte mehr einen Privatdetektiv, um dem Göttergatten nachzuspionieren. Nein, dafür gab es die freischaffenden Treuetester und einschlägigen Onlineplattformen, nur einen Mausklick entfernt. Die optischen und sexuellen Vorlieben des Partners angegeben, die Kreditkarte gezückt – und der Lockvogel war losgeschickt. Volles Datenmaterial mit gerichtstauglichen Beweisen inklusive, natürlich nur im Erfolgsfall, aber seien wir ehrlich – der war so gut wie garantiert.

Die Männer hingegen kamen immer noch zu uns, vielleicht seltener, ganz sicher knausriger, und nur dann, wenn es sich entweder finanziell lohnte oder sie knapp davor waren, vor Eifersucht durchzudrehen. Und in diesem Fall, liebe Freunde, bissen sie bei mir auf Granit. Ich würde den Teufel tun, irgendeinem durchgeknallten Machismo den Vorwand für eine Gewalttat zu liefern.

Wonach ich mich sehnte? Also außer nach einem endlosen Bankkonto, halb nackten Schönheiten am Strand von Barbados und der Wunderpille für »schlank im Schlaf«?

Nach einem Auftrag der alten Schule. Ihr wisst schon, einem Kriminalfall, an dem die Bullen verzweifelt waren, den sie verschämt in die Abteilung der Cold Cases verschoben hatten, weil niemand bei Trost seine Karriere daran verbrennen wollte.

Und genau das kam zur Tür herein, auch wenn ich das zu diesem Zeitpunkt noch nicht wissen konnte.

*

»Sie sind Pete O'Brannon?«

Ihre Stimme war hart, kalt und schneidend, passte damit gut zu der tadellosen, vielleicht sogar beeindruckenden, aber definitiv unterkühlten Optik.

Ein schlanker, aber keinesfalls ausgezehrter Körper, eins siebzig groß, vielleicht vierzig, vielleicht auch fünfzig Jahre alt, steckte in einem jener Business-Suits für die Geschäftsführerin von heute, die man in den Stock-Fotos der Werbeplattformen gekonnt in Szene gesetzt sah.

Der Teufel trägt Prada?

Gut möglich, aber manchmal auch Hugo Boss, und beides kann beeindrucken. Dies war hier nicht der Fall. Nichts an ihr war Show, nichts dazu gedacht, mich oder irgendjemand anderen mental in die Schranken zu weisen. Die blonden Haare waren gepflegt, aber nicht gestylt – ein großer Unterschied! –, und hingen über die Schultern herab. Sie umrahmten ein Gesicht, dessen Ausdruck Strenge, Entschlossenheit, Disziplin projizierte.

Ein schmaler Mund, ein Hauch von Lippenstift, nicht als Zierde, nicht als aufreizendes Element – wohl eher Macht der Gewohnheit, ebenso wie das dezent aufgetragene Make-up, gerade einmal einige Fältchen kaschierend.

Wenn überhaupt.

Die irgendwo zwischen eisblau und grau angesiedelten Augen musterten mich mit hellwacher, misstrauischer Intelligenz, vermaßen und beurteilten zuerst mich, dann mein Büro.

Was hatte sie erwartet? Eine heruntergekommene Bude, dreckige Böden, fleckige Teppiche, dazu noch die unvermeidliche angebrochene Schnapsflasche auf dem Tisch?

Falls ja, dann wurde sie soeben heftig enttäuscht.

Klar, der Schrank zu meiner Linken konnte ein Staubtuch vertragen, der Stoß Papiere auf meinem Schreibtisch wirkte vielleicht ein klein wenig chaotisch – ebenso wie der Stapel aus externen Festplatten, die ich allen technischen Tipps und Warnungen zum Trotz aufeinandergepackt hatte.

Und was den Schnaps betraf – nun, die Zeiten waren vorbei. Vielleicht nicht vollständig, vielleicht nicht für immer, aber ich war stolz, das zu sein, was die Suchtexperten und Sponsoren der Anonymen Alkoholiker ein Einhorn nannten – ein ehemaliger Säufer, der trocken wurde und inzwischen gelegentlich ein Bier zischen oder einen Cocktail schlürfen konnte, ohne am nächsten Tag mit Gedächtnislücken in der Gosse aufzuwachen.

Der eine Fall von hundert, die Ausnahme von der Regel, und jedem trockenen Alkoholiker sei hiermit ausdrücklich davon abgeraten, einen Selbstversuch zu starten.

Die Frage meiner Besucherin war ebenso bescheuert gewesen wie jede potenzielle Antwort aus der Klischeekiste für Privatdetektive.

Vom dahingebrummten »schon möglich« über das lächerliche »so steht es an meiner Tür« bis hin zum klandestinen »kommt darauf an, wer fragt« – all das, was ihr vielleicht in schlechten Filmen oder jenen The-Next-Generation-Episoden gesehen habt, in denen Picard die Uniform gegen den Trenchcoat tauschte.

Nein, nicht mit mir.

»Ja, der bin ich. Und Sie sind ganz sicher nicht Dani Smith.«

Das war der Name unter der E-Mail gewesen, die ich eine Woche zuvor bekommen hatte. So falsch wie Trumps Gesichtsfarbe, so fake wie die News im Daily Stormer. Eine Hotmailadresse, eingerichtet mit einem Wegwerfhandy für die Zwei-Faktor-Authentifizierung, niemals zuvor oder in den Tagen danach für irgendetwas benutzt, das man online nachverfolgen konnte. Ich hatte meine Hausaufgaben gemacht – und ich schätzte es nicht, wenn mich jemand für dumm hielt. Also, zumindest nicht meine potenziellen Kunden, bei Gegnern und Feinden sah die Sache ganz anders aus. Dass der Name ebenfalls falsch gewesen war, lag auf der Hand – und wurde durch ihren Akzent bestätigt. Vielleicht Niederländisch, wahrscheinlicher jedoch Deutsch. Nicht das tiefe, weiche Bayerisch, auch nicht jenes bizarr gedehnte Norddeutsch, das sich linguistisch an das faszinierende Platt annäherte, sondern irgendwo in der Mitte.

Falls sie meine Aussage irritiert oder gar verärgert hatte, ließ sie es sich nicht anmerken. Stattdessen musterte sie ein letztes Mal den schwarzen Bürosessel, jenen für Kunden und Besucher, befand, dass er sauber genug war, um keine Gefahr für ihr Manageroutfit darzustellen – und nahm Platz.

»Nein, natürlich nicht. Aber ich dachte mir, dass Sie falsche Namen und Identitäten bevorzugen, Mister O'Brannon.«

Sie hob ihren Kopf, blickte mir tief in die Augen und setzte ein kaltes, beinahe grausames Lächeln auf.

»Oder soll ich Sie lieber Peter Brenner nennen?«

Ich zuckte zusammen, nur ganz wenig, kaum merklich – aber verfluchte mich dennoch dafür. Falls sie mich mit meinem Deadname aus der Bahn werfen wollte, geschenkt, das hatten schon andere Kaliber versucht. Aber sie hatte die Frage in klarem, akzentfreiem Deutsch gestellt, etwas, das mich auf amerikanischem Boden immer eiskalt erwischte.

Spätestens jetzt war mir klar, dass ein gefährliches Spiel begonnen, ich es weder mit einem Routinefall noch mit einer Situation zu tun hatte, in der ich die alleinige Kontrolle besaß. Und das gefiel mir ganz und gar nicht.

»Mein Lebenslauf ist kein allzu großes Geheimnis, und mein Name seit mehr als zwanzig Jahren ganz offiziell und legal jener, der draußen an der Tür steht.«

Verdammt, jetzt hatte ich doch noch einen der verhassten Gemeinplätze benutzt.

»Im Übrigen würde ich bevorzugen, die Unterhaltung auf Englisch zu führen – und endlich zu erfahren, wer Sie sind und was Sie von mir wollen.«

Sie nickte knapp, holte einen braunen A4-Umschlag aus ihrer schwarzen Tasche – Louis Vuitton, wenn ich Modebanause mich nicht irrte – und schob ihn über den Tisch.

»Fair enough. Gabriela von der Trouten, und ich will, dass Sie meine Tochter finden. Alexandra – Alex – von der Trouten.«

Ihre Stimme hatte einen belegten Ton angenommen, der bei mir eine Gänsehaut verursachte. Vermisstenfälle waren niemals leicht, nicht einmal, wenn es der Verlobte war, der kalte Füße bekam und stiften ging, bevor die Hochzeitsglocken läuteten. Eltern, deren Kind abhandengekommen war – nun, das befand sich auf einer ganz anderen, viel düstereren Ebene.

Ich veränderte meine Haltung, mahnte mich selbst zur Rücksichtnahme – aber mein Gedächtnis arbeitete auf Hochtouren. Von der Trouten, das war alter, respektierter deutscher Industrieadel, eine jener Familien, die in der zweiten Hälfte des 19. Jahrhunderts zu unverschämt viel Geld gekommen war und dieses dank einer geschickten Mischung aus Opportunismus und strategischen Netzwerken behielt. Dick mit dem Kaiser, aber nicht zu dick, um in den Umwälzungen nach dem Ersten Weltkrieg unter die Räder zu kommen. Anbiederung an die Nazis, aber nicht tief genug verstrickt, um nach dem Fall des Dritten Reiches verurteilt enteignet zu werden.

Wenn ich mich nicht irrte, steckte immer noch in jeder luxuriösen Familienkutsche, in jedem deutschen Sportwagen ein wenig jener Technologie, auf die Trouten Stahl & Technologie Patent und Hände hatte.

War ich darauf neidisch?

Keineswegs. Und selbst wenn, hatte dies nichts mit dem Fall zu tun. Oder aber, falls es sich um eine Entführung handelte … nein, Gabriela von der Trouten als Name war mir noch nie untergekommen, was bedeutete, dass sie nicht zu den exponierten Mitgliedern der Familie gehörte. Eine Großnichte des letzten Patriarchen vielleicht, aber nicht das prädestinierte Ziel für eine Lösegeldforderung. Vorsichtig öffnete ich den Umschlag, zog einige Fotos, zwei ausgedruckte Seiten mit Informationen und einen USB-Stick heraus. Das war etwas für später – falls wir uns einig wurden. Zuerst betrachtete ich jenes Bild, das ganz oben auf dem Stapel gelegen hatte. Ein lächelndes, gut gelauntes Mädchen, ein junges Ding, vielleicht zwanzig Jahre alt, mit Sommersprossen im Gesicht und gewellten blonden Haaren, eine Spur dunkler als jene ihrer Mutter.

Die Abendsonne ließ ihre rundliche Stupsnase einen harten Schatten in das Gesicht werfen, die Wangenpartie ungewohnt kantig erscheinen. Mein Gehirn begann unverzüglich, die Verzerrungen aus dem Bild zu rechnen, die durch den Weitwinkel des Selfies – und ein solches war es zweifellos – entstanden waren. Im Hintergrund war eine Touristenmeute zu sehen, wie sie heutzutage nur noch selten vorkam, eine ganze Heerschar, versammelt um die unverwechselbare Silhouette der Oper in Sydney. Vorwiegend Asiaten, dazwischen ein paar von der gnadenlosen Sonne krebsrot gebrannte Briten, hin und wieder ein arabisches oder indisches Pärchen …

… nein, das war vollkommen unmöglich.

Langsam schüttelte ich den Kopf.

»Das ist ein altes Foto. Prä-Z1-Virus, wahrscheinlich sogar prä-COVID.«

Von der Trouten nickte.

»In der Tat. Dezember 2019, um genau zu sein. Es sind noch einige aktuellere im Stapel, aber dies hier ist das neueste mit einer Auflösung, die alle Details wirklich gut zeigt.«

Langsam ließ ich das Bild sinken, wappnete mich für das unvermeidliche Gespräch, das vor mir lag.

Den gefürchteten Reality-Check.

»Frau von der Trouten, seit wann wird Ihre Tochter denn vermisst?«

Ein Anflug von Verärgerung huschte über ihr Gesicht, eine ungewollte Reaktion, die sie schnell wieder unterdrückte.

»Seit Mai 2020, und ersparen Sie mir Ihre Belehrungen. Wagen Sie es nicht, mir zu erklären, wie gering die Chancen sind, mein Kind wiederzufinden. Also lebend wiederzufinden. Ich kenne die Statistiken. Was ich will, was ich von Ihnen erwarte, ist kein Wunder, sondern Gewissheit.«

Okay, damit konnte man arbeiten, das beruhigte mich ein wenig – ich gehöre nicht zu der Sorte Schnüffler, die aus unberechtigten Hoffnungen Profit schlagen wollen.

»Wann und wo wurde sie das letzte Mal gesehen?«

»Tarrigan's Backpacker Hostel and Resort, Cairns, 15. April 2020.«

Die Antwort kam wie aus der Pistole geschossen, und ich konnte nur erahnen, wie oft sie bereits gegeben worden war.

Trotzdem enthielt sie wichtige Informationen. Zum einen Ort und Datum, klar, danach hatte ich gefragt – aber interessanter war die Metainformation. Eine Tochter aus gutem und vor allem reichem Haus, die in einem Hostel, einer Absteige für Rucksacktouristen gelandet war – das sagte einiges über ihr Mindset aus. Abenteuerlustig, vielleicht zu vertrauensselig, eventuell sogar ein klein wenig naiv – das waren leider ideale Voraussetzungen für jene Geschichten, die das Leben schrieb, weil kein Autor grausam genug war, sich solche auszudenken.

Ich stutzte, als ich das dritte Foto sah. Ja, es war etwas unscharf, offenbar während einer durchzechten Nacht am Pool geschossen, nichts, was ich für Amber Alerts oder offizielle Vermisstenanzeigen verwendet hätte – aber es zeigte Alex Wange an Wange mit einer anderen jungen Dame, vielleicht zwei oder drei Jahre älter als sie. Lange braune Haare mit Rastazöpfen, die einen eindeutig erkennbaren afroamerikanischen Einschlag unterstrichen, entsprechend braune Haut, dunkle Augen und ein hübsches, kantig geschnittenes Gesicht, das von einer blödelnden Grimasse verzerrt war. Ein auffallend pink-purpur-violetter Rucksack hing lässig von ihrer Schulter herab, bildete einen farbenfrohen Gegensatz zu dem schlichteren, weitaus teureren Modell, das Alex getragen hatte. Offenbar waren die beiden Mädels gerade von einer Tagestour zurückgekehrt – und direkt an die Bar für einen oder zwei Drinks zum Abschluss des Daytrips. Na gut, man ist nur einmal jung im Leben.

»Das ist die letzte Aufnahme, geschossen zwei Tage vor ihrem Verschwinden.«

Ich nickte.

»Und die junge Frau an ihrer Seite?«

»Mary Henderson, zum Zeitpunkt des Fotos 23 Jahre alt, Studentin aus Indianapolis. Zumindest hat Alex sie mir so vorgestellt bei unserem letzten Zoom. Die Mädels waren ziemlich angeheitert, aber guter Laune. Sie hatten gerade erfahren, dass sie ihr Visum fast unbeschränkt verlängern konnten, und der Lockdown in Queensland dürfte offenbar nicht so streng gewesen sein.«

Nein, das war er tatsächlich nicht gewesen, wenn ich mir die Bilder so ansah. Junge Menschen in Feierlaune, abgespeist mit billigem Bier und Schnaps, gebratenem Reis und anderem Low-cost-high-taste-Studentenfutter, angeheizt von treibenden Beats und gemeinsamem Gegröle. Und ja, ich erinnerte mich, Australien hatte damals die Grenzen geschlossen für jeden, der ins Land wollte, aber denjenigen, die im Land waren, einige großzügige Angebote gemacht. Warum? Weil ihre ganze Agrarwirtschaft von den Rucksacktouristen und Erntehelfern aus den benachbarten Schwellenländern abhing. Die Erdbeeren drohten auf dem Feld zu verfaulen, die Äpfel ungeerntet vom Baum zu fallen und auf dem Boden zu verrotten. Vier Monate Obstpflücken für ein weiteres Jahr Working-Holiday-Visum, das war der Deal gewesen – und für viele junge Menschen überaus verlockend. Ich hatte Freunde, deren Kids mehr als drei Jahre lang Down Under geblieben waren, erst seit Ende 2022 langsam zurückkehrten, einer nach dem anderen.

Alex war nicht zurückgekehrt – und die Zeit war längst abgelaufen. Kein Visum, keine Aufenthaltsgenehmigung hielt mehr als vier Jahre, egal, wie oft man sich auf die Obstplantagen begab. Als Alexandra verschwunden war, hatte hier noch Trump regiert, und nun bereitete sich gerade Biden auf die Übergabe seines Amtes vor.

Das waren beschissene Karten, und vor allem erklärte nichts, aber auch gar nichts, warum eine deutsche Millionärin einen Schnüffler in New Jersey brauchte, um ihre Tochter in Australien zu suchen. Ich bin vielleicht ein Idealist, manchmal sogar zu gutmütig und leichtgläubig – aber kein Vollidiot. Irgendetwas war faul, nicht nur an Alexandras Verschwinden, sondern vor allem daran, dass ich ihrer Mutter gegenübersaß.

Ich hasse es, wenn mir etwas verschwiegen wird, das hat mich schon zu oft beinahe umgebracht.

»Was haben die Behörden gesagt?«

Gabriela von der Trouten starrte mich entgeistert an, ganz so, als ob ich gerade etwas unsäglich Dämliches gefragt hätte.

»Wissen Sie eigentlich, wie viele Menschen pro Jahr in Australien verschwinden?«

Natürlich war es eine rhetorische Frage, aber ich hatte wirklich keine Ahnung, schüttelte stumm den Kopf.

»Vierzigtausend. Vierzigtausend! Und von diesen bleiben dreitausend verschwunden. Jahr für Jahr. Mister O'Brannon, wir reden hier von Australien, nicht von der Dritten Welt oder Ihrem Failed State hier. Wenn wir das auf Deutschland hochrechnen, wären das mehr als zweihunderttausend Vermisste, von denen fünfzehntausend nie wieder auftauchen. Haben Sie eine Ahnung, was bei uns los wäre?«

Okay, das konnte ich mir vorstellen.

»Ein Politskandal? Die Presse würde sich darauf stürzen wie Aasgeier?«

»Ganz genau. Die Bildzeitung würde vom Innenminister abwärts alles öffentlich kreuzigen, was auch nur ansatzweise mit Vermisstenmeldungen zu tun hat. Wochenlange Reportagen, Collagen aus den Gesichtern der Verschollenen, Rücktrittsbefehle – nicht Aufforderungen! – aus dem geifernden Herzen der Springer-Zentrale. In Australien kümmert es kein Schwein, solange keine Leiche gefunden wird. Erst dann werden die Behörden aktiv und panisch, schalten auf Turbo und loben gewaltige Belohnungen aus. Aber bis dahin – ein Fall unter Tausenden, und stillschweigend wird beschlossen, dass die Vermissten wahrscheinlich als Schafscherer im Outback, Surflehrer in Agnes Waters oder schlicht als Hippie in irgendeiner Aussteigerkommune leben.«

Ich verstand langsam, lehnte mich zurück und tippte mit den Fingern auf die Tischplatte.

»Eine Art Lügen-für-Kinder, so, als wenn man ihnen weismacht, dass der geliebte Familienhund jetzt auf einem Bauernhof weit, weit weg lebt.«

»Ganz genau.«

Wir verstanden uns – oder besser gesagt, von der Trouten glaubte nun, dass wir uns verstanden. Sie behielt ihren Zynismus bei, ließ aber die Deckung eine Spur weit sinken.

Zeit für den Frontalangriff.

»Ich bin aber kein Kind, und ich bevorzuge die Wahrheit, ganz besonders von meinen Klienten. Verarschen kann ich mich selbst, und das macht auch mehr Spaß. Was zur Hölle wollen Sie von mir? Warum sind Sie bei mir im Büro, am Arsch New Jerseys, anstatt bei einem Experten in Berlin, Paris oder Sydney?«

Und tatsächlich, ich hatte sie, zumindest für einen kurzen Moment. Sie zuckte zusammen, Unsicherheit flackerte über ihr Gesicht, ihre Finger zitterten.

Ja, ich weiß, eine Arschlochaktion gegenüber einer Mutter, die ihr Kind verloren hat, aber leider notwendig. Und sie fasste sich schneller als erwartet.

»Weil Sie Resultate bringen, wo andere versagen. Weil Sie dorthin gehen, wo sich die meisten Ermittler, egal ob Polizei oder privat, niemals hinwagen. Weil Sie selbst den abstrusesten und haarsträubendsten Gerüchten auf den Grund gehen. Ich weiß von Ihrem Einsatz in der Antarktis, wem Sie begegnet sind und …«

Weiter kam sie nicht.

Wie von Geisterhand flog die Lade meines Schreibtisches auf, schlüpfte die Beretta M9 darin – für euch Zivilisten: Beretta 92F – in meine rechte Hand, die sich wiederum in Richtung von der Trouten streckte. Angst spiegelte sich in ihren Augen wider, als sie in den Lauf meiner Waffe starrte.

Ich konnte es ihr nicht verdenken, ebenso wenig wie mir selbst meine heftige Reaktion. Das mag euch jetzt übertrieben erscheinen, aber erstens, he, es war ja nur eine Pistole. Quasi Spielzeug für jedermann, jedefrau und manchmal auch jedeskind, zumindest bei uns in den Staaten.

USA! USA! USA!

Und zweitens hatte ich diesbezüglich Befehle von ganz oben, die auch nach meinem zweiten, dritten oder gar vierten Abschied vom Staatsdienst in Kraft blieben. Die Person mit *unerlaubtem* Wissen festsetzen, wenn notwendig mit Gewalt, Agent Andrew McDewitt in Langley anrufen, auf weitere Instruktionen warten. Aber irgendwie war mir nicht nach einem Plausch mit der CIA zumute. Und ich war neugierig.

»Davon können Sie, dürfen Sie nicht wissen. Nicht einmal die Einstufung des Stabschefs im Weißen Haus reicht

DAFÜR aus. Also, genug gespielt, genug gelogen, raus mit der Sprache: Wer sind Sie wirklich?«

Weder hob sie ihre Hände, noch erschien sie weniger entschlossen als einige Augenblicke zuvor. Wenn, dann war es eine Art diffuse Trauer, mit der sie ihren Kopf schüttelte.

»Ich bin, wer ich vorgebe zu sein. Eine Mutter auf der Suche nach ihrer vermissten Tochter …«

Sie atmete tief durch, schloss die Augen.

»… die auch einen Vater hat. Von der Trouten ist mein Mädchenname, den ich nach der Scheidung wieder angenommen habe. Der Scheidung von Manfred Kramm, Alexandras Vater.«

Ich ließ die Waffe sinken.

»Kramm, Manfred. Da klingelt was. Er war doch 2012 bis 2015 der deutsche Verbindungsoffizier zu unserer Agency. Bundesnachrichtendienst, nicht wahr?«

Sie schüttelte den Kopf.

»Nein, MAD. Aber im Endeffekt die gleiche Funktion. Er hat für unser Militär Ihre Operation in England 2012 aufgearbeitet, mithilfe von halbherzig herausgerückten Daten der CIA, NSA oder was auch immer. Ich habe keine Ahnung, was man Ihnen damals bezahlt hat, um nach diesem Wahnsinn auch noch in die Antarktis zu gehen. Aber Sie haben es getan. Und deswegen vertraue ich Ihnen, weiß, dass Sie nicht mit leeren Händen zurückkehren – wenn Sie den Auftrag annehmen wollen.«

Seufzend ließ ich die Waffe wieder verschwinden und schüttelte den Kopf.

»Es geht nicht ums Wollen, es geht darum, dass ich Sie nicht bescheißen will. Ihr Mann – Ex-Mann, Entschuldigung – kann mit einigen Telefongesprächen und E-Mails an befreundete Dienste mehr bewirken als ich in drei Wochen teurer Recherche.«

»Das hat er versucht, vor mehr als zwei Jahren schon, ebenso hartnäckig wie vergeblich. Zuerst hat man ihn vertröstet, dann kaltgestellt. Ihm alle Zugänge gesperrt, seine Sicherheitseinstufung widerrufen – und ihm dann in einem Vieraugengespräch, einem nächtlichen Spontanbesuch klargemacht, dass er es auf sich beruhen lassen soll. Falls ihm sein Leben und das seiner verbliebenen Familie etwas wert sei.«

Da war er.

Der Wink mit dem Zaunpfahl, der Fingerzeig Gottes, die endgültige Botschaft, mich nicht mit dem Fall abzugeben. Ich sah von der Trouten lange ins Gesicht, versuchte, meine Ablehnung, mein kategorisches Nein in möglichst schonende, tröstliche Worte zu packen.

Dann fiel mein Blick wieder auf das Foto in meiner linken Hand, auf die Gesichter dieser jungen, lebensfrohen Mädchen, die noch ihr ganzes Leben vor sich gehabt hatten.

Ich seufzte.

»Also gut, ich sehe, was ich tun kann. Keine Garantie, und Sie können jederzeit abbrechen, ein Anruf oder eine E-Mail reicht. Bis dahin koste ich Sie fünfhundert Dollar am Tag, Spesen extra. Und damit meine ich alle Spesen. Hotels mindestens drei Sterne, jeder Flug über vier Stunden Businessclass. Impfungen und Quarantänen kommen obendrauf, ebenso Handgeld für Informanten.«

Sie nickte ungerührt, griff in ihre Handtasche und holte etwas Kleines heraus, das eigentlich gar nicht so viel Gewicht haben durfte, um derart schwer und wuchtig auf meinen Schreibtisch zu fallen.

Es war Gold.

Edel, schwer und steuerfrei, fast ein Kilo davon.

Nein, *genau* ein Kilogramm, in einem Degussa-Barren mit Zertifikat. Was hatte ich erwartet? Geldadel blieb Geldadel, auch wenn er – oder sie! – auf einem Bürostuhl in New Jersey saß und die letzte Hoffnung auf mich setzte.

Scheiße.

2. Indy 2024

Ich weiß, was ihr jetzt erwartet. Eine eindrucksvolle Schilderung meines langen Fluges über den Atlantik und dann nach Indien, China, was auch immer, und schließlich nach Australien.

Da muss ich euch enttäuschen.

Zum einen, weil sich euer Geografielehrer von damals gerade im Grab, Altersheim oder wohlverdienten Ruhestand auf Mallorca umdreht. Von den Staaten aus fliegt man über den Pazifik nach Down Under, ihr Banausen.

Zum anderen, weil ich gar nicht erst losflog. Also ja, ich flog schon los, aber nicht nach Australien, sondern nach Indianapolis. Viel kürzer, viel billiger, viel unspektakulärer.

Denn bevor man auf Expedition geht, bevor man sich in die Fremde wagt, muss man erst dafür sorgen, dass die Homebase sauber ist. Und meine hatte mit Mary Henderson entweder ein heißes Eisen im Feuer – oder mächtig Dreck am Stecken. Für Zweiteres sprach, dass alle ihre Social-Media-Accounts – Facebook, Insta und TikTok – auf privat geschaltet waren. Leicht zu finden, wie erwartet, aber für den nicht verbundenen und befreundeten User so aussagekräftig wie ein Werbespot im Kabel-TV. Und das war verdächtig. Keine knapp vor der Jahrtausendwende geborene Studentin würde ihr Insta-Profil totschalten, sich die Aufmerksamkeit entgehen lassen. Egal ob in Indy oder Indien, im Bikini oder von mir aus einer Burka, wenn der Account in einer der mieseren Gegenden Afghanistans genutzt wurde: Irgendwas war immer zu sehen.

Nicht bei Mary Henderson, und sie war das große Rätsel der Geschichte. Ich hatte alles über Alexandra Kramm – sie schien der Name ihres Vaters weniger gestört zu haben – und ihr Leben bis zu ihrem Verschwinden, was es zu wissen gab. Vorlieben und Macken, die Namen aller Ex-Freunde, inklusive Einschätzung der Trennung, den Namen einer mutmaßlichen Ex-Freundin, die Reiseroute bis zu ihrer Ankunft in Cairns. Dazu Kieferröntgenbilder, einen genetischen Fingerabdruck sowie den ganz realen, eine

Auflistung jener Kleidung, die sie bei ihrem Trip nach Down Under mithatte. Ich kannte ihre Lieblingsspeise (Chili sin Carne, sie war Vegetarierin), ihre Lieblingsband (Powerwolf – bizarr, ungewöhnlich, aber gut) und ihr Lieblingsgetränk (White Russian, wahrscheinlich war sie spätberufener Fan von The Big Lebowski gewesen).

Mary Henderson hingegen – ein unbeschriebenes Blatt, bis auf ihre Wohnadresse und den Eintrag in ihrem Highschool-Jahrbuch. Gut, dass wir es in den Staaten mit dem Datenschutz nicht allzu genau nehmen, sonst hätte ich nicht einmal das gehabt.

»Go girl, and conquer the world!"

Das stand unter ihrem Foto geschrieben, das inzwischen fast acht Jahre auf dem Buckel hatte, also noch einmal beträchtlich älter war als die gemeinsame Aufnahme mit Alex. Weichere, noch beinahe kindliche Gesichtszüge, die sich offenbar erst während des Studiums gewandelt und gefestigt hatten, auf dem zweiten Bild deutlich lebenserfahrener schienen. Hatte sie die Welt erobert? Das vielleicht nicht, aber auf jeden Fall bereist, und sie war weit gekommen. Zum x-ten Mal studierte ich das Foto während meines Flugs nach Indy, aufmerksam und gewissenhaft, analysierte jedes Detail.

Wer waren die jungen Burschen, unscharf im Hintergrund zu erkennen? War da ein Gesicht, das auffällig unauffällig in Richtung der Mädels blickte, irgendwelche Augen, die sie musterten und verfolgten?

Wirkte die Stimmung wirklich ausgelassen und fröhlich, eine typische Backpackerparty eben, oder gab es eine andere, lauernde, bedrohliche Komponente?

Waren die beiden, Wange an Wange, wirklich nur Freundinnen, Studentinnen, die sich auf ihrem Abenteuertrip nach Down Under zufällig über den Weg gelaufen waren, oder aber …

… nein, vermutlich nicht. Da ging die Fantasie mit mir durch, spielte mein Primatenhirn Szenarien durch, die ich nach einem sorgfältigen Check meiner Privilegien als alter, weißer, heterosexueller Mann sofort wieder ad acta legte.

Ha, das habt ihr mir wirklich abgenommen?

Am Arsch. Klar lebt es sich besser und vor allem sicherer, wenn man weniger Pigmente in der Haut hat, und ein Bart sowie die Fähigkeit, stehend zu pinkeln, ist immer noch ein Bonus für die Verdienst- und Karriereoptionen.

Aber wisst ihr, was das größte Privileg von allen ist?

Geld.

Du kannst ruhig eine dunkelhäutige muslimisch-jüdische transsexuelle Frau (für mich dann einfach nur »Frau«, ich halte es da weniger mit der Schöpferin des Zauberlehrlings) aus dem autistischen Spektrum sein: Wenn deine Eltern Multimillionäre sind, hast du immer noch bessere Karten als jeder weiße Hetero-Knabe, der in einem der Viertel geboren wurde, durch das ich gerade mit dem Mietwagen fuhr.

Indianapolis, das war vor langer Zeit einmal ein schwerreiches Industriegebiet, einer der brummenden Motoren einer schier endlos aufschwingenden Wirtschaft gewesen.

Heute?

Sah die Sache ganz anders aus.

Die brüchigen Gehsteige und Straßen voller Schlaglöcher, abbröckelnde Betonmauern und traurig herabhängende Stromleitungen an bedenklich verwitterten Holzmasten zeichneten das Bild eines Schwellenlandes, wenn nicht sogar der Dritten Welt.

Viele der Leute hier hatten 2016 auf Trump gesetzt, gehofft, dass er die Wirtschaft wieder ankurbeln würde. Und tatsächlich, es gab eine Zeit lang mehr Jobs – Jobs, Jobs, Jobs! –, aber was nutzte das und wem?

Was brachte den Leuten eine Lohnarbeit, die nicht einmal die Miete, geschweige denn ein menschenwürdiges Leben finanzieren konnte? Was der Zweit- oder Drittjob, wenn man trotzdem nur einen eitrigen Zahn von einem leeren Bankkonto entfernt war, einen rebellierenden Blinddarm davon, verschuldet in der Gosse zu landen? Wenn selbst ein rechtzeitig diagnostizierter Krebs ein Todesurteil war, weil man sich die Behandlung nicht leisten konnte?

Unter Biden wurde es nicht viel besser – wie denn auch? Egal ob Demokraten oder Republikaner, beide hatten die gleichen Sponsoren und keiner von denen auch nur das geringste Interesse daran, der längst verarmten Mittelschicht zu helfen. Nein, die meisten meiner Landsleute lebten inzwischen von Gehaltsscheck zu Gehaltsscheck – wenn man das »Leben« nennen konnte.

Nein, sie waren bloß marginalisiertes Proletariat, das noch immer in dem Wahn lebte, der amerikanische Traum wäre für sie zum Greifen nah, denen man den sozialen Aufstieg vor die Nase hielt wie die Karotte einem Esel, um ihn weiternach vorne zu treiben. Von den Politikern zuerst umworben und nach der Wahl in den Arsch gefickt – mit Anlauf und ohne Gleitgel. Kein Wunder, dass alles vor die Hunde ging.

Zugegeben, das Convention Center und das angrenzende Stadium der Colts – die eine gar nicht mal so üble Saison hingelegt hatten – wurden halbherzig in Schuss gehalten, aber selbst hier endeten Wille und Budget der öffentlichen Hand am Parkplatz, wo zwei Teenager vor einem ausgebleichten, verbeulten Corolla auf dem Boden saßen und sich eine Zigarette teilten. Wenigstens in ihrer Hoffnungs- und Trostlosigkeit waren hier Schwarz und Weiß friedlich vereint. Ich fragte mich insgeheim, was aus den beiden werden würde.

Unser Lance? Er hat nach der Highschool an der Tankstelle gejobbt, dann im Stadion. Wollte genug Geld zusammenkratzen, um auf das Community-College zu gehen. Tierarzt, ja, das wollte er werden. Aber dann hat er Crystal Meth entdeckt. Sitzt gerade vier Jahre in Bunker Hill ab, wenn er Glück hat, ist er nächstes Jahr bei der Amnestie dabei.

Mein Jerome? Ein Goldjunge, unser ganzer Stolz. Hat es bis zum Lance Corporal geschafft, wäre fast Sergeant geworden, hätte ihn nicht dieser Cop erschossen. Ja, bei einer Verkehrskontrolle, woher wissen Sie das? Der arme Junge, hat wahrscheinlich zu schnell nach seinen Papieren gegriffen, die der Polizist verlangt hatte …

Zynisch? Vielleicht. Realistisch? Auf jeden Fall. Es war eine grausame Ironie, dass jene Punks, die in den 80ern »No Future« auf Hauswände sprühten, heute in den Vorstandsetagen saßen, während diese Kids, denen man laufend vorwarf, es »zu leicht im Leben zu haben«, in Wirklichkeit die wahre chancenlose Generation darstellten.

Vielleicht irrte ich mich ja, vielleicht saßen dort wirklich die Ausnahmen von der Regel, zwei Kids, die es schaffen würden – vielleicht nicht ganz nach oben, vielleicht nicht einmal in Sichtweite der sogenannten Mittelschicht, aber zumindest raus aus diesem Getto.

Das eigentlich keines war, denn noch befand ich mich im gepflegten, ansehnlichen Teil der Stadt, jener Fassade, die man Messebesuchern und Footballfans vorgaukelte.

Ich beschleunigte, nicht zu sehr, wollte weitere Eindrücke sammeln, aber nicht vom Stadtkern, sondern von den Vororten. Einst das Paradies des kleinen Mannes, bescheiden dimensionierte, aber schöne Häuser entlang der Interstate 70 – dem Dwight-Eisenhower-Highway – und vor allem links und rechts der zahlreichen, streng quadratisch angelegten Zufahrts- und Seitenstraßen erbaut.

Noch gab es sie, vereinzelt und rar, damit umso auffälliger, die instand gehaltenen, wenn schon nicht wohlhabend, doch zumindest zufriedenstellend aussehenden Ziegelhäuser, manche sogar mit großem, gepflegtem Garten und einem schicken Auto davor. Oder zwei.

Aber sie waren die Minderheit, wurden umso seltener, je weiter man sich von den Country-Clubs und Parkanlagen entfernte, je öfter man abbog, einmal links, einmal rechts, in immer enger werdende Straßen, auf denen die Löcher selbst nicht mehr halbherzig mit Kieseln oder Bitumen aufgefüllt wurden. Dort, im Nordosten, wo die 42. East an dem niedrigen, hässlichen, schmutziggrauen Quader vorbeiführte, der tatsächlich die hiesige apostolische Kirche darstellte, verlief die Grenze zwischen verzweifelt aufrechterhaltenem Anschein von Mittelschicht und der Realität eines Gettos im Grünen. Hier dominierten die Gangs und Drogendelikte die Kriminalstatistik, während immer noch reichlich optimistische oder alternativlose Eltern ihre Kinder jeden Tag in die nahe gelegenen öffentlichen Schulen brachten, wahrscheinlich stets mit einem Stoßgebet im Geiste, dass der Nachwuchs abends lebend und ohne fragwürdige Substanzen in der Blutbahn nach Hause kam.

Und genau hier fand ich die Anomalie. Oh, es gab genug Häuser, die noch gut in Schuss waren, zwischen jenen mit zerbrochenen Scheiben, hinter denen Pappe oder Sperrholzplatten Kälte und Wind abhielten. Aber dieses stach heraus, nicht nur wegen des frischen Anstrichs, nicht nur wegen des nur wenige Jahre alten, mit rot gebrannten Ziegeln gedeckten Dachs. Nein, es war vor allem der Zaun, etwas höher und viel robuster als alles rundherum, massive Stahlpfeiler statt rissige Holzlatten – und dazu eine Kamera, die auf die Einfahrt gerichtet war, den dort parkenden Tesla im Auge behielt. Konnte man dem Besitzer in dieser Gegend nicht verübeln.

Ich wusste, dass ich mein Ziel gefunden hatte, noch ehe ich die Hausnummer las, parkte meinen Mietwagen am Straßenrand und stieg aus. Zwei Häuser weiter die Straße runter drehte sich eine Gruppe Jugendlicher und Halbstarker um, musterte mich einen Augenblick lang – und verzog sich so schnell und unauffällig wie ein Furz im Gedränge der New Yorker U-Bahn zur allerbesten Rushhour. Wahrscheinlich hatten sie einen speziellen sechsten Sinn, konnten einen Cop auf zwei Meilen gegen den Wind riechen, selbst wenn dieser die Marke vor mehr als zehn Jahren für immer abgegeben hatte.

Nein, wegen ihnen war ich nicht da, und ob sie jetzt mit Meth, Crack oder Waffen mit abgefeilten Seriennummern dealten, war mir vielleicht nicht egal, dafür war ich dennoch noch irgendwie zu sehr Mensch geblieben, aber ich hatte im Moment andere Prioritäten. Auch wenn ich kein Polizist mehr war, so schaltete ich unbewusst doch in diesen Modus, den Gang, die Ausstrahlung eines Ermittlers.

Was auch irgendwie stimmte.

Vor dem schweren Eisentor war eine Klingel, mit einer weiteren, kleineren Kamera ausgestattet, vor die ich meinen Ausweis hielt, während ich den Knopf drückte.

Ein Knirschen, von Staub im Schalter, sogar fühlbar.

Oft wurde hier nicht geläutet.

Ich wartete zwei, drei Sekunden lang, bis meine beeindruckend offizielle ID – die in Wirklichkeit nichts anderes war als eine Private-Investigator-Lizenz, ein stinknormaler Detektiv-Ausweis, drei Abende Grundkurs und 499 Dollar Gebühr – ihre Wirkung tat.

Das Tor glitt auf, und ich trat ein, vorbei an dem Tesla, vorbei an der passenden Stromtankstelle, mit einer Wall und dazugehöriger, großzügiger Solaranlage auf dem Dach verbunden. Insgesamt mindestens hunderttausend Dollar Elektromobilität, wenn nicht sogar mehr.

Die Haustür – ebenfalls Fassade, gespielte Unscheinbarkeit, um auszusehen wie jede andere in der Siedlung, aber in Wirklichkeit mit einem verstärkten Kern. Das Gebäude war vielleicht keine Festung, aber gut gesichert, passte so gar nicht zu seiner Bewohnerin, die zögerlich die Tür öffnete, etwas weiter als einen Spalt, aber nicht genug, um mich durchschlüpfen zu lassen.

Eine Frau um die fünfzig, untersetzt, mit braunen halblangen Haaren, die vor ihrer Zeit zu ergrauen begonnen hatten. Die Tränensäcke und Falten um die Augen zeugten von einstiger Trauer, die Furchen an der Stirn von vergangenen Sorgen, der Blick von Resignation, Stagnation, Adaption an ein Schicksal, das nicht zu ändern war. Ein schlichtes, aber adrettes blaues Hemd steckte in einer beigen Chinohose, die Füße in schwarzen Schuhen ohne erkennbare Absätze, einer davon schräg nach vorne in die Tür geschoben.

Eine zusätzliche Absicherung, um mich am Eintreten zu hindern.

»Sie sind nicht von der Polizei. Um was geht es? Braucht einer der Nachbarsjungen ein Alibi oder einen Fürsprecher vor Gericht?«

Ich stutzte einen Augenblick, hatte gar nicht daran gedacht, einen solchen Eindruck hinterlassen zu können, und schüttelte den Kopf.

»Nein, ich suche Mary Henderson und hätte gerne mit ihr gesprochen.«

Ein kurzer Schockmoment, dann Misstrauen in den dunklen Augen, eine unbewusste Handbewegung, welche die Tür noch ein oder zwei Zentimeter weiter zuzog.

»Meine Tochter wohnt nicht mehr hier.«

Das war die erste Enttäuschung, und die bereits jetzt erkennbare mangelnde Kooperationsbereitschaft deutete die nächste an. Dennoch – ich war nicht nach Indy gekommen, um mit leeren Händen von dannen zu ziehen.

Ich fixierte ihr Gesicht, hielt ihrem Blick stand, starrte sie scheinbar an – während ich meine Wahrnehmung in Wirklichkeit auf das periphere Gesichtsfeld verlagerte, den Raum hinter jener Frau analysierte, die Susan Henderson sein musste. Sie war weiß, was mich unwillkürlich zu der Überlegung trieb, wie Marys Vater wohl aussah. Auf jeden Fall einige Stufen dunkler als ihre Mutter – die keinen gesunden Eindruck machte. Sie zitterte, wich unwillkürlich vor mir zurück, obwohl ich meine Frage behutsam stellte.

»Wissen Sie, wo ich sie finden kann? Ich untersuche das Verschwinden einer Freundin von ihr, und …«

Ein dezentes Zucken um ihren Mundwinkel, ein Geräusch irgendwo im Haus, vielleicht auch im Garten dahinter, ein Zischen wie von einer Schlange, nein, nicht ganz, eher das Geräusch von jemandem, der Luft überrascht und schnell in die Lungen saugte.

Ich tat, als hätte ich nichts bemerkt, und setzte mein freundlichstes Lächeln auf.

»Ist es gerade ungünstig? Soll ich später wiederkommen?«

Heftig schüttelte sie den Kopf, machte mehr als deutlich, dass ich hier nicht willkommen war.

»Nein. Es wird Ihnen nichts bringen. Mary arbeitet in Europa, und ich habe keinen Kontakt zu ihr. Keine Telefonnummer oder E-Mail-Adresse, die Ihnen weiterhelfen könnte.«

Mary arbeitet in Europa.

Der Familienhund lebt auf einem Bauernhof weit, weit weg.

Ich widerstand der Versuchung, meinen eigenen Fuß nach vorne zu schieben, sie so daran zu hindern, die Tür zu schließen – aber noch war ich nicht bereit, aufzugeben.

»Könnten Sie mir einige Fragen zu Marys Aufenthalt in Australien beantworten? Das müsste um 2020 herum gewesen sein, wenn ich mich nicht irre?«

Ihr Blick wurde kalt, ihre Mundwinkel starr.

»Nein, kann ich nicht. Und jetzt bitte ich Sie darum, mein Grundstück zu verlassen – oder ich rufe die Cops. Die richtigen Cops.«

Das Spiel war vorbei, noch ehe es begonnen hatte. Ich bedankte mich so höflich wie möglich, ließ meinen Blick ein letztes Mal hinter sie fallen. War da ein Schatten, ein dunkler Schemen, der von einem Raum zum nächsten huschte?

Vielleicht, wahrscheinlich aber nur eine Einbildung, eine Illusion, von meinem Gehirn in die geschmackvoll, aber freudlos eingerichtete Umgebung gemalt.

Die Tür schloss sich hinter mir geräuschvoll, ebenso wie das Stahltor einige Augenblicke später.

Eine Bewegung, von meinem Gehirn im Augenwinkel registriert, diesmal keine Illusion. Meine Nackenhaare stellten sich auf, Instinkte, die seit Jahren nicht mehr aktiv gewesen waren, erwachten zum Leben.

Betont langsam ließ ich mich in den Fahrersitz gleiten, startete den Wagen, fühlte mich beobachtet. Der Hybrid blieb im reinen Elektromodus, als ich den Blinker setzte, scheinbar auf und davon fuhr – nur um vier, fünf Häuser weiter wieder rechts ranzufahren.

Ich zog meine Juul von ihrer Ladestation, verließ den Wagen und lehnte mich betont lässig an diesem an, die Beine auf dem Gehsteig, während ich einen tiefen Zug nahm.

Classic-Gold-Tobacco-Aroma, was denn sonst? Vor drei Jahren hätte ich in so einer Situation noch eine Zigarette geraucht, was sag ich, zwei oder drei, um »herunterzukommen« – aber diese Zeiten waren vorbei. Zugegeben, damals wäre ich wahrscheinlich auch nicht in einem verdammten Prius angetanzt, nicht in Indianapolis, nach Detroit der zweiten Hauptstadt der Pferdestärken und Verbrennungsmotoren in den USA.

Die Welt änderte sich, im Großen und Ganzen oft nicht zum Besseren, aber das hinderte mich nicht daran, zumindest bei mir selbst die eine oder andere Verbesserung zu wagen. Ich hatte meine Stärken, dazu einen ganzen Haufen Schwächen und Fehler – Aber, ganz ehrlich, Rassismus gehörte nicht dazu. Doch nicht nur deswegen blieb ich ruhig und gelassen, als der junge schwarze Mann heranspaziert kam und sich neben mich stellte – verdächtig nahe, so nahe, dass sein linker Ellbogen mich beinahe berührte. Es lag durchaus auch an seinem gepflegten Äußeren, selbst wenn mir klar war, dass ich damit ein weiteres Klischee bediente.

Er trug keine Baggy Pants, keine abgewetzten Jeans, keinen Hoodie mit der Kapuze tief ins Gesicht gezogen, und alles an ihm signalisierte eine gesunde Distanz zu dem Gettolook, den die Jugendlichen keine zehn Minuten zuvor stolz zur Schau gestellt hatten. Ein Poloshirt, dunkelgrau, beinahe schwarz. Jeans, jawohl, aber sauber und einfach, ohne billig zu wirken, etwas aus der 25-Dollar-Abteilung bei Walmart. Für die meisten Leute in dieser Gegend war das schon Luxus, ebenso wie die gepflegte Frisur, kurz gehalten – aber nicht geschoren – an den Seiten, etwas länger auf dem Kopf, gerade genug, um die Locken zu betonen und trotzdem ordentlich zu erscheinen.

Alles an ihm signalisierte Schichtleiter oder unteres Management, einen jener Jobs, von denen die meisten Kids an den Highschools hier gerade mal träumen konnten, während ich vermutlich eher zurück in die Army-Uniform geschlüpft wäre, als ihn auszuüben. Aber respektabel traf es am ehesten, und es passte zu seinem Alter, das irgendwo zwischen fünfundzwanzig und dreißig Jahren lag.

All das erfasste ich im Augenwinkel, scheinbar ungerührt, seine Anwesenheit nur mit einem vagen Nicken zur Kenntnis nehmend. Es sprach für seine Erziehung und seine Vorsicht, dass er auf dieses Signal wartete.

»Sie haben nach Mary gefragt und ihrem Roadtrip durch Australien. Ich weiß nicht, wer Sie sind, aber …«

Ich drehte mich langsam zur Seite, musterte nun sein Gesicht genauer. Darin spiegelten sich Neugier, Skepsis, ein Hauch von Misstrauen – und Angst.

Jede Menge Angst, genug, um auch mir ein mulmiges Gefühl in der Magengegend zu verpassen. Die roten Flaggen bei diesem Auftrag begannen sich zu häufen.

»Ich bin nur ein privater Schnüffler, ein P. I. auf der Suche nach einem anderen Mädchen, und ich hatte gehofft, dass Mary ein paar Antworten für mich hat. Oder vielleicht auch nur eine neue Spur, einen Hinweis.«

»Von damals? Jemand hat Sie ernsthaft angeheuert, nach so langer Zeit?«

»Eltern geben ihre Kinder selten auf.«

Er senkte den Kopf langsam und fixierte einen undefinierbaren Punkt auf dem Boden, irgendwo zwei Meter vor ihm.

»Da haben Sie recht – aber vielleicht ganz anders, als Sie glauben. Mister, da gibt es etwas, das Sie über Mary auf jeden Fall wissen sollten.«

Ich nickte, nahm einen weiteren Zug von der Juul.

»Sie ist niemals aus Australien zurückgekehrt.«

Überrascht blickte er auf, starrte mich mit großen dunklen Augen an.

»Woher wissen Sie das?«

»Ich habe es gar nicht gewusst, nur vermutet. Danke für die Bestätigung. Und du warst – bist – was genau? Ihr Boyfriend?«

Er schluckte, zögerte – und nickte.

»Ja. Also ich war es, bis kurz vor ihrer Abreise. Wir – wir haben uns gestritten. Heftig gestritten.«

Er hob abwehrend die Hände, als er meinen Gesichtsausdruck sah.

»Nein, um Gottes Willen, nicht so, nicht das, was Sie jetzt denken! Keine Gewalt, niemals, ich schwöre es beim Leben meiner Mutter! Aber – verstehen Sie, sie wollte diesen Trip alleine machen. Ein Jahr Down Under, auf eigene Faust, und sie hat mehr als klargemacht, mich nicht dabeihaben zu wollen. Ich sollte hier nur auf sie warten, während sie sich …«

»… durch die Weltgeschichte vögelt?«

Er zuckte zusammen, verletzt, beleidigt, und seine Körperhaltung veränderte sich, wurde für einen Augenblick aggressiv. Ich fragte mich, ob er dämlich genug war, einen Schlag zu riskieren.

Nein, war er nicht.

»Das habe ich nicht gesagt. Also, auch nicht zu ihr. Aber ich habe es angedeutet, war vielleicht eifersüchtig, nein, okay, ich war definitiv eifersüchtig, und ein Wort ergab das andere …«

Ich seufzte und erinnerte mich nur zu gut daran, als Sam nach Europa gegangen war. In die Schweiz, nach Zürich, auf den Vorstandsposten, den sie auch dank mir bekommen hatte. Mir war es nicht anders gegangen als diesem Jungen hier, mit dem Unterschied, dass ich meine Klappe gehalten, keinen Streit vom Zaun gebrochen, ja nicht einmal irgendwas gesagt hatte, um sie am Aufbruch zu hindern.

Bereute ich das?

Irgendwie schon, besonders, wenn ich nachts allein in meiner Wohnung war, aus dem Fenster auf die beschissen langweiligen Straßen New Jerseys starrte und daran dachte, was hätte sein können.

»Du hättest nichts ändern können, Junge. Egal, was du dir denkst, egal, welche Vorwürfe du dir machst – ist das der Grund, warum du immer noch bei ihren Eltern abhängst? Auch nach vier Jahren? Willst du etwas damit gutmachen?«

Er biss sich auf die Lippen, trat von einem Bein auf das andere, rang offensichtlich um die richtigen Worte.

»Am Anfang ja. Susan – ich meine Misses Henderson – hatte eine schwierige Zeit und auch heute noch Tage, an denen sie nicht sie selbst ist, an denen sie Hilfe braucht.«

»Was ist mit Marys Vater?«

»Lieutenant Walt Henderson. 2004 in Afghanistan gefallen.«

Ich fluchte innerlich. Das war ein Jahr nach meiner zweiten Tour dort, aber ich hatte keine Lust, diese Erinnerungen wieder hochzuholen, schwieg daher lieber vor mich hin.

»Natürlich ist da noch Gillian, aber sie ist unter der Woche an der Princeton, kommt nur an den Wochenenden ihre Mutter besuchen. Das ist okay, dafür bin ich ja da.«

»Eine zweite Tochter?«

»Ja, kurz nach dem Tod des Vaters geboren.«

Eine Story, wie sie unser Militär nur allzu oft schrieb – die aber nichts von ihrer Grausamkeit einbüßte, egal wie oft man sie hörte.

»Und sie ist einverstanden damit, dass du bei ihrer Mutter bist? Kein böses Blut zwischen euch wegen Mary und ihrem Verschwinden?«

Wer glaubt, dass Schwarze nicht erröten können, täuscht sich ganz gewaltig. Wieder suchte sein Blick den Boden, während seine Schultern ein Stück weit nach unten sanken.

»Nein, im Gegenteil. Sie und ich – ich weiß nicht, wie ich es sagen soll, aber wir haben uns damals, als die Suche eingestellt wurde, gegenseitig getröstet. Sind uns nähergekommen. Also, wir wollten es anfangs beide nicht wahrhaben, und sie war ja noch nicht achtzehn, aber …«

Auch dies war nicht die erste Story ihrer Art und würde auch nicht die letzte bleiben. Das junge Mädchen, das im Herz und Bett des Mannes den Platz der älteren Schwester einnahm – zehnmal gehört, hundertmal gesehen, tausendmal gelesen. Wenn auch meist unter weitaus weniger tragischen Umständen.

Sie ist unter der Woche an der Princeton.

Es klingelte in meinem Kopf, wenn auch viel zu spät. Princeton, das war Ivy League, eine der besten Universitäten der Staaten, kein Studiengang unter 50.000 Dollar Gebühr pro Jahr. Klar, die Army drückte gelegentlich ein Stipendium für die Kinder gefallener Veteranen ab, zahlte ihren Beitrag – aber keine fünfzig Riesen, nicht einmal für einen PR-Gag. Es war Zeit, den Elefanten im Raum beim Namen zu nennen.

»Also gut, raus mit der Sprache – woher kommt das ganze Geld?«

»Nicht hier. Im Wagen.«

Meine Intuition hatte richtig gelegen: Der Junge hatte Angst.

*

»Sie müssen verstehen, Susan hat Himmel und Hölle in Bewegung gesetzt, um Mary wiederzufinden, und wir haben sie alle unterstützt. Die Nachbarschaft, meine Familie, ehemalige Army-Kumpel ihres Vaters, einer davon inzwischen beim Geheimdienst. Schwere Geschütze, das volle Programm.«

Ich nickte und schwieg, während ich den Prius eine Schleife Richtung Nordwesten steuerte, zurück in etwas bessere Gegenden. Marcus Howler, Absolvent der gar nicht mal so üblen Butler University und Junior Manager der GenCon-Messe – so viel hatte er mir inzwischen verraten – wollte reden, und ich würde einen Teufel tun, ihn davon abzuhalten.

»Sie hat die australische Botschaft drangsaliert, das Konsulat, über die britische Botschaft Interpol und damit die Commonwealth-Zusammenarbeit um Hilfe gebeten. Dann die Presse, jeden Journalisten, jede Journalistin, die ihr zuhören würde. Da waren dann leider auch die Spinner dabei. Es folgten Blogbeiträge und Sensationsartikel, Verschwörungstheorien, so abstrus, dass sie die Suche ins Lächerliche zogen. Alien-Entführung am Ayers Rock, gekidnappt und in ein Geheimbordell der Japaner, Chinesen, was auch immer verschleppt, abgehauen zu den Nazis in Neuschwabenland, so ein irrer Scheiß eben.«

Ich versuchte, so ruhig wie möglich zu bleiben, keine Miene zu verziehen. Es war nicht an mir, ihm zu sagen, dass es keine Nazis in der Antarktis gab – nicht mehr, nicht nach meinem Einsatz dort vor ein paar Jahren.

»Und dann – das große Schweigen. Ein Freund nach dem anderen zog sich zurück, die Journalisten riefen nicht mehr an, beantworteten keine E-Mails mehr, die Mitarbeiter in der Botschaft gaben vor, niemals von ihr gehört zu haben. Die Blogeinträge verschwanden, ebenso die Zeitungsartikel, sogar aus den Archiven der Verlagshäuser. Es war, als ob jemand jede Spur des Skandals sorgfältig auslöschte. Sie kennen die Wayback Machine? Sogar dort war nichts zu finden. Seltsamerweise gab es für die Blogs und Webseiten an jenen

Tagen, an denen etwas über Mary und ihr Verschwinden gepostet worden war, keine archivierte Version. Zufall?«

Nachdenklich lenkte ich den Wagen in eine Seitengasse, die mich grob in Richtung Zentrum, zurück zur I-70 bringen würde, während meine Gedanken zu kreisen begannen. Die roten Flaggen reichten inzwischen aus, um die Jahresfeiern der KP in Peking auszustatten.

Natürlich konnte es ein Zufall sein, ich hatte die Wayback-Seite selbst schon oft genug für Recherchen benutzt und wusste, dass nur in unregelmäßigen Abständen Newsseiten archiviert wurden. Aber kein einziger Eintrag, der noch existierte? Offenbar war das Internet doch fähig zu vergessen. Aber selbst dann gab es immer eine Spur – die des Geldes.

»Und wie ist Misses Henderson, wie seid ihr schließlich zu diesem Reichtum gekommen?«

»Ich war leider nicht dabei, und Susan hat mir keine Details verraten. Irgendetwas mit einem schwarzen gepanzerten Wagen, der eines Abends vor der Tür stand.«

»Ein Diplomatenauto, vielleicht von der australischen Botschaft?«

»Möglich, ich weiß es nicht. Sie sprach von einem Mann, der sie eingeschüchtert haben muss wie – nun, wie nichts, was ich mir vorstellen kann. Sie kennen Susan nicht, sie war eine unaufhaltsame Naturgewalt, als es darum ging, Mary zu finden. Dreihunderttausend Dollar lagen auf dem Tisch, als er das Haus wieder verließ, und seitdem lässt Susan die Sache auf sich beruhen. An manchen Tagen glaubt sie wirklich, dass Mary in Europa lebt und arbeitet. Es ist erstaunlich, was sich Menschen einreden können, wenn sie wollen.

Ich nickte grimmig.

Der Familienhund lebt auf einem Bauernhof weit, weit weg.

»Aber sie hätte das Geld nicht angerührt, wenn nicht … ich weiß nicht, womit man ihr gedroht hat …«

Ich warf einen Blick zur Seite auf den inzwischen zitternden Marcus, der sich Tränen aus dem Gesicht wischte.

»Du weißt es wirklich nicht? Denk mal scharf nach – was hatte sie noch zu verlieren?«

Er fing sich wieder, starrte zuerst geradeaus, dann mir erschrocken ins Gesicht.

»Gillian! Sie haben ihr gedroht, Gill etwas anzutun!«

Sollte ich ihn anlügen? Ihm eine falsche Sicherheit vorgaukeln? Nein, dazu hatte ich kein Recht, nicht nach dem, was ich jetzt wusste.

»Ganz genau.«

Panik fuhr ihm ins Gebein.

»Scheiße! Scheiße, scheiße, scheiße! Und ich Idiot rede hier mit Ihnen, koche die Geschichte wieder auf!«

Yep, das war eindeutig Panik. Ich konnte es ihm nicht verdenken, und so, wie sich sein Puls hochschaukelte, gab es keine Chance, ihn zu beruhigen. Er begann, heftig an der Tür zu rütteln. Vergeblich, der Prius verriegelte während der Fahrt ungemein gründlich.

»Ich will hier raus! Mann, halten Sie den Wagen an, lassen Sie mich raus!«

Natürlich tat ich genau das, versuchte nicht einmal, ihm zum überhasteten Abschied meine Visitenkarte oder meinen QR-Code unterzujubeln. Morgen oder in zwei, drei Tagen, wenn er sich beruhigt hatte, würde er verstehen, dass die Gefahr gering war. Aber dann wäre ich ohnehin nicht mehr hier.

*

»Country Inn & Suites by Radisson, Indianapolis East« – das klang doch richtig edel, nicht wahr? Die passende Absteige für einen ehemaligen, sehr kurzfristigen Millionär, der aber immer noch genug auf der hohen Kante hatte – und vor allem gerade auf Spesen logierte.

Tja, genau das hatte ich mir bei meiner Buchung auch gedacht, mich zudem von den schicken Bildern auf der Radisson-Website blenden lassen. Ein elegantes Äußeres mit steinverkleideten Säulen und einer offenen Feuerstelle, schicke Zimmer und ein großzügiger Frühstücksbereich mit edlem Holz. Dazu noch ein gut eingerichteter Fitnessraum, aber seien wir ehrlich, den würde ich ohnehin nicht freiwillig betreten.

Die Realität war ein abgefucktes, heruntergekommenes Motel, in dem mich nach dem Einchecken und meinem Gang über die bedenklich wackeligen Holztreppen nach oben der Resident Drug-Dealer begrüßte[1]. Ein kleiner, drahtiger Latino, freundlich und zuvorkommend, der von Gras über Meth bis Coke alles Verbotene im Angebot hatte und seine Preisliste herunterbetete. Geschäftstüchtig, aber unaufdringlich.

Schon etwas anschmiegsamer war hingegen die Dame im Negligé, die offenbar das Zimmer neben mir bewohnte. Da sie kein Englisch sprach und ich kein Chinesisch, kommunizierten wir mit einer erstaunlich gut funktionierenden App auf ihrem zweifellos von Peking überwachten und abgehörten Smartphone. Zumindest hoffte ich, dass die App gut war, denn sie nannte mich mehrmals niedlich und betonte, dass sie in zwei Stunden *einen Slot frei* hätte.

Erst als der erste Freier einmarschierte und ihre akzeptabel geschauspielerten Lustschreie durch die dünne Wand in mein Zimmer hallten, dämmerte mir, dass ich der Resident Hooker begegnet war. Immerhin brachte sie mir zwischen Besucher eins und zwei eine Schale Kirschen und entschuldigte sich für den Lärmpegel[2]. Wenn ich richtig mitgezählt hatte, waren es

---

[1] Das ist mir dort tatsächlich passiert.
[2] Das auch.

insgesamt fünf Kunden, die sie an diesem Abend frequentierten und mutmaßlich penetrierten.

Fleißig.

Das Geräusch einer Dusche hörte ich jedoch kein einziges Mal, was nur einer von gefühlt zweitausend Gründen war, warum ich ihr Angebot und den freien Slot sausen ließ, mich stattdessen meiner Recherche widmete.

Recherche?

Hier in den Staaten war *end of the line*, wie sich spätestens nach dem doppelt und dreifach durchgeführten Re-Check im Web zeigte. Marcus hatte recht gehabt – es fand sich nichts, aber wirklich gar nichts mehr über Mary Henderson aus Indianapolis, das nach 2020 gepostet worden war. Das bedeutete für mich einen Trip nach Down Under, was ich in einer kurzen E-Mail an die Dani-Smith-Hotmailadresse ankündigte – mit einer vorsichtigen Kostenschätzung und reichlich Unsicherheiten. Seht ihr, in einer ihm unbekannten Umgebung ist ein Ermittler erst mal aufgeschmissen. Es dauert Monate, wenn nicht Jahre, um Kontakte aufzubauen, auf die man sich verlassen kann. Ohne ein Netzwerk oder einen Buddy vor Ort ist ein P. I. so nutzlos wie eine Schneeschaufel in San Diego oder ein Kondom in der Brieftasche eines professionellen Magicspielers.

Ich wusste, was das bedeutete, und es gefiel mir nicht. Mindestens eine halbe Stunde starrte ich auf mein Smartphone, rang mit mir und Dutzenden widersprüchlichen Gefühlen, ehe ich die eingespeicherte Nummer wählte. Und tatsächlich, die wohlbekannte und einst so vertraute Stimme antwortete.

»Pete? Du lebst noch?«

War es eine freudige Überraschung? Ein diskret verpackter Vorwurf? Letzteres konnte ich ihr nicht verdenken. Wann hatte ich zum letzten Mal mit Samantha Miller – Entschuldigung, nun Samantha Feinstein – gesprochen? Ich erinnerte mich vage daran, ihr zur damals bevorstehenden Hochzeit gratuliert zu haben. Die Chief-Intelligence-Officer der zweitgrößten Versicherungsgruppe der Staaten war mit dem CFO des Platzhirsches vor den Altar (oder Rabbi) getreten, und die Business-Presse hatte eine Party abgefeiert. »Merger of Love« lautete damals die Schlagzeile in Forbes, und CNN Business hatte immer noch irgendwo die Bildergalerie mit den besten Schnappschüssen online. Geschossen von einem Fotografen, der in der Stunde mehr verlangte als ich in einer Woche. Die Bilder waren glorreich gewesen, und jedes einzelne ein klitzekleiner Stich in mein Herz. Beabsichtigt?

Auf keinen Fall. Immerhin waren wir ja weiterhin befreundet oder behaupteten das jedenfalls, auch wenn die zumindest gelegentlichen nächtlichen Skype- und Facebook-Messenger-Gespräche schlagartig zum Stillstand gekommen waren.

Es ist keineswegs immer unangenehm, mit jemandem zu sprechen, mit dem man einst Bett und Leben geteilt hat. Wenn beide noch Single sind, dann sind da meist ein frivoler Unterton, sexuelle Anspielungen, von der vagen, meist falschen Hoffnung getrieben, dass man irgendwann dorthin zurückkehrt, es wieder so werden könnte wie damals. Wenn beide halbwegs glücklich vergeben sind, dann ist es relaxter, ausgeglichener, man redet über – nun, worüber Freunde eben reden. Ist jedoch nur ein Part in festen Händen, gestaltet sich die Sache schwieriger. Meistens ist es ein Gang auf Zehenspitzen und Eierschalen, ein vorsichtiges Manövrieren um jene Themen herum, die schwierige oder destruktive Fragen aufwerfen könnten. Vom Vorwurfsvollen à la »Wie konntest du nur so schnell eine Neue finden?« über ein schwermütig-deprimierendes »Und, bist du mit ihm glücklicher, als du es mit mir warst?« bis hin zum peinlichen »Bläst sie besser als ich?«.

Aber glücklicherweise war mein Anliegen dienstlich, was keineswegs bedeutete, dass es mich NICHT freute, ihre Stimme zu hören.

»Ja, ich lebe, wohlauf und gesund, melde mich live aus den Industrieruinen der Dritten Welt. Also aus Indianapolis.«

Sie lachte kurz und hell auf, ein Ton, der mein Herz drei, vier Schläge lang beschleunigte.

»Keine Basis in der Antarktis? Kein norwegischer Fjord, kein Geheimlabor in Wladiwostok? Pete, du bist alt geworden. Wie kann ich dir helfen?«

Ich versuchte, Empörung zu heucheln.

»Was, kann ich mich nicht einfach so melden? Zu einem freundschaftlichen Plausch?«

Wieder ein Lachen, auch wenn sich diesmal ein zarter melancholischer Unterton und ein Hauch von Zynismus einmischten.

»Ja, das wäre dann statistisch gesehen nächstes Jahr im Herbst fällig. Also, was brauchst du? Woran arbeitest du gerade?«

»Vermisstenfall, ein klassischer Cold Case, keine aktuellen Spuren und Hinweise. Backpacker in Australien, Mitte 2020 verschwunden.«

Sam schnaubte.

»Viel Glück. *Lost in Australia* ist ein Risiko, das niemand, der bei Trost ist, zu einem vernünftigen Preis versichert. Hast du eine Ahnung, wie viele Leute dort jedes Jahr einfach so verschwinden? Und nie wieder auftauchen?«

Ich nickte – und realisierte erst einen Augenblick später, dass dies ein Sprachanruf war und sie es nicht sehen konnte.

»Ja, inzwischen schon. Unglaublich eigentlich. Aber dieser Fall ist anders. Da läuft etwas unter der Oberfläche, ich weiß nicht, vielleicht eine Verschwörung, vielleicht ein kriminelles Netzwerk, und …«

Ich bremste mich, biss mir auf die Zunge. Sam und ich arbeiteten nicht mehr zusammen, sie musste die Details nicht kennen und, verdammt noch mal, ich hatte kein Recht, sie in die Sache hineinzuziehen, vielleicht sogar in Gefahr zu bringen wie Gillian Henderson. Dafür bedeutete sie mir immer noch zu viel.

»Bei dir ist immer eine Verschwörung im Spiel. Also gut, was brauchst du? Versicherungsdaten? Anspruchsmeldungen? Wir führen keine Reiseversicherungen, und wenn es sich um einen eingereichten Ablebensfall handeln würde, hätte ich dich wohl kaum jetzt in der Leitung.«

Oh, Sam. Scharfsinnige, schlaue, wunderschöne Sam.

»Nein, ich brauche einen Kontakt vor Ort in Australien, jemanden, dem du vertraust, und der dir genug Gefallen schuldet, um mich zu unterstützen oder zumindest herumzuführen und mit den Gepflogenheiten bekannt zu machen. Idealerweise in Cairns, Queensland, irgendwo da oben an der Küste. Hast du da jemanden?«

Ein kurzes Schweigen, dann ein unterdrücktes Kichern.

»Pete, du kleines, dreckiges Glücksschwein. Ja, habe ich tatsächlich. Nicht in Cairns, aber in Trinity Beach, nahe und lange genug vor Ort, um ordentlich vernetzt zu sein.«

Ich wurde hellhörig.

»Ein ehemaliger P. I.? Oder gar Ex-Geheimdienst?«

»Nicht ganz. Dee W. Schriever, aus dem schillernden und heftig umkämpften Gewerbe der Schundliteratur. Hat ein Vermögen mit Tentakelpornos und Dinosaurier-Erotik gemacht, die Manuskripte gegen Plagiate versichert – und mit einem davon tatsächlich noch einmal ordentlich auf dem Rechtsweg abgecasht. Ich rede da von Millionen, Pete, von Millionen harter Dollars.«

»Dinosaurier – WAS?«

»Dinosaurier-Erotik. Menschenfrauen, die es mit Dinos treiben, kein Scheiß. Alles im Selbstverlag, alles auf Amazon. Suche es mal, ich würde es ja selbst nicht glauben.«

Das ließ ich mir nicht zweimal sagen. Tentakelpornos waren mir als Kenner und Genießer japanischer darstellender Künste nicht unbekannt, aber Dinosaurier …

… tatsächlich. »Die Sturmbraut des Triceratops« und »Genommen vom T-Rex« rangierten an der Spitze diverser Bestsellerlisten. Mein ohnehin schon bescheidenes Vertrauen in die Menschheit zerbröckelte endgültig.

3. Im Land der Königin

Wie ich mich fühlte, als ich am beschaulichen Flughafen Cairns', sozusagen der rückständigen Küstenprovinz Australiens, das Flugzeug verließ?

Nackt und wohl, und das muss ich wahrscheinlich genauer erläutern. Ich fühlte mich wohl, weil die Luft, die mir auf dem kurzen Fußmarsch vom Flieger zum Terminal – jawohl, SO rückständig! – entgegenschlug, eine ganz besondere, erhabene Qualität aufwies. Wenn ich damals in Bagdad oder Kabul aus der C-130 Hercules sprang, war es immer ein heißer, trockener Wüstenwind gewesen, der mich begrüßte, mir einen Moment lang den Atem raubte. Überwältigend, zweifellos, aber auch schneidend, scharf, ganz ähnlich wie die eisige Brise in der Antarktis. Dem gegenüber stand jeder einzelne Trip in die Tropen, besonders jener nach Indien zur Monsunzeit. Feucht und warm, eine diabolische Schwüle, die dir die Luft abschnürt, Schweiß aus allen Poren treibt. Ein ganz und gar unangenehmes Erlebnis, jedes einzelne Mal.

Queensland zeigte sich vollkommen anders – und von seiner besten Seite.

Vielleicht lag es an der Jahreszeit, vielleicht an der aktuellen Witterung, aber es war eine angenehme, schmeichelnde, sich an meinen Körper schmiegende Wärme, sacht in Bewegung gehaltene Luft, die genau das richtige Maß an Feuchtigkeit in sich trug – und Hunderte verheißungsvolle Aromen.

Der Grundton war salzig, geprägt vom Pazifischen Ozean, aber hinein mischten sich Gerüche von Pflanzen und Blüten, die sowohl exotisch, fremdartig als auch harmonisch aufeinander abgestimmt waren. Das satte Grün des Regenwaldes ragte hinter der überschaubaren, unaufgeregt bescheidenen Skyline der Stadt auf, verriet selbst mit dem leichten Nebeldunst um die dort thronenden Gipfel Farben, die ich in solchen Schattierungen noch nie gesehen hatte.

Ich fühlte mich von einem Augenblick auf den anderen wohl, geborgen, zu Hause in einer Gegend, in die ich zum ersten Mal meinen Fuß setzte. Eine innere Stimme begann mir zuzuflüstern, mir einzureden, dass ich hierhergehörte, diesen Landstrich nie mehr verlassen wollte.

Sie machte mir Angst.

Dass ich mich nackt fühlte, lag jedoch an etwas vollkommen anderem – der Tatsache, dass ich keine Waffe trug. Nein, ich meine nicht nur keine Waffe am Körper, sondern auch keine im eingecheckten und gescreenten Gepäck. Es hatte schlicht keine legale Möglichkeit gegeben, meine Beretta ins Land zu bringen, egal wie viele Ausweise und Bescheinigungen ich gezückt hatte. Nicht einmal China hatte sich damals so zickig angestellt, und das wollte etwas heißen.

Versteht mich nicht falsch – ich bin kein Waffennarr, zumindest keiner jener fetten, bärtigen Rednecks, die das Ende der Welt und den Sieg des Kommunismus heraufbeschwören, wenn die Regierung ihnen vollautomatische AR-15 mit Magazinverlängerungen verbieten will. Ihr wisst schon, jene armseligen Gestalten, die sich als die Hüter der Verfassung sehen (die sie ziemlich bizarr interpretieren), in dem Wahn leben, heilige Krieger (meistens der weißen Rasse) und stahlharte Kämpfer zu sein, während sie sich jedes Mal in die Hose machen und Angstfürze absondern, wenn irgendwo in der Öffentlichkeit ein Fred einen George küsst.

Nein, mit dem Gesocks hatte ich nichts am Hut, aber ich wusste seltsamerweise die Tatsache zu schätzen, dass ich noch am Leben war. Und dies verdankte ich oft haarsträubenden Zufällen, einem unglaublichen Glück, wenn es hart auf hart kam – und Waffen. Pistolen, Revolvern, Sturmgewehren und Granaten. Natürlich war das meiste davon Overkill für einen Schnüfflerauftrag am anderen Ende der Welt, aber so ganz ohne Knarre herumzulaufen verursachte mir ein unangenehmes Ziehen im Nacken, ein seltsames Gefühl der Wehrlosigkeit.

Einige Hausaufgaben hatte ich gemacht, und so war es ein dezenter, aber voll geländegängiger Holden Captiva, den ich vom Autoverleih holte, um mich in den Linksverkehr zu stürzen. Ich dankte namenlosen Gottheiten im Geiste für meine Erfahrungen in London, auch wenn ich beim ersten Kreisverkehr zweimal überlegen musste, in welche Richtung ich nun einbiegen würde.

Der Captiva hatte eines dieser neuartigen Navis mit HUD, die Route und Wissenswertes im unteren Drittel der Windschutzscheibe einblendeten, mit freundlicher Empfehlung von Allmutter Google und ihren Maps. Anfangs etwas gewöhnungsbedürftig und danach nutzlos – zumindest, als ich per Sprachbefehl nach einem Waffengeschäft suchte. Okay, es gab einen Laden namens Shooter Supplies irgendwo außerhalb in Parramatta Park, aber das konnte es doch nicht gewesen sein. Ich beschloss, es auf eigene Faust zu versuchen, kurvte durch die Straßen von – ja, was?

Eine Großstadt war es nicht, keine Hochhäuser oder Wolkenkratzer ragten empor, die höchsten Gebäude schienen die an den Strand gebauten Hotels zu sein. Dazwischen eine informelle Ansammlung von kleinen Häusern und Geschäften, scheinbar ohne gemeinsamen Nenner zwischen die Parks und an die Ränder der Straßen gepflanzt. Keine Ordnung, kein Plan, weder das kreative, vibrierende Chaos eines New Yorks noch die dystopische geometrische Regelmäßigkeit von Detroit, Dallas oder ja, Indianapolis. Einige Gebäude, die sich Hotels nannten, wirkten wie Saloons aus einem Western, Wohnhäuser wurden offenbar aus wetterfesten Planken ebenso gerne gebaut wie aus hellgelben Sandsteinziegeln. Solaranlagen auf den Dächern und Windräder im Garten speisten Pufferakkus oder beheizten großzügig dimensionierte Pools, deren Wassertemperatur auch ohne diesen Kniff wohl konstant auf über zwanzig Grad geblieben wäre.

Auf den Grünflächen und im Schatten weit ausladender Bäume saßen vereinzelt Aborigines, teilweise einer allein oder zwei, sichtlich angetrunken, teilweise ganze Familien, die ein Picknick im Grünen der Stadt veranstalteten. Diejenigen am Straßenrand und vor den Einkaufszentren, die wirklich besoffen vor sich hindösenden, bettelnden oder lautstark lamentierenden, wurden von den Einheimischen dank wahrscheinlich jahrelanger Übung gekonnt ignoriert.

Eine gewisse Melancholie überkam mich, die vage, nicht genauer definierbare Trauer um eine verlorene Kultur, ein Gefühl nicht unähnlich jenem, wenn man unsere Indianer abseits der Reservate sah, in Städten verloren, von einer Zivilisation überrollt, die nicht die ihre war.

Ich zwang mich, die Augen offen zu halten, nach links und rechts zu blicken – mit Erfolg. Zwischen dem Nebeneingang zu einem der giftgrünen Woolworths-Supermärkte und einer Edelboutique mit Strandklamotten für die schwerreiche, geschmacksverirrte Stadtschnepfe auf Tropenurlaub lag das Ziel meiner Träume.

Na ja, eher das meiner niederen Instinkte.

Ein Waffengeschäft, und was für eines! Noch während ich vorsichtig den Captiva in eine Parklücke navigierte, bestaunte ich das reichhaltige Sortiment im Schaufenster. Kein Stahlgitter, kein dreifach gesichertes Panzerglas, sondern tatsächlich nur ein einfaches Schaufenster trennte mich von AK-74SU, Steyr AUG 77, wuchtigen Schrotflinten, zahlreichen Scharfschützengewehren, schweren Revolvern und ein paar eleganten Glocks. Was mich besonders freute. Ich liebe meine Beretta, was mich jedoch nicht an einer heftigen Affäre mit dem österreichischen Plastik hindert, insbesondere dann, wenn ich etwas Kleines, Handliches brauchte.

That's what she said.

Irgendwie musste man die leichtfertige Sorglosigkeit der Australier bewundern. Ja, vielleicht waren sie ein von Vorschriften niederregulierter Nanny-Staat, wie so ziemlich alle amerikanischen Kommentatoren behaupteten, aber der individuelle Australier gab darauf offenbar herzlich wenig. Hier war genug Feuerkraft für eine kleine Armee ausgestellt, und das beinahe vollkommen ungesichert.

Erst auf den dritten und vierten Blick bemerkte ich, dass etwas nicht stimmte. Die Art und Weise, wie Schäfte das von außen einfallende Licht reflektierten, die dünnen Nylonfäden, an denen die eigentlich schweren Sturmgewehre von der Decke hingen und die schließlich ganz lässig und casual herumkugelnden Splittergranaten ließen einen Verdacht aufkommen, den ich bestätigen oder ausräumen musste.

Ich hob einen der Revolver hoch, einen Python, eigentlich ein überschweres Monstrum, geeignet für die Verteidigung von Haus, Hof und Familie gegen anstürmende Nashörner, abstürzende fliegende Untertassen und Schützenpanzer älterer Bauart.

Er war leicht wie eine Feder.

Seufzend wandte ich mich an den Verkäufer, der gerade enthusiastisch an einer Kiste herumhantierte, entweder eine Lieferung für den Laden öffnete oder eine Kundenbestellung bearbeitete. Ein pickelig spätpubertierender Asiate, der wahrscheinlich immer noch einen Ausweis brauchte, wenn er eine Flasche Wein kaufen oder am Abend das Pub besuchen wollte.

»Das sind alles Fake-Waffen, nicht wahr? Ich meine, nicht einmal Schreckschuss oder so, sondern Softairs, Toyguns für Kinder?«

Das Gesicht kam hoch, und wässrige Augen, hinter einer dicken Hornbrille von deren Linsen bizarr verzerrt, starrten mich entsetzt an, während ihr Besitzer beschwichtigend, nein kapitulierend die Hände hob.

»Nein, Mate, bist du irre? Das sind alles Gel-Blaster, verschießen harmloses Jelly, und keiner bringt mehr als drei Joule aus dem Lauf! Kinderspielzeug, ganz legal importiert, ich habe alle Papiere! Ich bitte dich, Softair? Das wäre doch illegal!«

Ich stutzte – in doppelter Hinsicht. Zum einen, weil ich wieder einmal für einen Cop gehalten wurde, wahrscheinlich irgendeinen Undercover-Ermittler. Wie sonst konnte ich mir seine heftige Reaktion erklären? Andererseits …

»Moment, was meinst du mit illegal?«

Er schob sich seine verrutschte Brille die Nase hoch, realisierte mit dem Instinkt des Geübten, dass ich weder ein Bulle noch ein Australier war, und nickte.

»Na ja, illegal ist natürlich nicht ganz richtig. Ich meine, dass du einen Waffenschein brauchst, für Softair- und CO2-Pistolen ebenso wie für Luftdruckgewehre, Armbrüste …«

Meine Kinnlade klappte nach unten, als ich realisierte, dass er mich nicht auf den Arm nahm.

»Eine Gun-Permit für Luftdruckwaffen? Ernsthaft?! Aber – mit einem Waffenschein kann ich dann auch richtige Knarren kaufen? Also Teile, die Blei verschießen, mithilfe von rasch verbrennendem Pulver?«

Ihm entging mein Sarkasmus keineswegs, und er nickte mit einem dezent beleidigten Gesichtsausdruck.

»Natürlich. Der gleiche Schein für alles – nun gut, es gibt ein paar Sonderkategorien, aber zumindest für alles, was wir in verschlossenen Schränken haben.«

Ich blickte mich um und zuckte mit den Schultern.

Andere Länder, andere Sitten.

Seufzend griff ich nach meiner Brieftasche, zog meine Gun-Permit heraus und legte sie auf den Tresen, was mir nur einen mitleidigen Blick und ein Kopfschütteln einbrachte.

»Die bringt dir nichts. Du brauchst einen australischen Waffenschein, und den bekommen nur wenige, vorausgesetzt sie sind australische Staatsbürger oder zumindest Permanent Resident.«

»Aber – aber ich bin Staatsbürger der USA!«

»Mein aufrichtiges Beileid. Ändert nichts am Gesetz.«

Schön langsam begann das Gespräch an meinem Geduldsfaden zu ziehen, und mit amerikanischer Empörung hielt ich ihm meine britische Befugnis unter die Nase.

»Hier, lies dir das durch, Surferboy! Eine volle MI6-Lizenz, ausgestellt im Namen eurer Königin! Ihr seid doch die beschissene Sträflingskolonie der Engländer, oder etwa nicht?«

Im Nachhinein betrachtet hätte ich mir vielleicht das »beschissen« verkneifen sollen. Oder das mit der »Sträflingskolonie«.

*

Das Bild des Paradieses hatte Risse bekommen, und nein, das lag nicht daran, dass ich keine Waffe erhielt, auch nicht an den sehr unfreundlichen Worten, mit denen ich aus dem Laden geschmissen worden war.

Die Luft roch und schmeckte immer noch nach Urlaub und Heimat zugleich, ich genoss immer noch die Wärme und die Sonnenstrahlen der Nachmittagssonne. Aber meine Wahrnehmung begann langsam, sich zu verändern. Es war, als ob die Schatten länger wurden, Substanz bekamen, in alle Ritzen und Löcher zwischen Ziegeln und Rissen im Asphalt krochen.

Die Fröhlichkeit und scheinbare Unbekümmertheit der durch die Straßen flanierenden Aussies schienen immer mehr wie ein unbewusster Schutzschild gegen die fundamentale Wahrheit, gegen das latente Grauen, das sich tief in der Erde versteckte und in jenen Winkeln manifestierte, in die gerade niemand blickte. Eine zweite, verborgene Realität unter der Oberfläche, und all das Lachen und Feixen, Saufen und Kiffen der braun gebrannten Queenslander diente nur dazu, sich davon abzulenken.

Paranoia?

Vielleicht. Aber ein Land, das mit Gewalt genommen wurde, bewahrt immer eine Aura der Verzweiflung, vergisst niemals das Blut jener, die für die Gier der anderen ihr Leben ließen. Und, oh Boy, davon hatte es hier reichlich gegeben. Die kleinen Plaketten, mit denen an allen Store-Eingängen und öffentlichen Gebäuden den traditionellen Bewahrern des Landes gedacht und gedankt wurde, wirkten auf mich nicht mehr wie eine billige, aber gut gemeinte Geste, sondern wie Talismane und Schutzzauber gegen einen Fluch, der die Weißen über kurz oder lang ereilen würde.

Eher lang, und hoffentlich erst dann, wenn ich schon ewig außer Landes war. Ich schob mich wieder hinter das Lenkrad, fuhr nach Norden, vorbei am Flughafen, vorbei an den ersten dezent ausgeschilderten Zubringern zu den Stränden der Reichen und Schönen.

Okay, wir sprachen hier von Nachfahren der Briten, also wahrscheinlich nur reich. Aber das kompensierte typischerweise blasse Tränensäcke, schiefe Zähne, schütteres Haar und andere traditionelle Eigenschaften der Untertanen Ihrer Majestät. Ich fragte mich, wie dieser Dee W. Schriever wohl aussehen würde, als ich den Wagen in Trinity Beach am Ufer entlang wieder Richtung Süden lenkte, gerade mal ein paar hundert Meter in die Kewarra Street hinein.

Das kleine Waldstück – oder nannte man das hier Buschland? Dschungelfleck? – zwischen dem Ozean zu meiner Linken und den Häusern zu meiner Rechten war nicht dicht genug, um den Blick auf den Pazifik gänzlich zu rauben.

Goldener Sand, türkises Wasser, das mit zunehmender Tiefe in ein sattes, beruhigendes Blau überging. Das Paradies war zurück, diesmal ohne dunklen Schatten darauf, und die Szene wirkte noch um vieles erhabener als das geschmackvolle und luxuriöse Anwesen, der Wohnsitz von Dee W. Schriever, dem König der Lust-Tentakel und brünstigen Dinosaurier.

Flach und einstöckig gebaut, aus weiß gestrichenen Holzbrettern, aber weitläufig und ausladend, im Prinzip ein großer Bungalow mit zwei kleineren, dazwischen Durchgänge mit großzügig dimensionierten Fenstern, durch die im Morgengrauen zweifellos die Sonne goldenes Licht ins Gebäude schickte. Die Einfahrt, mit rotem Kiesel gefüllt, wurde von Palmen gesäumt, die sich von der Straße bis zur Garage erstreckten. Was wohl darin ruhte? Ein Rolls-Royce? Nein, das wäre zu viel Klischee, ebenso wie ein Jaguar. Vermutlich eher ein Porsche und daneben einer dieser wuchtigen SUVs, mit denen gut betuchte Soccer-Mums ihren verwöhnten Nachwuchs von Veranstaltung zu Veranstaltung, von Privatlehrer zu Tutor chauffierten, mit Argusaugen darauf achtend, dass die Sprösslinge nicht den falschen Umgang wählten. Wie jenen mit Aborigines zum Beispiel.

Was? Ein Zyniker?

Ja, aber aus Erfahrung. Und diese sagte mir, dass ein Typ, der sich mit Tentakel- und Dinopornos ein Vermögen erschrieben hatte, wahrscheinlich nicht zur Subspezies »natürlich attraktive Männer«, im Volksmund auch »Chick-Magnet« genannt, zählen durfte. Meine Fantasie malte ein ganz bestimmtes Bild von einem fetten, schwitzenden Incel mit struppigem Vollbart. Einem jener Typen, die sonst auf Youtube heftig über Filme ablästerten, die nicht in ihre kleinkarierte Vorstellung des Genres oder Franchises passten. Klar, manche machten auf Snob dabei, wie der gescheiterte Critical Drinker, den manche Hobby-Cineasten in meinem Bekanntenkreis so abfeierten, aber den meisten war deutlich anzusehen, dass ihre Pornofantasien daher rührten, dass ihnen echter, realer Sex den Großteil ihres Lebens verwehrt worden war.

Und das aus gutem Grund.

Wie ich mir Dee W. Schriever vorstellte? Auf jeden Fall ohne attraktive Lebensgefährtin, auch wenn wir alle wissen, dass ein paar Millionen – egal, wie diese verdient wurden – hier die Erwartungshaltung mächtig verändern können. Dennoch war ich überrascht, als sich die Tür öffnete und eine Frau vor mir stand, die weder der Kategorie »Mutter des Autors« noch »von Dollarnoten angelockte temporäre Gefährtin« angehörte. Also zumindest auf den ersten Blick.

Dieser offenbarte eine braun gebrannte Frau, die irgendwo zwischen dreißig und fünfzig Jahren sein mochte, viel wahrscheinlicher aber zu jenen Glücklichen zählte, die einfach fünfunddreißig wurden und dies dann optisch zwei Jahrzehnte lang blieben. In ihr langes schwarzes Haar, das über eine offenherzig geknüpfte, tropisch bunte Bluse fast bis zum Bund der beigen Cargohose reichte, hatten sich einige graue Strähnen eingeschlichen, aber diesen widersprach ein geradezu jugendlich wirkendes Gesicht heftig. Okay, jugendlich aus meiner Perspektive, wo das Schiff der Bedeutung den Hafen schon vor langer, langer Zeit verlassen hatte, aber ihr versteht, was ich meine. Klar, da waren kleine Lachfältchen und diese winzigen Furchen, strahlenförmig von den grünen Augen ausgehend, die mit dem Elan einer Studentin auf dem Weg zum Springbreak-Besäufnis in Palm Beach strahlten, zusätzlich energiegeladen durch die Neugier, mit der sie mich musterten. Diese ging in ein gewisses Amüsement über, das ich nicht genau zuordnen konnte, ein beinahe sarkastisches Lächeln, das weiße Zähne offenbarte. Alles in allem eine ungewöhnliche, attraktive Mischung, die noch dazu mit einer Aura des Selbstvertrauens aufgewertet wurde.

Das passte nicht zu einer Trophy-Wife.

Ich räusperte mich, deutete unbewusst eine Verbeugung an – eine dämliche Angewohnheit und im zwanglosen Australien so fehl am Platz wie ein Playboy-Abo im Priesterseminar.

»G'Day, ich suche nach einem Dee W. Schriever, wenn das hier die Kewarra Street Nummer 32 ist.«

Sie lachte hell auf.

»Nur Touristen sagen tatsächlich G'Day. Lektion Nummer eins, Ami-Boy. Du bist doch der Ami-Boy, nicht wahr? Little Pete, Sams ehemaliger Stecher?«

Mir blieb die Spucke weg, und das hatte nichts mit ihrem immer mehr anziehend wirkenden Aussehen zu tun, sondern mit dem ebenso interessanten Gehabe und der Beiläufigkeit, mit der sie mich als Stecher bezeichnete.

Ganz casual und unverfänglich.

Sie erwischte mich auf dem falschen Fuß, unvorbereitet und dementsprechend unbeholfen. Wahrscheinlich glotzte ich sie reichlich dämlich an.

»DU bist Dee W. Schriever?«

Sie schmunzelte und zog die Tür weiter auf, trat einen Schritt zurück und zur Seite. Eine nonverbale Aufforderung, einzutreten. Ganz ehrlich, ich zögerte einen Augenblick, hörte auf die Stimme meines Unterbewusstseins, die mich vor ihr warnte. Und von ihr übertönt wurde.

»Désirée Chamaux-Chévriée, aber du kannst mich Dee nennen. Nein, du *sollst* mich Dee nennen, inzwischen gefällt mir der Name am besten.«

Ich drehte mich verdattert zur Seite, als bei mir der Groschen fiel, zu überrascht, um die ebenso schlichte wie geschmackvolle Inneneinrichtung und den gewaltigen Wohnbereich zu bewundern. Es war kein großer Bungalow, es war lediglich das Wohnzimmer, und ich nehme alles zurück, was ich über geschmackvoll sagte. Denn an den Wänden hingen Bilder, die offenbar Schlüsselszenen aus dem literarischen Schaffen meiner Gastgeberin zeigten.

Explizite Schlüsselszenen.

What the fuck, in mehrfacher Hinsicht.

»Du hast doch nicht wirklich geglaubt, dass meine Romane unter echtem Namen erscheinen?«

Das war ein guter Einwurf, über den ich eigentlich reflektieren wollte, als sich mein Hirn plötzlich einklinkte und die anatomische Frage stellte, wie der zwei Meter lange Penis eines Dinos in den Körper der vor ihm gefesselt knienden und unpassend leicht bekleideten Dame passen würde.

Vermutlich gar nicht.

Vielleicht sollte ich die Bücher doch irgendwann lesen.

Ich schüttelte den Kopf, aber offenbar nicht schnell oder heftig genug.

»Fast jeder Autor schreibt unter Pseudonym, wusstest du das nicht? Du glaubst doch nicht im Ernst, dass Stephen King wirklich Stephen King heißt?«

Ich schüttelte wieder den Kopf, sagte aber nichts. Keine Ahnung warum, aber ihre freche, beinahe überhebliche Art, kombiniert mit der bizarren Mischung aus australisch-gedehntem Englisch und französischem Akzent, faszinierte mich. Ich ließ sie nur zu gerne reden.

»Und je abstruser, kitschiger, peinlicher oder trashiger die Werke, desto mehr kannst du darauf wetten, dass du es mit einem Pseudonym zu tun hast. Am Ende der Schundleiter stehen nur noch Fake-Namen und falsche Identitäten. Celine J. Curtis ist in der traurigen Realität ein bierbäuchiger, abgehalfterter Hollywood-Produzent, hinter dem VR-Zombieguru I. C. Goresplatter steckt der biedere Deutsche Thilo Nemitz und Ivan Ertlov heißt in Wirklichkeit …«

Ich winkte ab.

»Schon gut, schon gut, ich habe es verstanden. Was ich nicht verstehe – warum zur Hölle Dinosaurier?«

Sie grinste und ging voran, ließ sich neben einem ausladend großen schwarzen Glastisch in einen der gepolsterten Rattansessel fallen. Nur ein sexistisches Schwein würde an dieser Stelle erwähnen, wie dabei ihre durchaus anzumerkende Oberweite ein doppeltes Wippen vollführte.

Grunz.

Ich tat es ihr gleich.

»Weil es Geld bringt. Ich habe vorher Lokalkrimis geschrieben, du weißt schon, *Inspektor Carré ermittelt in der Bretagne* und ähnliches Zeug. Dann stolperte ich durch Zufall in den Charts über *How Not to Summon a Demon Lord* von Yukiya Murasaki und staunte, wie abartig sich so was verkauft. Das wollte ich toppen, in jeder Hinsicht, und hab einfach die abstruseste Pornostory geschrieben, die ich mir ausdenken konnte. Das war die Geburtsstunde von *Im Sumpf der Geilen Tentakel.* Hat sich hunderttausendmal verkauft – in weniger als vier Monaten. Also habe ich noch eins draufgelegt und die *Sturmbraut des Triceratops* auf den Markt geschmissen. Eine halbe Million in einem Jahr, das meiste davon in Amerika.«

Ich nickte anerkennend – und indirekt aufmunternd. In meiner Branche muss man nicht nur zuhören können und die feinen Untertöne dabei wahrnehmen, nein, es ist auch wichtig, durch unbewusste Signale dafür zu sorgen, dass dein Gegenüber weiterspricht. Und das, ohne aufdringlich oder neugierig zu wirken.

»Bin aus der französischen Provinz nach New York gezogen, in ein schickes Apartment, habe meinen eigenen Indieverlag gegründet, zwei Agenten angeheuert, im Prinzip ein Imperium aufgebaut. Leider ist in meiner Social Bubble durchgesickert, was ich beruflich wirklich mache, und als die anfingen, mich zu schneiden, konnten mich die scheißprüden Vereinigten Staaten am Arsch lecken. Nichts für ungut, Ami-Boy.«

Ich lehnte mich zurück und rang mir ein Lächeln ab.

»Kein Problem, ich bin hart im Nehmen.«

»Ja, das hat Sam auch gesagt, und ich bin neugierig, wie sie das meinte. Deine Ex wollte mir erstaunlich wenig über dich erzählen, hat irgendwas von Geheimhaltungsverpflichtung und der fucking CIA gefaselt. Aber selbst die Andeutungen waren abstruser als alles, was ich mir für meine Bücher ausdenken könnte. Stimmt es, dass du mit Nazis gegen Mutanten und Zombies gekämpft hast?«

Ich lachte laut auf und schüttelte den Kopf.

»Leider nein, das ist eine Ente. Vielleicht eine gute Story für einen The-Asylum-Film, du weißt schon, einen jener

Streifen, die du ganz unten findest, wenn du zu lange durch die Netflix-Empfehlungen scrollst.«

Und das war die Wahrheit, denn in Wirklichkeit hatte ich *mit* einem Mutanten *gegen Nazi-Zombies* gekämpft. Die größte Lüge ließ sich nun mal am besten in einer kleinen Wahrheit verstecken.

Dee war sichtlich enttäuscht.

»Habe ich mir fast gedacht, schade eigentlich. Aber es ist eine Entführung, die dich hierhergebracht hat, oder?«

Das war eine gute Frage.

»Ja. Nein. Vielleicht. Bis jetzt ist es nur eine ganz normale Vermisstensuche, es geht um im Outback verschwundene Rucksacktouristen.«

Sie verzog das Gesicht, aber es war nicht einmal ein zynisches Lächeln, eher eine Grimasse des Bedauerns. Sie beugte sich nach vorne. Die Haare hingen ihr ins Gesicht, und ihre Augen wurden ernst.

»Ich hoffe, du hast da einen Sammelauftrag angenommen, gleich fünfzig oder sechzig Vermisste auf einmal. Das kommt bei uns nämlich häufiger vor als du glaubst.«

»Ja, das habe ich gehört. Aber es geht konkret um eine – nein, um zwei Mädels, die vor fast genau vier Jahren im Tarrigan's zum letzten Mal gesehen wurden.«

Dee schnaubte abfällig und so heftig, dass ein Teil ihrer Haarpracht aus dem Gesicht gepustet wurde.

»Natürlich, wo denn sonst. Was für ein Laden! Die haben damals alle COVID-Lockdowns großzügig umschifft oder ganz ignoriert, weiter die Studenten und Backpacker abgefüllt und ausgenommen. Das ist eine Saufbude und ein Rattenloch, und das ist noch nicht das Schlimmste am Geschäftsmodell.«

Ich wurde hellhörig.

»Was meinst du damit?«

»Na ja, von zwanzig Dollar pro Nacht und Bett im Schlafsaal werden sie nicht reich. Die meiste Kohle machen sie mit anderen Dingen. Würde mich nicht wundern, wenn ein Teil der Crew unter der Hand Stoff verkauft – aber nein, ich meine den *semioffiziellen* Teil. Sie bieten Ausflüge an, überteuerte Trips ins Outback, angeblich echte aboriginale

Erfahrungen, so authentisch wie eure Superbowl-Halbzeitshows, und natürlich Bootsfahrten aufs Riff – für ein Schweinegeld, oft auf Kähnen, die kaum noch seetüchtig sind und von einem Säufer mit einer Recreational License gesteuert werden.«

Das war in der Tat interessant, vielleicht sogar der Schlüssel zu allem.

»Und was passiert, wenn so ein Boot absäuft? Mit einem Haufen Backpacker an Bord? Wird das vertuscht, unter den Tisch gekehrt, um dem Tourismus nicht zu schaden?«

Dee schüttelte mitleidig lächelnd den Kopf.

»Pete, du bist wirklich ein Greenhorn, was Australien betrifft. Wir sind ein fucking Nanny-Staat, mit überregulierten Unternehmen und entmündigten Bürgern.«

Ich erinnerte mich an meinen Versuch, eine Waffe zu kaufen, und daran, dass jeder Radfahrer einen Helm getragen hatte. Einen Helm! Auf dem Fahrrad! Bei uns war das nicht einmal auf dem Motorrad Pflicht – na ja, zumindest in einigen Bundesstaaten nicht.

»Nein, natürlich würde das ans Licht kommen. Kommt es auch immer. Dann gibt es große Betroffenheit, ein paar vollmundige Versprechungen der Politiker, noch schärfere Gesetze, an die sich kein Schwein hält, und wenn die Kacke wirklich am Dampfen ist, eine königliche Kommission, die eingesetzt wird. Nein Pete, auf dem Meer sind deine Backpacker nicht verschwunden.«

Ich starrte gedankenverloren ins Nichts, und meine Lippen bewegten sich wie von selbst.

»Backpackerinnen.«

»Wie meinst du das?«

»Es waren Mädels, junge Damen, Studentinnen – eine aus den Staaten, eine aus Deutschland.«

Dee sank wieder in ihren Sessel zurück, griff hinter sich und holte ein Säckchen hervor, das sie wortlos an mich weiterreichte. Zuerst dachte ich an Drogen, wollte dankend ablehnen, ohne allzu spießig zu wirken – aber es war viel schlimmer. Geröstete Nüsse, gemischt mit geräucherten Mandeln. Gott, war das Zeug fettig und traumhaft. Während ich meinen Arterien den Todesstoß verpasste, bekam meine Gastgeberin einen Gesichtsausdruck, den ich nur zu gut kannte.

Eine Mischung aus scharfem Nachdenken, Anspannung und Neugier, gewürzt mit einer Prise Tatendrang. Ihre Augen funkelten, und sie begann, mit den Knien zu wippen. Vielleicht brauchte es eine gewisse journalistische Neugier, um Bücher zu schreiben, vielleicht schlummerte eine Detektivin in ihr, vielleicht lag ihr das Schicksal der Touristinnen am Herzen. Wie auch immer – sie hatte Lunte gerochen und bei meinem Fall angebissen, ganz ohne mein Zutun.

»Das ist wichtiger Kontext und ändert die Sachlage natürlich. Ich nehme mal an, du kennst den Drill mit den Working-Holiday-Visa, oder?«

Ha, endlich eine Gelegenheit, zu beweisen, dass ich nicht vollkommen grün hinter den Ohren angereist war.

»Klar, man arbeitet für ein paar Monate auf einer Farm, und dann wird um ein halbes Jahr verlängert.«

»Oder sogar ein ganzes. Damals, während der ersten Pandemie und dem Lockdown, wurden die Grenzen dicht gemacht. Die meisten Backpacker verließen das Land und keine weiteren kamen nach. Die Agrarindustrie war am Boden, Hunderte Tonnen Obst und Gemüse verrotteten ungeerntet. Den Touristen, die im Land blieben, wurden die Visa großzügig gegen alle Vorschriften verlängert, unter einer Bedingung.«

»Ja, ich weiß, dass sie auf den Feldern arbeiten.«

»Ganz genau. Und da wird es für uns – ich meine, für dich – spannend. Eine wichtige Einnahmequelle für Hostels und deren Mitarbeiter ist das informelle Vermitteln von Erntehelfern. Teilweise an zwielichtige Agenturen, teilweise an die Farmen direkt. Die Kickbackzahlungen pro Kopf sind hoch, oft mehrere tausend Dollar, und manche Farmer legen nochmals ordentlich drauf, wenn die Touristen weiblich sind – weiblich und gut aussehend, wenn du verstehst, was ich meine.«

Ich verstand. Oder besser gesagt, ich begann zu verstehen. Wenn du so eine Studentin am anderen Ende der Welt bist, jung, hübsch und vielleicht ein wenig naiv, mit einem fixen Termin vor Augen, an dem du das locker-lässige Säufer-, Surfer- und Kifferparadies wieder verlassen musst, und dann bietet dir auf einmal jemand die Gelegenheit, deinen Aufenthalt zu verlängern und dabei auch das dafür notwendige Kleingeld zu verdienen …

… ja, ich konnte mir vorstellen, wie viele Backpackerinnen da wahrscheinlich freudig zusagten und dann ein paar hundert Kilometer tief im Landesinneren landeten. Mit fragwürdiger Verpflegung, abgeschnitten von der Welt und zuverlässigem Handyempfang, den Farmern und Vorarbeitern mehr oder minder hilflos ausgeliefert. Die Geschichte entwickelte sich in eine Richtung, die mir immer weniger gefiel.

»Und das ist legal? Redet da keiner von moderner Sklaverei? Gibt es da keine Skandale, die durch eure Presse geistern?«

Dee sah mich an, als ob ich den Verstand verloren hätte.

»Was glaubst du denn, wer bei euch in den Staaten die Ernte einbringt? Auf den Feldern in Kalifornien schuftet?«

Da hatte sie einen wunden Punkt getroffen, allerdings einen, der am Thema vorbeiging.

»Die Mexikaner. Aber sie werden nicht nach Oberweite und Gesichtszügen ausgewählt, nicht nach *gut aussehend*, sondern einzig und allein danach, wie wenig man ihnen bezahlen und wie schlecht man sie bei maximaler Arbeitsleistung behandeln kann.«

Dee stutzte, legte ihren Kopf kurz zurück und streckte den Rücken durch. Eine unbewusste Geste, die dafür sorgte, dass jener Faden, der den obersten geschlossenen Knopf ihrer Bluse hielt, temporär Kräften ausgesetzt war, wie sie normalerweise nur in Neutronensternen vorkamen. Ich versuchte, ihr weiterhin in die Augen zu blicken, offenbar allzu angestrengt und bemüht, denn sie grinste kurz und vielsagend, ehe sie wieder ernst wurde. Sehr ernst sogar.

»Touché, da ist was dran. Aber ja, wir hatten unsere Skandale, zuletzt 2019, als einige internationale ehemalige Rucksacktouristinnen auspackten, in Interviews schilderten, wie man sie auf den Farmen erniedrigt, ausgebeutet und sexuell belästigt hatte. Und immer wieder klang durch, dass es nicht bei der Belästigung geblieben war. Enthüllungsgeschichte auf ABC, Skandal im Anrollen, die ersten vollmundigen Politikerversprechen – aber dann kam COVID, und alles andere wurde in den Hintergrund gedrängt. Ein paar Richtlinien wurden verschärft, ein paar Agenturen zwangsgeschlossen, aber das grundlegende System ist immer noch dasselbe.«

Ich nickte und bemerkte an meinen immer zittriger werdenden Händen, dass ich – nein, nicht, dass ich einen Drink brauchte, die Zeiten waren vorbei. Es war vielmehr fiebriger Tatendrang, der von zu viel Reden und zu wenig Handeln rührte, und davon, dass ich wusste, wo ich zu beginnen hatte.

»Also werde ich im Tarrigan's anfangen, mich dort gründlich umhören. Sie müssten zumindest Aufzeichnungen haben, wer wann bei ihnen genächtigt hat.«

Dee nickte aufmunternd.

»Auf jeden Fall. Nanny-Staat, schon vergessen? Aber informelle Arbeitsvermittlungen laufen eher unter der Hand, du wirst jemanden richtig ausquetschen müssen. Mit entsprechend lokalem Touch, nicht mit der amerikanischen Stahlhand. Eigentlich …«

Sie blickte mich einen Moment lang weggetreten, beinahe verträumt an, ehe sie wieder ihr dezent amüsiertes Lächeln aufsetzte, von dem ich immer noch glaubte, dass es mich zumindest ein kleines bisschen verhöhnte. Dass sie mich entweder für einen Idioten hielt oder plante, mich in die Irre zu führen.

»Also gut, Ami-Boy, bring dein Zeug herein, sperr deinen Wagen ab und zieh dir etwas Bequemes an. Du bekommst einen Crashkurs in Sachen Queensland von mir!«

Ihr Elan duldete keinen Widerspruch.

*

Die erste Lektion hatte bereits im Haus begonnen – mit der Auswahl meiner Garderobe. Lange Hosen und halbhohe Schuhe, bei diesen Temperaturen? Das klang für mich bescheuert und wie ein schlechter Scherz angesichts Dees Cargopants, die auf Kniehöhe endeten und anhand der akzentuierten, braun gebrannten Waden erahnen ließen, dass die Französin im Exil entweder Schwimmen, den Radsport oder ausgedehnte Bergwanderungen liebte.

Oder alles zusammen, ebenso wie ihren Garten, in den sie mich zuerst führte, zu einigen offenbar willkürlich neben den Zaun gepflanzten Sträucher, Stauden und Blumen. Vor einem eleganten, gebogenen Gewächs, dessen hellgrüne, mit feinen Härchen bewachsene Blätter im Sonnenlicht schimmerten, blieb sie stehen.

»Also gut, sieh dir diesen grünen Freund hier einmal genau an. Was denkst du, was es ist? Und wofür mag es gut sein?«

Botanik war nie eine meiner Stärken gewesen, aber ich kannte genug Erzählungen und esoterisches Geschwurbel über die Heilkraft exotischer Pflanzen, um zumindest raten zu können.

»Stamm und Äste erinnern mich an einen Haselstrauch, aber die Blätter sehen mehr wie Brennnessel aus. Ich würde sagen, man pflückt die Blätter und legt sie auf Wunden oder man braut einen Tee aus ihnen.«

Dee bleckte ihre Zähne.

»Gratuliere, du bist im Krankenhaus. Das ist ein Gympie, und die Blätter verhalten sich zur normalen Brennnessel ungefähr so wie eine Handvoll feinstes Koks zu einer Dose Red Bull. Die Schmerzen sind unvorstellbar, und sie halten monatelang an. Monatelang! Manche Opfer werden wahnsinnig, und es gibt Berichte von Leuten, die sich erschossen haben, weil sie es nicht mehr ertragen konnten.«

Ich verkniff mir ein gehässiges »Erschossen? Mit welcher Waffe denn?« und ging auf Respektabstand zu dem Gympie.

»Warum zur Hölle hast du dieses Teufelszeug dann in deinem Garten?«

Die Schriftstellerin grinste breit.

»Sieh dich um, wo ich es gepflanzt habe.«

Neugierig blickte ich den Zaun entlang, identifizierte alle Sträucher dieser Art, versuchte, ein Muster zu erkennen – und hielt den Atem an. Es war eine strategische Verteilung, die dafür sorgte, dass niemand über die Einfriedung auf ihr Grundstück klettern konnte, ohne zumindest einmal mit dem Gympie in Kontakt zu kommen. Es waren verdammte Boobytraps, Dutzende davon, perfekt platziert. Ich keuchte entsetzt auf.

»Du bist eine Sadistin.«

»Nein, nur vorsichtig. Komm, lass uns einen Spaziergang zum Strand machen, um deine Nerven zu beruhigen.«

Tatsächlich hatten die Wellen, unaufhörlich gegen den palmengesäumten Strand brandend, eine beruhigende, schon beinahe hypnotische Wirkung. Einige Queenslander lagen dort herum, fischten Bier aus Kühlboxen, genossen den warmen australischen Spätherbst im Norden.

Man konnte es ihnen nicht verdenken. Ebenso wenig wie die Tatsache, dass nur einige sehr wagemutige – oder besonders dumme – Einheimische im Wasser herumwateten. Klar, der eine oder andere Surfer war zu sehen, eingehüllt in bunt verziertes Neopren, aber das Planschen und Schwimmen spielte sich ein Stück weiter nördlich ab – hinter einem gewaltigen Netz, das man ins Meer gepflanzt hatte.

Zwei Flaggen, links und rechts, signalisierten den sicheren Bereich, der zusätzlich von einem Rettungsschwimmer in einem kleinen, geweißten Holzhäuschen überwacht wurde. Niemand schwamm im offenen Meer, und ich wusste warum.

»Lass mich raten – du hast eine Belehrung über die Gefahren von Haien im Sinn?«

Dee stieß mir spielerisch einen Ellbogen in die Rippen, eine Geste, die angesichts der Tatsache, dass wir uns noch nicht einmal zwei Stunden lang kannten, übertrieben freundschaftlich schien.

»Fast, Ami-Boy, fast. Mit Haien ist nicht zu spaßen, das stimmt wohl, aber die Netze sind in erster Linie wegen der Quallen da. Obwohl deren Saison eigentlich schon vorbei sein sollte, werden Klimawandel sei Dank noch immer welche angespült.«

Ah ja, da war etwas gewesen, in einem der Flyer, die ich im Flugzeug erhalten hatte. Willkommen in Australien, alles will dich töten – so oder so ähnlich stand es in erstaunlich fröhlichem Plauderton geschrieben.

»Würfelquallen und irgendwelche noch böseren kleineren Arten, ich erinnere mich. Sind die genauso schlimm wie der Gympie?«

Dee schüttelte den Kopf.

»Schlimmer. Die Schmerzen vergehen zwar ein wenig schneller, aber das Gift kann dich wirklich umbringen. Herzstillstand, Atemlähmung, das volle Programm. Und selbst wenn man es überlebt – es gibt Berichte von Leuten, die man im Krankenhaus in künstlichen Tiefschlaf versetzt hat, und selbst darin haben sie vor Schmerz so lange weiter geschrien, bis ihre Kehlen wund waren und nur mehr Krächzen herauskam.«

Ein Schauer lief mir über den Rücken, und das lag nicht an der vom Meer kommenden Brise, die tatsächlich merkliche Abkühlung mit sich brachte. Meine Gedanken kreisten, versuchten, ein Bild von der Gegend zu malen, in die es mich verschlagen hatte, von ihren ganz eigenen Gesetzen und Regeln.

»Eine dumme Frage – wo würde man hier am ehesten Leichen verkappen, Menschen verschwinden lassen? Aufs offene Meer hinaus, über Bord schmeißen, und die Haie machen den Rest?«

Dee blieb stehen und runzelte die Stirn, hinter der die Gedankengänge einer ehemaligen Krimiautorin aus dem jahrelangen Tiefschlaf erwachten. Mein erster Polizeichef hatte immer die Theorie vertreten, dass Crime-Schreiber, die ihren Job ernst nahmen, gute Cops oder perfekte Verbrecher abgeben würden, da sie für ihre Plots jede Tat Hunderte Male durchanalysierten, Logiklücken und Täterfehler finden mussten, die dem gemeinen Gauner gar nicht in den Sinn kamen. Sie blickte lange und nachdenklich auf den Ozean hinaus, wo einige Ausflugsschiffe – große, moderne, seetüchtige, vermutlich auch von einem ordentlich lizenzierten und nüchternen Kapitän gesteuert – in Richtung Cairns die Heimreise antraten.

»Das ist keine dumme Frage, ganz und gar nicht. Sogar erstaunlich schlau, zumindest für einen Amerikaner. Also, nein, der Ozean ist nicht ideal. Zum einen werden die Bootsbewegungen an der Küste sehr genau überwacht, unbemerkt rausfahren ist selten drin. Zum anderen – die Haie im Ozean sind nicht wie die tausend ausgehungerten Piranhas im Aquarium eines James-Bond-Bösewichts. Sie fressen anders, zerreißen mehr ihre Beute, und nicht einmal die großen würden einen ganzen Menschen verschlingen. Das Risiko, dass eine Hand oder etwas anderes Identifizierbares am nächsten Tag angespült wird, wäre ziemlich hoch.«

Sie drehte sich um, weg vom Strand, und deutete in das Stück Busch hinein, das uns von den Straßen und der Zivilisation trennte. Ein kleiner Bach floss an uns vorbei, direkt ins Meer, beendete seine Reise aus den Bergen unspektakulär am Tropenstrand. Dee hob ihre Hand, zeigte über das Buschland hinweg auf die nahen Gipfel, um die sich vereinzelte, von Westen kommende Wolken schmiegten.

»Der Busch ist besser geeignet, besser als der Ozean und besser als das Outback. Viel besser sogar. Im Outback ist alles Auffällige aus der Luft schnell erkennbar, und zu viele Privatmaschinen, kleine Regionalflieger und natürlich unsere geflügelten Doktoren sind tagtäglich unterwegs. Aber wir haben je nach Einstufung ein bis zwei Millionen Quadratkilometer Busch und Nationalparks in Australien. Hunderttausende alleine in Queensland, und ein schönes Stück davon siehst du da am Horizont. Von diesen Ausläufern hier hinein in die Tablelands bis Mareeba, eine vierzig bis achtzig Kilometer breite Zone entlang der Küste, von Cape Melville bis runter nach Townsville. Klar sind dort überall vereinzelt Städte, Dörfer und Farmen, aber dazwischen, abseits der Straßen und beliebtesten Wanderwege – keine Chance, etwas zu finden. Zumindest nicht ohne einen Aboriginal Tracker oder Elder, und selbst der müsste ungefähr wissen, was er wo zu suchen hat.«

Schlagartig kam ich mir klein und unbedeutend vor, als ich im Kopf die Entfernungen und Dimensionen überschlug. Sie sprach von einem sechshundert Kilometer langen Streifen, im Schnitt von mir aus sechzig breit – das waren insgesamt 36.000 Quadratkilometer. Dreimal so groß wie das gesamte Areal des Death Valley, mehr als zwölfmal so groß wie der Yosemite-Nationalpark. Heilige Scheiße!

Mir brummte der Kopf, und dankbar nickte ich Dee zu, als sie mir bedeutete, ihr zu folgen, den kleinen Bach entlang hinein in das Buschstück – heraus aus der Sonne, die selbst jetzt noch gehörig Energie besaß.

Wir gingen einen kleinen Trampelpfad entlang durch das Grün, bevor wir an einem kleinen, sumpfigen Teich Halt machten. Über uns war das dichte Laubdach des australischen Buschs, vor uns brackiges Wasser, gespeist von dem Gewässer, das hier kurz stehen blieb, verschnaufte, ehe es sich in den Ozean ergoss. Dreißig Meter im Durchmesser, und in der Mitte des Teichs ragte der Baumstumpf eines vor Ewigkeiten gefällten Urwaldriesen aus der braunen Oberfläche. Daneben ein mächtiges Stück Treibholz, dunkelbraun und gute sechs Schritt lang.

Ein unangenehmes Gefühl schlich sich in meinen Bauch, als Dee eine kleine Zille klarmachte, ein Polyesterboot in erbärmlich schlechtem Zustand, mit einer knapp vier Meter langen Stange anstelle eines Ruders, ein Aluminiumrohr, scheinbar achtlos hineingeworfen.

»Komm schon, Ami-Boy, die nächste Lektion wartet.«

Das Gefühl verdichtete sich, wurde zu einer Warnung. Alle meine Instinkte, die mich so lange gegen jede Wahrscheinlichkeit am Leben erhalten hatten, schrien mir ein »NEIN!« entgegen, bettelten mich an, keinen Fuß in das brüchige Boot zu setzen.

Ich tat es dennoch.

Ging es mir wirklich darum, von der zynischen, abgebrühten Französin zu lernen? Oder wollte ich ihr gar imponieren, mir keine Blöße geben?

Das Resultat war dasselbe.

Geschickt navigierte sie uns durch das Brackwasser, brachte uns an den Baumstamm in der Mitte heran.

»Aussteigen. Klettere auf den Stumpf rauf.«

Ich blickte sie verdutzt an.

Wollte sie mich hier aussetzen?

Was war der Zweck dieser verdammten Übung?

Aber irgendwas an ihrer Stimme duldete keinen Widerspruch, faszinierte mich ebenso, wie es mich in Beschlag nahm. Zu meinem eigenen Erstaunen gehorchte ich, zog mich an dem feuchten, aber unter den aufgeweichten ersten Zentimetern erstaunlich harten Holz hoch. Ich erklomm den Stamm, richtete mich auf, blickte Dee herausfordernd in die Augen.

»Und was jetzt?«

Sie stieß sich ab, ließ sich mitsamt Boot ein paar Meter von mir wegtreiben und verschränkte diabolisch grinsend die Arme.

»Nehmen wir an, du bist tief im Busch, musst einen Sumpf oder ein Gewässer wie dieses überqueren. Was machst du?«

Zuerst einmal war ich erleichtert, dass es sich offenbar tatsächlich um eine weitere Lehrstunde ihres Privatunterrichts handelte und sie nicht vorhatte, mich hier zurückzulassen. Dann begann ich, zu überlegen.

»Ich nehme mal an, Waten oder Schwimmen wird nicht empfohlen. Vielleicht habt ihr hier Blutegel, die einen in fünf Sekunden leer saufen können, wahrscheinlich sind Hunderte tödlich giftige Wasserschlangen unterwegs. Oder irgendwelche Mikroorganismen, die in kleinste Kratzer und offene Wunden kriechen und mein Fleisch auflösen.«

Dee verzog keine Miene, ließ mich nicht einmal erahnen, ob ich recht hatte oder nicht.

»Also, wie kommst du rüber?«

Ich blickte mich um, versuchte, die Entfernungen und die Wassertiefe richtig einzuschätzen, jedes Detail der Umgebung zu beurteilen und …«

»Ha! Ich weiß es. Ich muss über diesen Baumstamm im Wasser balancieren, nicht wahr? Das ist eine Geschicklichkeitsübung?«

Triumphierend deutete ich auf das treibende Holz, dessen braun-grüne Borke feucht schimmerte. Glitschig, zweifellos, aber eindeutig eine Option.

»Fast. Das ist kein Baumstamm.«

Dees Lächeln wurde noch breiter, noch bösartiger, noch gemeiner, und mein Herz setzte einen Augenblick lang aus, übersprang einen Schlag. Ihre Hände nahmen die Stange ganz hinten, stupsten das andere Ende in den Baumstamm – und dieser erwachte.

Große gelbe Augen öffneten sich an seiner Oberseite, Augen einer Spezies, die Hunderte Millionen Jahre Evolution und Weltenwandel nicht nur überstanden hatte, sondern immer wieder am Ende der Nahrungskette aufgetaucht war.

Die einzigen legitimen Erben der Dinosaurier, die kaltblütigen Könige der Raubtiere, die Predatoren der Predatoren. Ein Maul öffnete sich, in dem imposante Zähne das Ende aller Hoffnung signalisierten, für jedes Opfer, das wie ich zu unvorsichtig, zu unerfahren, zu dumm gewesen war, um die perfekte Tarnung zu durchschauen.

Ein gewaltiger Schwanz peitschte von links nach rechts, in einer so ruckartigen Bewegung, dass ich unwillkürlich einen Schritt nach hinten machte – und fiel.

Mit rudernden Armen stürzte ich in das brackige, faule Wasser, das über meinem Kopf zusammenschwappte. Einmal kam ich noch hoch, brachte mich an die Oberfläche und riss meine Augen auf. Ich wollte schreien, meinem Entsetzen und Grauen Ausdruck verleihen, mir meine Panik aus der Seele brüllen. Ich konnte nicht. Schock und Adrenalin vermengten sich mit den Instinkten aus jener Zeit, in der meine Vorfahren flauschige kleine Säugetiere gewesen waren, ständig auf der Flucht vor, ständig gefressen von bösen, großen Echsen.

Das Maul kam auf mich zu, und ich trat das Erbe meiner genetischen Ahnen an.

Der Kreis schloss sich.

4. Tarrigan's Geheimnis

»Das war der alte Hank, das Maskottchen unserer kleinen Siedlung hier. Viel zu betagt, um noch zu jagen, und in freier Wildbahn hätte er schon längst sein Ende gefunden. Aber die Fischer füllen ihn jeden Tag mit Beifang ab; der ist zur Lunchtime schon so voll, dass er nicht einmal mehr einen Frosch runterwürgen würde. Du warst niemals wirklich in Gefahr.«

Das war ein schwacher Trost. Nun gut, eigentlich war es ein ziemlich stark beruhigender Trost, aber er linderte meine Wut nur langsam. Selbst jetzt, nach einer heißen Dusche, mit einem Badetuch um die Hüften und in Dees Gästezimmer – im linken Flügel ihres Anwesens ohne Dinosaurierporno an den Wänden –, hatte ich mich noch immer nicht beruhigt. Was vielleicht auch daran lag, dass meine Gastgeberin sich köstlich über meine durchgestandene Todesangst amüsierte.

»Wozu das Ganze? Hätte es nicht ein subtiler Hinweis getan, dass eure Salzwasserkrokodile nicht nur im Salzwasser zu finden sind?«

»Vielleicht, aber so hast du die Lektion garantiert gelernt. Komm schon, ich will dich nicht verarschen, sondern dir nur zeigen, dass dieses Land keine Fehler verzeiht. Wir sind hier nicht irgendwo im Großraum Sydney, wo die größte Gefahr ein überteuerter Hipster-Cappuccino für fünfzehn Dollar ist. Oh, und natürlich die Trichterspinnen. Gerade du solltest verstehen, dass die beste Gefahr jene ist, der man aus dem Weg gehen konnte. Ich meine, sieh dich mal an.«

Das konnte man als Beleidigung auffassen, und einen Moment lang tat ich dies sogar – bis ich verstand, was sie meinte. Sie hatte mir wenigstens im Badezimmer meine Privatsphäre gelassen, gewartet, bis ich mit diesem wirklich herrlich flauschigen türkis-blauen Badetuch meine Blöße bedeckt hatte – aber war dann umso ungenierter vor mir gestanden. Nicht nur ungeniert, sondern beinahe fasziniert, zumindest aber neugierig.

Sie meinte meine Narben, und davon hatte ich reichlich.

»Du siehst aus wie etwas, das man in einem geheimen Versuchslabor aus Ersatzteilen zusammengebaut hat. Was zur Hölle ist mit deinem linken Arm passiert?«

Ich blinzelte – und stöhnte kurz auf, als eine unangenehme Erinnerung sich vehement an die Oberfläche kämpfte.

»Improvisierte Sprengladung, in irgendeinem Arschlochnest zweihundert Kilometer nördlich von Bagdad. Die Army hat mich gut zusammengeflickt und dann nach Hause geflogen. Mein Corporal hatte weniger Schwein.«

Sie nickte verständnisvoll, ließ aber mit ihrem Verhör nicht locker.

»Hast du dabei die Zehe verloren?«

Du meine Güte, sie war wirklich eine aufmerksame Beobachterin.

»Nein, die ist mir abgefroren. Fünfunddreißig Kilometer südöstlich der Rothera-Forschungsstation in der Antarktis.«

Dee legte ihren Kopf leicht schief, wie es die meisten Menschen unbewusst tun, wenn sie etwas genauer unter die Lupe nehmen, ohne tatsächlich auf Tuchfühlung zu gehen.

»Das an der Wade und am Knie – das sieht mir nach Bisswunden aus, und wenn ich mich nicht irre, waren es …«

»Ja, menschliche Gebisse. Volltreffer. Gratuliere, Frau Gerichtsmedizinerin.«

Sie biss sich auf die Lippen, runzelte die Stirn, während ihr Körper seine Haltung änderte, eine gewisse Anspannung zeigte, die ich nicht zuordnen konnte.

War sie nun vorsichtig geworden? Verstand sie, dass es vielleicht nicht das Klügste und vor allem nicht das Sicherste gewesen war, mich ohne ordentlichen Re-Check bei ihr einzuquartieren?

Ich erwartete, dass sie sich zurückzog, unbewusst einen Schritt von mir weg machte. Es liegt in der Natur des Menschen, sich nicht nur vom Bösen fernzuhalten, sondern auch von seinen Opfern. Eine gewisse Distanz zu wahren.

Das Gegenteil war der Fall, denn sie ging einen Schritt auf mich zu, musterte nun meinen Oberkörper, meine Brust, Schultern und Hals.

»Und diese runden Narben sind alle …«

»… ehemalige, gut verheilte Schusswunden. Elf Stück insgesamt.«

Wieder dieser Scanner-Blick, aufmerksamer als jeder Flughafenpolizist, selbst wenn du mit Großtante Ednas Silberbesteck in der Unterhose durch den Metalldetektor marschiert bist.

»Ich sehe nur neun.«

»Der Rest ist unter diesem kuscheligen Frotteetuch versteckt, besten Dank dafür, und Gratulation an deinen Weichspüler.«

Sie lächelte, und ihre Augen wurden einen kurzen Moment lang glasig. Es war wieder dieser scheinbar weggetretene Gesichtsausdruck, der genauso schnell wieder verschwand, wie er gekommen war. Lässig deutete sie auf die Kommode neben mir.

»Zweite Schublade von oben. Zieh dir was über.«

Ich nickte dankbar, drehte mich zur Seite und zog das gute alte Stück, aus dunklem gebeiztem Holz, neugierig auf. Und starrte einige Momente lang verdattert auf den Berg Kondome, der dort gebunkert war. Nur langsam kroch mein Blick zurück in Richtung Dee, die diesmal wirklich dreckig grinste.

»Habe ich gestottert, oder was?«

*

Ehrlich gesagt war ich es leid. Ich hatte die Schnauze voll davon, von Frauen wie ein Stück Fleisch betrachtet und behandelt zu werden. Frauen, die davon ausgingen, dass ein Mann sein Hirn ausschaltete, wenn man seinen Schwanz aktivierte – oder ihm lediglich die Gelegenheit dazu in Aussicht stellte. Frauen, die glaubten, dass unsereins gar nicht »Nein« sagen kann, wenn ihnen eine mysteriöse, freche oder auch einfach nur anwesende Schönheit präsentierte, was die Natur, gute Genetik und in diesem Fall auch die färbende Kraft der australischen Sonne ihr geschenkt hatten.

So sind wir nicht. Also, ich zumindest bin das nicht, nein, meine Freunde. Bei mir reicht es nicht, schöne Augen zu machen, lasziv auf mich zuzugehen und dabei die tropische Bluse aufzuknüpfen, um mich in einen willenlosen Blob zu verwandeln.

Ich glaube an Charme und Intellekt, an die Schönheit des Geistes und die Erhabenheit der Gedanken; ich bin kein Höhlenmensch, der von Trieb und Instinkten gesteuert wird, und schon gar nicht jederzeit verfüg- und verführbar.

Und deswegen widerstand ich dieser Versuchung, dieser wirklich hinreißenden australischen Französin.

Für mindestens drei Sekunden.

Und als sie dann endlich von mir abließ, murmelte ich in Gedanken eine postfeministische Entschuldigung an mich selbst. Oder behaupte schlichtweg, das getan zu haben.

In Wirklichkeit lag ich einfach nur da, stoßweise keuchend, langsam wieder zu mir kommend. Es dauerte einige Zeit, bis ich in der Lage war, Dee einen skeptischen Blick zuzuwerfen – aber wenigstens konnte ich diesen jetzt viel besser auf ihr Gesicht fokussieren, was ihr nicht entging.

»Was ist los? Willst du ein Bier? Eine Zigarette? Was auch immer bei euch so der Brauch ist? Oder wird das schon die Vorbereitung auf Runde zwei?«

Sie lächelte dabei verschmitzt, und für einen Moment dachte ich …

Oh Gott, nein, nicht in meinem Alter, bitte gib mir eine halbe Stunde Pause. Mindestens.

… ehe ich den Kopf schüttelte.

»Nein, keine Zigarette, damit bin ich durch.«

Was die fromme Standard-Lüge aller Dampfer war, aber gut.

»Ich wundere mich nur, warum – na ja, warum du einen Wildfremden in dein Bett zerrst, ein paar Stunden nach dem Kennenlernen schon so ... ausgefallenen ... Sex mit ihm hast.«

Sie blickte mich einen Augenblick lang verdutzt an, ehe sie losprustete.

»Was war da ausgefallen? Ihr armen, prüden Amerikaner, wie beschissen langweilig muss denn euer Liebesleben sein! Das – das war noch gar nichts. Aber dafür gar nicht mal so schlecht. Gut gemacht, Ami-Boy.«

Okay, meine wissenschaftliche Neugier war vielleicht ein klein wenig entfacht und mein Ego geschmeichelt.

»Erstens ist das nicht mein Bett – also juristisch schon, aber du weißt, was ich meine. Zweitens hat Sam vielleicht die eine oder andere Empfehlung in diese Richtung abgegeben. Wenn es dir damit besser geht, kannst du es ja als Bezahlung für Bed & Breakfast betrachten ...«

Was mich zum non-resident Hooker machte. Nicht gerade meine erste Berufswahl, aber immer noch besser und ehrlicher als Versicherungsvertreter und Gebrauchtwagenverkäufer.

»... außerdem: NSA.«

Ich zuckte zusammen. Wie viel hatte Sam ihrer Bekannten tatsächlich erzählt, was wusste Dee über meine Vergangenheit und die wirklich bösen Verschlusssachen? Heftig schüttelte ich den Kopf.

»Nein, für die NSA hab ich nicht gearbeitet. Niemals. Für die CIA ja, aber das war gezwungenermaßen, Pistole auf der Brust und an Sams Stirn, ich hatte keine Wahl. Ehrlich, am besten vergisst du alles, was ...«

Sie lachte kurz auf, und ihr Kopf ließ das schwarze, dezent verschwitzte Haar aus dem Gesicht in den Nacken segeln. Ein epischer Anblick.

»Nein, du Redneck, NSA – das bedeutet *No Strings Attached.* Die goldene Regel für den zügellosen Sex Down Under, deine nächste Lektion in Sachen Australien. Jede treibt es mit jedem und umgekehrt, absolut zwanglos, durchgehend *casual*, bis man in festen Händen ist. Und die Definition davon ist, sagen wir es mal so – interessant.«

Ich stutzte und blickte sie fragend an. DAVON stand nichts im Reiseführer, auch wenn ich inzwischen sowieso den Eindruck hatte, dass der Lonely Planet mehr ein Märchenbuch als Faktum war.

»Was meinst du damit?«

Sie streckte sich, rollte sich zur Seite und fuhr mit ihrem rechten Zeigefinger meine Narbe (Kampfmesser, Neuengland, 2012) an der linken Brust entlang.

»Ihr habt ja in den Staaten diese seltsamen Datingregeln, diese ungeschriebenen Gesetze. Kein Sex vor der dritten Verabredung, zungengeküsst wird erst beim zweiten Ausgehen und so weiter.«

Ich nickte, war neugierig auf das ABER.

»Nun, hier ist es anders. Wenn ihr beim ersten richtigen Date nicht ins Bett geht, werdet ihr es wahrscheinlich niemals. Und wenn es passiert, bedeutet es erst mal gar nichts. Es ist keine Beziehung, und selbst eine solche ist so lange nicht exklusiv, bis es deutlich ausgesprochen wird. Manchmal glaube ich, Australier definieren sich erst dann als vergeben, wenn sie die erste gemeinsame Hypothek unterschreiben oder den Namen für ihr zweites Kind aussuchen.«

Nein, davon hatte definitiv nichts im Lonely Planet gestanden.

»Du kannst mit einem Typen ein halbes Jahr ausgehen und herumvögeln, Urlaub auf Fraser Island machen, seine Eltern kennenlernen – zwei sympathische ehemalige Flying Doctors im Ruhestand, übrigens –, Tisch und Bett teilen und gemeinsame Zukunftspläne schmieden. Und dann, eines Tages beim Einkaufen fürs Abendessen im IGA um die Ecke, während du einen griechisches Joghurt sorgfältig auf sein Ablaufdatum untersuchst, läuft euch eine blonde Studentin mit falschem Lächeln, aber echten, straffen Titten über den Weg, und er stellt sie dir als *die andere* vor, die er regelmäßig nagelt. Der *friend*, der oft genug, aber niemals namentlich erwähnt wurde.«

Mir war nicht entgangen, dass sich ein Hauch Verbitterung in ihre Stimme gemischt hatte.

»Das klingt verdächtig spezifisch.«

Sie zog den linken Mundwinkel nach oben, eine säuerliche, richtiggehend abfällige Geste.

»Ja, ich habe meine Lektion auf die harte Tour gelernt, damals, in meinem ersten Jahr hier. Jetzt bin ich angepasst, assimiliert – und mache es eben wie die Australierinnen und Australier. Ganz casual und NSA.«

Also lag es nicht an der sexuellen Strahlkraft meiner Narben, meinem umwerfenden Charme oder einer unwiderstehlichen Ausstrahlung, dass sie sich jetzt nackt neben mir rekelte. Eine kalte Dusche für mein Ego, aber, seien wir ehrlich, alles andere hätte auch gegen ihren Geschmack oder ihre Sehkraft gesprochen. Und außerdem änderte es ja nichts an der Situation, oder?

Elegant wie eine von am Strand angespültem Rum sturzbetrunkene, übergewichtige Robbe drehte ich mich, brachte mich in eine strategisch günstige Position und küsste sie auf die Innenseite ihres Oberschenkels.

Kurz und spielerisch.

»Und, wie läuft das so für dich?«

Ihre Hände fuhren mir durchs Haar, ehe sie mich erstaunlich fest packten, meinen Kopf zielstrebig und unnachgiebig zwischen ihre Schenkel bugsierten.

»Gar nicht mal so schlecht, Ami-Boy, gar nicht mal so schlecht …«

*

Ich hatte denkbar schlechte Laune, als ich mich am nächsten Tag dem Tarrigan's näherte – und das lag keinesfalls an der vergangenen Nacht, die mir zwar wenig Schlaf, aber dafür umso schönere Freuden gebracht hatte. Vor allem unerwartete Freuden.

Nein, der Grund für meine beschissene Laune war schlichtweg, dass ich keine Pods mehr hatte und dementsprechend grummelig wie jeder Raucher auf Entzug war. Auch wenn ich mich nicht mehr Raucher nenne.

Ah, ich höre förmlich, wie ihr euch jetzt fragt, warum ich nicht einfach neue gekauft habe? Eine verdammt gute Frage, und dreimal dürft ihr raten, wie die Antwort lautet.

Juul sind in Australien illegal.

Ebenso wie jeder andere Vape-Juice, der Nikotin enthält.

Ja, so wie euer Gesicht gerade hat meines auch ausgehen, als mir der höfliche, aber dezent gelangweilte Studentenverkäufer asiatischen Ursprungs die Nachricht überbrachte.

Nun gut, technisch gesehen nicht vollständig illegal. Wenn du ein erwachsener Australier oder Permanent Resident mit einem ärztlichen Rezept bist, darfst du dir gnädigerweise bis zu drei Monatsvorräte aus Neuseeland importieren.

Kommt euch bekannt vor?

In der Tat, es war wie mit den Knarren, nur noch schlimmer. Denn ich war tatsächlich eine Minute oder zwei in Versuchung gewesen, mir ein Päckchen Marlboro Gold zu kaufen, wie damals in den guten alten Zeiten. Vergiss es, Pete O'Brannon, das macht hier nämlich sechzig Dollar aus.

Ja, ihr habt richtig gelesen. Sechzig verdammte Dollar für eine beschissene Schachtel Marlboro. Oh, natürlich gab es billigere Ware, günstiges Zeug, aus minderwertigen Tabaken zusammengemischt, die irgendwo in der chinesischen Provinz von weiblichen Angehörigen gewisser ethnischer Minderheiten geerntet wurden, zwischen der morgendlichen politischen Indoktrination und der abendlichen Vergewaltigung durch die Aufseher. Diese kosteten dann nur vierzig Dollar das Päckchen, alles daran klebende Blut, reichlich Schwermetalle und hineingehäckselte Altreifen inklusive.

Fuck it.

Ich kompensierte mit einer billigen Vape und dem ziemlich widerwärtig schmeckenden Kinderjuice, den sie verkaufen durften, während ich an einem Nikotinkaugummi meine Kiefermuskeln trainierte und langsam die Grafton Street entlangspazierte.

Die erste Überraschung war die Größe – das war keine auf drei oder vier Stockwerken in einer engen Seitengasse in die Höhe gebaute Bruchbude, sondern ein ganzes Areal, eine Mischung aus Hotel und Einkaufszentrum. Ein großzügiger, extrabreiter Durchgang führte ins Innere, bot zur Rechten einen *Pizza by the Slice*-Laden, zur Linken ein eigenes Reisebüro. *The Adventure Travel Specialist*, präsentiert und betrieben vom Tarrigan's selbst. Ah ja, die überteuerten Ausflüge und Bootsfahren, alle natürlich von unabhängigen Drittpartnern veranstaltet, keine Haftung und Garantie seitens des Hostels. Schlau, wenn man genug dämliche Touristen fand.

Ein kleiner, bunter Flyer, ausgelegt auf dem runden Empfangstisch in der Mitte des Durchgangs, riet schon beinahe verschämt »Ask us about work opportunities« – frage uns nach Arbeitsgelegenheiten.

Bingo.

Ich war am richtigen Ort, aber eindeutig zur falschen Zeit. Diese Rezeption für Arme war im Moment unbesetzt, in dem orangen Reisebüro lümmelte nur eine junge Mitarbeiterin gelangweilt vor ihrem Bildschirm herum, schob wahrscheinlich gerade in Solitaire die Karten übereinander.

Solitaire? Komm schon Pete, die 90er haben angerufen, sie wollen ihr Spiel zurück!

Eine Gruppe südamerikanisch aussehender junger Leute, vermutlich Studenten, schob sich lachend und feixend an mir vorbei ins Freie, von der wieder stärker werdenden Sonne ebenso unbeeindruckt wie von den billigen Drinks am Abend zuvor. Ich spazierte weiter hinein, ungefragt und unbehelligt, kam bis zu dem Pool, der wie eine kleine Lagune angelegt war, sich sauber und einladend vor mir ausbreitete.

Und das war die zweite Überraschung. Nichts an dem Laden wirkte auch nur annähernd so heruntergekommen, abgenutzt oder auch nur schmutzig, wie ich es erwartet hatte. Ganz im Gegenteil. Oh, ich konnte mir gut vorstellen, wie an der Bar – zu meiner Linken, eine Mischung aus dunklen Holztresen und pflegeleichten Edelstahltischen – Nacht für Nacht das feierwütige Volk abgefüllt wurde, ich konnte vor meinem geistigen Auge sehen, wie zu lauten Beats grölende Studenten nach hinten in den Pool kippten und ihre Smartphones ersäuften. Ja, das war der Ort, an dem das Foto mit Alex und Mary aufgenommen worden war. Ich war richtig hier – und dennoch falsch.

Mochte sein, dass der Laden die Kids mit seinem eigenen Minimart und den Ausflugstouren abzockte, durchaus möglich, dass sie den Meeresfrüchtesalat mit Surimi streckten und es vielleicht mit den Notausgängen und Rauchmeldern nicht allzu genau nahmen.

Aber das war es auch schon. Ja, das war ein Backpackers, ja, es gehörte sicher zur Kategorie Hostel – aber innerhalb dieser zu den gehobeneren, näher an den Carmelita Cottages von Santa Cruz als an dem rattenverseuchten Betonblock im Fisherman's Wharf von San Francisco, wo ich einst meinen Undercover-Chinatown-Einsatz er- und überlebte. Diese Bude hier war eine Goldgrube, mit den ganzen kleinen Geschäften und angebotenen Aktivitäten eine Garantie dafür, dass die hier eintrudelnden Rucksacktouristen den Großteil ihres Geldes in der Anlage ließen. Die Gier des Menschen war unergründlich, aber wer auch immer dieses Resort für Backpacker aufgezogen hatte, mit drei Bars und Bierhalle, Shops und Unterkünften in allen Preislagen, war zuerst einmal Geschäftsmann.

Nein, ich behaupte nicht, dass dies eine kriminelle Ader per se ausschloss, im Gegenteil – die meisten erfolgreichen Geschäftsleute nehmen es mit der Moral niemals, mit dem Gesetz nur notgedrungen und selten genau. Aber sie wissen, wie man ein Risiko kalkuliert. Die Betreiber des Tarrigan's hatten durch ein paar verschwundene Touristen und bei einem genaueren Durchleuchten seitens der Behörden viel mehr zu verlieren als die paar tausend Dollar Kickback pro Kopf, die sie von den Agenturen und Farmern bekommen konnten.

Wie gesagt, die Betreiber schloss ich aus.

Die Angestellten hingegen – das stand auf einem anderen Blatt, ebenso wie das. »We are hiring« und »Apply here 365 days a year« auf zahlreichen Plakaten. Alles deutete darauf hin, dass das Tarrigan's selbst händeringend nach Personal suchte oder zumindest so tat.

Warum?

Wahrscheinlich, weil sie entweder Menschenschinder waren, beschissen zahlten – oder beides. Und wer blieb freiwillig länger in so einem Job, als es unbedingt nötig war? Jemand, der keine andere Wahl hatte, klar, das gab es immer wieder. Oder aber jemand, der im Schatten seiner offiziellen Erwerbsarbeit eine zweite, lukrativere Einkommensquelle erschließen konnte. Ja, ich war am richtigen Ort, aber immer noch zur falschen Zeit.

*

Die Nacht brach herein, und ein Tag des scheinbar ziellosen Flanierens neigte sich dem Ende zu. Ich hatte einen wunderbaren und erstaunlich erschwinglichen späten Lunch in der Villa Romana an der Esplanade genossen, mich im Cairns Aquarium zwischen kreischenden Kindern und genervten Eltern über die Vielfalt des Meeres informiert und den Nachmittag im Candy Cafe ausklingen lassen, das nicht nur erstklassigen Cappuccino und saftige Cookies zu bieten hatte, sondern vor allem einen ungetrübten Blick auf das Tarrigan's und die Parkplätze davor.

Ein ständiges Kommen und Gehen, wobei das Kommen immer mehr dominierte, je mehr Tagesausflügler in Paaren, Gruppen und Scharen zurückgebracht wurden. Zumindest heute dürfte kein Boot abgesoffen sein, dafür die Passagiere angesoffen. Ein beträchtlicher Anteil der Heimkehrer war schon ordentlich bedient, lachte und lallte oder sang im Eingangsbereich, jenem Portal, das auf mich immer mehr wie ein alles verschlingendes Maul wirkte.

Es war die übliche zu erwartende Mischung – neunzig Prozent Rucksacktouristen, davon die Hälfte Pärchen, von denen sich wiederum manches vermutlich erst hier gefunden hatte. Die restlichen zehn Prozent bildeten die generischen Aussteigertypen, großteils männlich, ihr wisst schon, Althippies, Esoterikspinner und ausgebrannte Manager auf dem Selbstfindungstrip, dazwischen vereinzelte Creeps mit breitem Lächeln und dem kaum verhohlenen Wunsch, sich an die halb so alten Backpackerinnen ranzumachen.

Und einige von ihnen würden Erfolg haben. Sonne, Wärme, halbwegs billiger Alkohol und allen Gesetzen zum Trotz leicht verfügbares Gras befeuerten den Wunsch, neue Erfahrungen zu machen oder ließen die Hemmschwelle weit genug sinken, um alte Fehler zu wiederholen.

All das ging mich einen feuchten Scheißdreck an, und viel interessanter als alle Gäste waren für mich jene Angestellten, die um sechs herum eintrudelten, ihre Autos und Motorräder abstellten und die Abendschicht antraten. Okay, manche kamen auch zu Fuß, waren nur an Nuancen der Bewegungen (und fehlenden Rucksäcken als Bonus) von den Gästen zu unterscheiden. Die wirklich Temporären, die wahrscheinlich in der Anlage wohnten, waren mir ebenfalls egal. Mein Hirn lief auf Hochtouren, sortierte, analysierte, kategorisierte.

Und dann fiel der Vorhang der Nacht auf Cairns.

Das geschäftige, aber immer noch entspannte abendliche Treiben wich dichtem Gedränge vor den Eingängen der Nachtclubs und Pubs, wo überforderte Securitys Hunderte DNA-signierte Impfpässe durch ihre Scanner rattern ließen, ehe sie den garantiert COVID- und Z-resistenten Feierwütigen den begehrten Zugang gewährten.

Auch vor dem Tarrigan's standen zwei Wandschränke in schwarzen Cargohosen und ebensolchen Poloshirts, das helle reflektierende SECURITY auf Brust und Rücken, die Scanner in der Hand. Das Hostel wurde zum Club, und die Gäste kamen in Scharen, willkommen geheißen von der immer lauter aus dem Inneren der Anlage tönenden Musik. Belangloser australischer Hardrock, fehlende Energie oder Wut auf alles, kompensiert durch Lautstärke und übersteuerte Gitarren. Na ja, immerhin besser als Techno. Obwohl das auch auf einen Tritt in die Weichteile zutraf. Ich schlürfte den letzten Rest meines Kaffees, beinahe nur noch aus Zuckersatz am Boden der Tasse bestehend, zückte meinen Impfpass und machte mich auf den Weg.

Ich weiß, was ihr jetzt von mir erwartet: klassische Ermittlerarbeit, ein unauffälliges Sich-in-die-Menge-Mischen und Beobachten. Den imaginären Hut tief in die Stirn gezogen, in einer dunklen Ecke mit dem Whiskyglas in der Hand den Blick schweifen lassen.

Keine Chance, nicht hier, nicht für mich. Ich war zu alt, zu gepflegt und zu wenig notgeil (danke, Dee!), um als regulärer Gast durchzugehen. Als ein zufällig hereingestolperter Passant auf der Suche nach einem Drink – ja, das vielleicht. Aber manchmal ist der beste Weg, eine Ratte aus einem dunklen Loch zu scheuchen, der 2.500-Watt-Halogenstrahler, den man direkt hineinrichtet.

Ich ließ mich scannen und registrieren, drängte mich an zwei beschwipsten Niederländerinnen vorbei in Richtung des

Infotresens, an dem eine kleine Rothaarige mit typischer Red-Bull-Energie Flyer austeilte, und zog das Foto heraus.

»Guten Abend! Ich suche Mary Henderson und Alexandra Kramm, beide müssten im April 2020 hier gewesen sein.«

Grüne Augen starrten mich aus einem mit Sommersprossen verzierten Gesicht verständnis- und hilflos an.

»Sorry Mate, ich arbeite erst seit ein paar Monaten hier.«

Das hatte ich erwartet.

»Kein Problem. Wer ist denn lange genug hier, um sich vielleicht zu erinnern?«

Ein Hauch von Misstrauen schlich sich in ihre Augen.

»Bist du ein Cop, oder was?«

Ich schüttelte den Kopf und hielt ihr die P.-I.-Lizenz unter die Nase. Sehr offiziell, aber gleichzeitig sehr amerikanisch. Ihre Erleichterung rührte vielleicht auch von der Tatsache her, dass ich einen vagen Marihuana-Geruch an ihr zu erschnuppern glaubte. Ihre Stirn runzelte sich, sie überlegte. Eine Herausforderung, wenn man THC in der Blutbahn hatte.

»Ich glaube, Toni an der Bar. Ja, der ist seit zehn Jahren oder so dabei. Dazu noch Sarah an der Rezeption, Dom in der Küche und Derek, unser CHO. Du hast Glück, die sind heute alle hier.«

»Derek, euer was?«

»CHO. Chief-Happiness-Officer. Das ist eine Mischung aus Chefanimateur und Kundenbetreuer, hat jeder trendige Laden heutzutage, vor allem wenn man junges Publikum will. Zu deiner Zeit hätte man wahrscheinlich Concierge gesagt.«

Der dezente Hinweis auf mein Alter ging spurlos an mir vorüber, nicht aber die Information. Ich bedankte mich artig und marschierte Richtung Pool, nur um gleich nach rechts abzubiegen – tatsächlich in eine dunkle Ecke, zum Beobachten. Manchmal stimmen Klischees eben doch.

Die Rezeptionistin verschob ich gedanklich auf später, falls es noch notwendig werden sollte. Dom in der Küche? Unwahrscheinlich, dass er viel Kundenkontakt hatte. Eine gute Position für einen verdeckten Drogendealer, eine denkbar schlechte für einen inoffiziellen Arbeitsvermittler.

Blieben noch dieser ominöse CHO und der Barkeeper. Letzterer entpuppte sich als in die Jahre gekommener Surferboy, lange, ausgebleichte Mähne, sonnen- und salzgegerbtes Gesicht. Man konnte sich richtig gut vorstellen, wie er jeden Morgen zum Strand fuhr, ein oder zwei Stunden die Wellen genoss, danach abhing und sich einrauchte, ehe es an die Arbeit ging.

Ein Low-Stress-, Low-Income-Lebensstil, dem ich durchaus etwas abgewinnen konnte. Er war freundlich zu seinen Kunden, hatte ein Dauergrinsen im Gesicht, nickte nach jeder Bestellung und bei jedem Getränk, das er über den Tresen schob. Tiefenentspannt, nicht aus der Ruhe zu bringen.

Fehlanzeige.

Erst nach zwei aufmerksamen Runden meiner Augen über den Pool und die Tische, den Barbereich und das Restaurant – das war es tatsächlich, wenn auch eher zweckmäßig eingerichtet – erspähte ich das zweite Ziel. Das Tarrigan's-Poloshirt mit dem Palmenlogo am Rücken war das erste Indiz, die Art und Weise, wie er sich zwischen den Gästen durchschlängelte, mit geübtem Blick Gruppen identifizierte und anvisierte, die sich zu einer Aktivität oder einem der Ausflüge hinreißen lassen könnten, bestätigte den Verdacht.

Ich hatte den Chief-Happiness-Officer gefunden, und er gefiel mir nicht. Er war eher kurz geraten, einige Zentimeter kleiner als ich – und, seien wir ehrlich, ich bin auch kein Riese, eher der Sorte »kompakt« zuzuordnen. Okay, vielleicht auch drahtig, sehnig oder wie auch immer man das positiv framen könnte, aber auf jeden Fall mit wenig Fett auf den Rippen, was es ihm noch leichter machte, durch die Menge zu wieseln.

Wiesel?

Nein, das Gesicht mit der nach vorne gezogenen Nasenpartie und dem leicht nach hinten abgeschrägten Kinn erinnerte mehr an eine Ratte, die dunklen kurzen Haare eher an ein Frettchen.

Genau, Frettchen, das war es, und es machte ihn auf Anhieb unsympathisch – mir zumindest. Und nein, das lag nicht an der mangelnden Körperfülle, ich diskriminiere nicht, einige meiner besten Freunde sind schlank. Auch bin ich keineswegs dem Vorurteil verfallen, dass fette Leute automatisch gemütlich und freundlich sind. Oh nein, ein Nachmittag im Walmart oder ein spontaner Wechsel der Speisekarte im Carl's Jr. kann dieses gründlich ausräumen.

Es war die Art und Weise, wie er sich bewegte, wie er scheinbar aus dem Nichts hinter zwei chillenden Brasilianerinnen (zumindest sahen sie so aus) auftauchte, seine Hände auf ihren Schultern platzierte und mit ihnen zu reden begann. Nichts Anzügliches, nichts Sexuelles, aber trotzdem etwas Aufdringliches, wie ein um seinen Bonus zitternder Gebrauchtwagenverkäufer oder die obligatorischen Zeugen Jehovas an einem herrlich verkaterten Sonntagmorgen.

Sie waren am anderen Ende des Pools, zwischen ihnen und mir ein Dutzend Gruppen feixender, grölender, lachender Menschen. Trotzdem konnte ich einige Worte verstehen, ausmachen, worum es ungefähr ging. Dazu braucht es keine Superheldenfähigkeiten, sondern einzig und allein Konzentration. Du fokussierst dein Ziel, lässt alles andere in deinem Blickfeld verschwinden, erzeugst einen künstlichen Tunnelblick. Dein Hirn erledigt den Rest – denn unbewusst können wir alle ein klein wenig Lippenlesen, zumindest in unserer Muttersprache.

Es ging um einen attraktiven Job, entweder Mangoernte oder Opale waschen, so gut waren meine Sinne dann auch wieder nicht, aber definitiv fielen die Worte »Work« und »Visa«. Ich war mir inzwischen zu neunzig Prozent sicher, meinen Mann gefunden zu haben, und eine kribbelnde Aufregung lief durch mein Rückenmark.

Aber neunzig Prozent sind nicht gut genug, nicht, wenn man zumindest billigend in Kauf nimmt, aus jemandem die Scheiße herauszuprügeln. Oder die Wahrheit. Im Idealfall beides, aber dafür musste ich mir ganz sicher sein. Ich wartete geduldig ab, bis er neue Opfer gefunden hatte, diesmal ein Pärchen, skandinavisch aussehend und direkt an der Theke positioniert.

Perfekt.

Ich löste mich aus dem Schatten und visierte den Barkeeper an, nickte ihm freundlich zu und bestellte ein Bier. Great Northern Supercrisp, das gleiche Zeug, das auch Dee in ihrem Kühlschrank lagerte. Leicht, erfrischend, wenig Alkohol – und trotzdem eine Geschmacksbombe, zumindest verglichen mit der Standard-Plörre meiner Heimat. Exileuropäer in den Staaten haben eine ganze Reihe von ausgefallenen Schmähungen und Witzen für das Bud und Bud Light entwickelt, die zwischen New York und L.A. aus unerfindlichen Gründen die Marktherrschaft erobern konnten.

Wisst ihr, wie man Bud herstellt?

Man gibt einem Rudel Straßenhunde echtes Budweiser zu trinken, den Goldstandard der Durchschnittlichkeit der Tschechischen Republik, lässt sie japsend und jaulend in einen Brauereitank pissen und verdünnt das Ganze 1:50 mit Wasser.

Und wie Bud light?

Genauso, nur 1:100 verdünnt.

Great Northern war zehn Ligen besser, und ich musste mich beherrschen, um nicht allzu gierig nach dem vereisten, gut gefüllten Glas zu greifen, das der in die Jahre gekommene Surferboy über den Tresen schob. Stattdessen zückte ich das Foto, räusperte mich, sprach so klar, laut und deutlich wie möglich.

»Danke. Übrigens, ich bin auf der Suche nach Mary Henderson und Alexandra Kramm. Beide waren vor ungefähr vier Jahren hier, ich glaube, das da im Hintergrund könntest sogar du sein.«

Ich hielt ihm das Foto unter die Nase, auf dem man im verschwommenen Hintergrund mit viel Fantasie vielleicht tatsächlich seine schwurbelig herabhängende Haarpracht als Pixelbrei erkennen konnte.

Mit einer gewissen Genugtuung sah ich aus den Augenwinkeln das Frettchen zusammenzucken, während der Barkeeper die Stirn runzelte.

»Was bist du? Ein Bulle?«

Ich ließ das Foto auf dem Tresen, legte meinen Ausweis darüber.

»Nicht ganz, aber knapp dran.«

Das Frettchen wurde nervös, begann, von einem Beinchen auf das andere zu treten, während es einen Weg suchte, das Anbahnungsgespräch mit seinen Opfern abzukürzen.

»Kann sein, dass das ich bin, kann sein, dass sie hier waren. Nein, Mann, sie waren ganz sicher hier, das Foto wurde dort drüben geschossen. Aber ich glaube nicht, dass ich mich erinnere …«

Natürlich nicht. Hier kamen Zehntausende, vielleicht sogar Hunderttausende Gäste pro Jahr durch, und sein Gehirn war von der königlichen Pusteblume dezent servierfertig gekocht. Aber er versuchte es, ehrlich und aufrichtig.

»… aber wir haben in der Events-Ecke unserer Website ein Archiv der besten Partyfotos. Wenn du willst, kann ich dir davon die Rohdaten besorgen, mit Zeitstempel und allem Drum und Dran.«

Das wäre in der Tat hilfreich gewesen, wenn ich danach gesucht hätte. Das Frettchen stammelte eine Entschuldigung an das Pärchen und nahm Reißaus, scheinbar unbemerkt von dem komischen Amerikaner, der den Barkeeper in Beschlag nahm.

Ich bedankte mich artig bei Letzterem, ließ eine kleine, schwere Zweidollarmünze in das Trinkgeldglas plumpsen und ging seelenruhig nach draußen. Was mir leichtfiel, da ich bereits im Durchgang den verbeulten orangen Holden Ute sehen konnte, mit dem das Frettchen gekommen war. Ohne seinen Besitzer in der Nähe. Das war eine Illusion. Er würde zweifellos irgendwo stehen, die Augen auf seine Fluchtmöglichkeit gerichtet, hektisch in sein Telefon stammelnd und jene Person aufscheuchen, die ich wirklich in die Finger bekommen wollte.

Gleichzeitig würde er den Eingangsbereich des Tarrigan's überwachen, mit panischen Blicken nach mir suchen. Wahrscheinlich nicht von der hektischen Spence Street aus, die zu meiner Rechten die Grafton kreuzte.

Ihr Menschen seid so berechenbar.

Ich gab ihm, wonach er sich sehnte – einen Schnüffler, der abzog, sich aus dem Staub machte.

Langsam, aber nicht betont oder gar übertrieben gemächlich, bog ich nach rechts ab, schlenderte an Pärchen und einem betrunkenen Touristen mit Lederrucksack vorbei in Richtung Spence Street. Dort bog ich in diese ein – wieder nach rechts – und verschwand aus Frettchens Blickfeld.

Ich beschleunigte, warf mich in den schnellsten Sprint, den ich draufhatte.

Eine Runde um den Block.

Zu meinen besten Zeiten hätte ich das unter 45 Sekunden geschafft, zu meinen schlechtesten wären es vielleicht drei Minuten gewesen, wenn ich nicht davor mit stoßweisem Keuchen und einem halben Herzinfarkt umgekippt wäre.

Ich brauchte eine knappe Minute.

Nicht schlecht für einen alten Mann, was?

Das Frettchen schaffte es nicht einmal, sich rechtzeitig umzudrehen, zu sehen, wie die Urgewalt von hinten angestürmt war, ihn am Genick packte und in die kleine Sackgasse neben der griechischen Taverne schleppte. Na gut, das bekam er dann sehr wohl mit, aber da war es zu spät.

Was viele Leute glücklicherweise nicht wissen ist, wie leicht man einen unvorbereiteten Menschen kidnappen kann. Diese alten Filme, in denen irgendwer von hinten einen Sack übergestülpt bekommt und dann einfach weggeschleppt wird, kommen uns heute dämlich und slapstickhaft vor – aber genauso läuft es. Was wir lächerlich finden sollten, sind die Filmhelden und ihre *damsels in distress*, die sich wehren, treten, kratzen und beißen.

Das passiert niemals, nicht, wenn man das Überraschungsmoment auf seiner Seite hat. Das Opfer braucht mehrere Sekunden, um wieder bewusst zu agieren, Muskelspannung gezielt einzusetzen, sich an den Karateunterricht mit Meister Jufo vor dreißig Jahren zu erinnern. Und dann ist es zu spät.

So wie für das Frettchen, das mich nun aus hektisch blinzelnden Augen anstarrte, zitterte und den Kopf schüttelte.

Wenigstens schrie Derek nicht.

»Mann, was … was willst du von mir? Ist es wegen der Kohle fürs Pullmann? Sag Martin, dass ich es spätestens am Wochenende habe, ich schwör's!«

Er war gut, richtig gut sogar, das musste man ihm lassen. Wahrscheinlich gab es gar keinen Martin, und sicher schuldete er dem Pullmann's kein Geld– was auch immer das war. Es war eine Nebelgranate, ein fetter roter Hering. Er gab eine kleine, fiktive Gaunerei zu, um die viel fettere, reale umso glaubwürdiger abstreiten zu können.

»Ja, Officer, ich habe den Kids den schrottreifen Wagen verkauft, aber Drogen? Ich? Wofür halten Sie mich?«

Normalerweise funktionierte das ganz gut, zumindest bei unerfahrenen Polizisten, die sich davon schnell einlullen ließen. Immerhin, ein Geständnis war ein Geständnis, oder?

Sein Pech, dass ich keineswegs unerfahren war.

Und schon lange kein Cop mehr.

Mein Knie raste hoch, in einer kurzen, abgehackten, für etwaige Passanten außerhalb unserer dunklen Ecke kaum wahrnehmbaren Bewegung, bohrte sich in seinen Oberschenkel.

Das gute alte Überraschungsmoment, schon wieder. Keine Zeit, um zu reagieren, keine Gelegenheit, die Muskeln anzuspannen, gegen den Einschlag zu wappnen. Der dumpfe Schmerz ließ ihn aufstöhnen und zur Seite einknicken, ohne zu Boden zu gehen. Unsere fiktiven Beobachter sahen nicht mehr als einen Betrunkenen und seinen Freund, der ihm hilfreich an die Schulter griff, um ihn zu stützen.

»Falsche Antwort. Mary Henderson, Alexandra Kramm, 2020. Du hast ihnen einen Job vermittelt.«

Seine Nasenflügel zitterten, seine Knie bebten, aber die Verwirrung in seinem Gesicht war diesmal echt.

»Mann, ich kann mich an keine Namen erinnern …«

Ich ließ ihn los, holte mit meiner Linken diesmal nicht den Ausdruck, sondern mein gutes altes Nokia-Smartphone aus der Tasche. Nein, leider keines dieser Dinger aus grauer Vorzeit, das zwar nicht smart, aber dafür unzerstörbar gebaut worden war. Ein schlichtes, großes 7.2, immer noch ein Dinosaurier im Jahr 2024. Im Dunkeln war die digitale

Variante meines Fahndungsfotos besonders gut zu erkennen, und das Display beleuchtete Dereks Gesicht ausgiebig genug, um seine Reaktion zu sehen.

Ein Zucken, ein kurzes Aufreißen der Augen, die Pupillen und Nasenflügel geweitet.

Es war Erinnerung gemischt mit Erkenntnis, die er nicht einmal leugnete, stattdessen wieder eine weitere taktische Finte.

»Ja, die kenn ich, die wollten Mangos und Erdbeeren pflücken, du weißt schon, für das Visum. Ich hab sie zu irgendeiner Agentur geschickt, McKenzies oder Kangoo Adventures, vielleicht auch Farmsave – Mann, das ist doch schon ewig her! Weißt du, wie viele Jobs ich vermittelt habe? Hunderte!«

Wieder ein geschickter Haken, wieder das Zugeben einer diesmal größeren Schweinerei, aber ohne mir zu helfen, ohne jemanden zu verraten. Und inoffizielle Jobvermittlung war vielleicht ein Verwaltungsdelikt, aber kein Verbrechen.

Ich hielt ihm Handy und Bild immer noch mit der Linken unter die Nase, während meine Rechte in seinen Oberarm raste. Als Faust, aus der ein bösartiger Mittelfinger ein kleines Stück herausragte, die kinetische Energie auf einen viel kleineren Punkt konzentrierte.

Wieder badete ich ihn in einer Welle intensiver, aber kurzer Schmerzen. Keine bleibenden Schäden, maximal ein hässlicher blauer Fleck, in keiner vernünftigen Gesetzgebung der Welt mehr als nur halbherzig behördlich verfolgt. Anzeige auf freiem Fuß, ein paar tausend Dollar zusätzliche Spesen, mehr hatte ich nicht zu verlieren, selbst wenn ich mich irrte.

Ich irrte mich nicht.

5. Blackfella

»Die Fitzgerald-Estates-Farm? Welche denn? Dieser noblen Familie gehört ein Viertel der Tablelands und noch mal tausend Quadratkilometer im Hinterland weiter westlich.«

Das war eine gute Frage, die mir Dee beim Frühstück stellte – welches übrigens ich hatte zubereiten dürfen. Offenbar vertrat die Schriftstellerin die Auffassung, dass ein Mann in die Küche gehörte. Und ins Bett. Und vermutlich auch angekettet an ein Andreaskreuz in einen Darkroom, aber das ist wieder eine andere Geschichte.

Ich zuckte mit den Schultern und füllte ihr Glas Orangensaft wieder auf, was sie mit einem großzügigen Nicken goutierte – aber mich dennoch um mehr Informationen betteln ließ.

»Also gut, was hat es mit diesen Tablelands auf sich? Ich lese es in jeder zweiten Tourismusbroschüre, ich habe die Plakatwände gesehen mit den Wine-&-Dine-Ausflügen …«

»… und vergiss nicht die Schnapsverkostungen, besonders günstig für Selbstfahrer. Die darin enthaltene Ironie darfst du behalten. Also gut, was sind die Atherton Tablelands? Die Hochplateaus westlich von hier, direkt nach den grünen Bergen. Sie vermarkten es als die Toskana oder Bretagne von Queensland, und irgendwie ist da auch was dran. Es gibt einige achtbare Städtchen mit tollen Kulturveranstaltungen, Weinstraßen mit kulinarischen Höhepunkten, Golfressorts und Privatflugplätze. Das ist das offizielle Gesicht der Tablelands, jenes, mit dem sie Touristen anlocken.«

»Und das inoffizielle?«

»Ein erster Vorgeschmack auf die wunderschöne und mörderische Wildnis, das Outback. Minen und die sie umgebenden Städte, eingezäunt und abgeschottet. Alle Läden, Wohnungen und Menschen im Besitz der Minengesellschaft, kein Entkommen, solange dein Vertrag läuft. Hin und wieder kleine Dörfer, die in der Regenzeit von der Außenwelt abgeschnitten sind, noch einsamere Farmen, wo dich des Nachts niemand schreien hört. Und geschrien wird oft. Alkoholismus, Drogen, Gewalt, Missbrauch in der Familie, der gelegentlich ermordete Aboriginal Elder, der Landrechte geltend machen wollte.«

Ich ließ meinen Löffel sinken, er glitt aus meinen Händen langsam in die Müsli-Joghurt-Honigmischung, die Dee als Frühstück der Champions angepriesen hatte. Geiles Zeig, aber mein Hirn war ganz woanders.

»Du verarschst mich, oder? Wir sind im 21. Jahrhundert, niemand bringt mehr einfach so Natives um. Also, nicht in einem zivilisierten Land.«

Sie schüttelte traurig den Kopf.

»Nein Pete, ich verarsche dich nicht. Wenn ein Sprecher der Ersten offiziell Anspruch anmeldet – und vergiss nicht, das ist kein Besitzanspruch, im Prinzip ist es nur das verbriefte Recht, das Land seiner Ahnen betreten und durchqueren zu können – dann lebt er gefährlich. Und sehr kurz. Wenn es wertlose Wildnis ist, ohne Wasser und die vermarktbaren Rechte dafür, kein Prospektor Rohstoffe vermutet, dann wird schnell stattgegeben, nicht mehr darüber geredet. Wenn aber auch nur irgendwas von Wert dort vorhanden ist …«

Sie verstummte kurz, blickte mit erhobenem Saftglas in Richtung Berge, die von hier aus malerisch und friedlich wirkten. Ein gefährlicher Trugschluss.

»Manchmal passen sie so einen aufmüpfigen Ureinwohner auf dem Weg zwischen Community und Stadt ab, manchmal entführen sie ihn auch einfach aus seinem Haus. Dann geht es raus ins Outback, wo sie ihm abwechselnd die Seele aus dem Leib prügeln und zwangsweise Schnaps einflößen. Zu guter Letzt wird er irgendwo im Nichts in eine Schlucht geworfen, und das Land erledigt den Rest.«

Ihre Stimme war eiskalt geworden, und ich sah durch das Fenster wieder die Schatten länger werden – und das, obwohl die Sonne am Aufsteigen war. Die Finsternis war stark in diesem Land, genährt von jener in den Herzen der Menschen.

»Manchmal gehen sie auf Nummer sicher, dann schleifen sie ihn auf einen vergessenen, nirgends kartografierten Feldweg raus und fahren mit dem alten Toyota Landcruiser, der schon lange kein Kennzeichen und keine Registrierung mehr hat, drüber. Selbst wenn die Leiche gefunden wird, hält sich das Interesse der Behörden in Grenzen. Keine Sonderkommission, keine Hundertschaft an Polizisten, denn keine Sau schert sich um einen Abo, der irgendwo im Nichts verreckt.«

»Du schon?«

Es war mehr eine Feststellung gewesen, ein Aussprechen meiner Beobachtung – keine Frage. Trotzdem nickte Dee langsam, den Blick immer noch auf die Berge gerichtet.

»Sie sind die älteste noch existierende Kultur der Erde. Und ich meine wirklich *Kultur*. Aboriginale Völker haben Getreide angebaut, Mehl gemahlen und Brot gebacken, als die Gründung von Mesopotamien noch zehntausend Jahre in der Zukunft lag. Sie haben Steinbauten und Binnenfischereianlagen errichtet, als sich unsere Vorfahren noch in Höhlen um das Lagerfeuer scharten und ehrfürchtig Säbelzahntiger an die Wände malten. Sie haben ein kontinentweites System des Austauschs, der Kommunikation und der Heiratsdiplomatie entwickelt, als wir noch mit Faustkeilen die Nachbarsippe niedermetzelten. Wusstest du das?«

Ich schüttelte den Kopf, auch wenn ich schon einmal zumindest Ansätze davon gehört hatte.

»Natürlich nicht. Die ersten britischen Entdecker schrieben in ihre Tagebücher, dass sie meilenweit an bestellten Feldern vorbeiritten – und die britische Krone entfernte diese Details aus allen Berichten. Es widersprach ihrem Anspruch auf das Land, ihrer Legende von der zuvor unbesiedelten Terra Nullius, durch die nur vereinzelte Gruppen von Jägern und Sammlern streiften. Und weißt du was? Der Geist davon lebt bis heute weiter. Klar, wir haben überall diese kleinen Tafeln mit diesem Lippenbekenntnis einer Anerkennung. In den Schulen wird großteils berichtigte Geschichte unterrichtet, noch immer weichgespült, aber zumindest halbwegs an die Wahrheit herantastend. Wir haben auch die jährliche Reconciliation Week, wo sich Politiker dafür abfeiern lassen, ein paar Tage lang zu akzeptieren, dass die Aborigines auch irgendwie zu Australien gehören. Aber das ist Bullshit. Sie

SIND Australien, die Essenz des Landes, untrennbar damit verbunden, mit jedem Stein, jedem Baum, jedem Wasserloch. Wir sind der Fremdkörper, wir sind die Parasiten, und nur wenigen fällt es auf, und noch weniger wollen es wahrhaben. Meistens sind es Migranten wie ich, die nicht jahrzehntelang Übung darin haben, schulterzuckend über blutgetränkten Boden zu marschieren und so zu tun, als ob man die Vergangenheit nicht ändern könnte.«

»Kann man auch nicht. Was geschehen ist, ist geschehen. Wir können nur die Auswirkungen lindern, versuchen, Gerechtigkeit herzustellen. Eine Versöhnung erreichen, über die Generationen hinweg.«

Ich dachte an meinen Urgroßvater, der für die Nazis in den Krieg gezogen war – und meine Urgroßmutter, die dem Konzentrationslager um Haaresbreite entkommen war. Der Rest ihrer Familie hatte weniger Glück gehabt. Was war ich? Der Nachfahre von Täter oder Opfer? Beides, und vielleicht auch die Versöhnung, aber niemals das Vergessen. Dee warf mir einen langen, nachdenklichen Blick zu.

»Ja, du hast recht. Aber das wird hier niemals passieren, wenn es die herrschenden Besitz- und Machtverhältnisse infrage stellt. Ich glaube, es ist an der Zeit für deine nächste Lektion. Kannst du reiten?«

Nein, konnte ich nicht. Ich würde nicht sagen, dass ich Pferde hasste, eigentlich mochte ich so ziemlich alle Tiere lieber als Menschen – vielleicht sogar Hank, das alte Krokodil – aber sie hatten mir mit ihrer Größe immer einen gehörigen Respekt eingejagt. Gott sei Dank sprach Dee nicht von Pferden.

*

Ich musste zugeben, mich geirrt zu haben. Nun, das war nichts Neues, und in Bezug auf Dee kam jede Überraschung immer weniger überraschend, so auch der Inhalt ihrer Garage.

Kein Sportwagen, kein edles Cabriolet, kein überteuerter Edel-SUV, wie ihn viele marginalintelligenten Schnepfen und Pfaue in Großstädten für unerlässlich hielten, um den kleinen Marco vom Chinesisch-Tutor zum Yoga-für-Kids-Lehrer zu kutschieren.

Die Garage war vor allem größer als gedacht – und das musste sie auch sein, denn schräg hinten, anders nicht einmal in dieser großzügig dimensionierten Vehikelunterkunft zu parken, stand ein Motorhome. Nein, kein bunt bemalter VW-Campingbus, das hätte wieder zum Klischee der frech-frivolen Französin im tropischen Paradies gepasst, sondern eine mir unbekannte Marke, ein ausgesprochen luxuriös wirkendes Modell, vielleicht sogar *custom-built*. Futuristisch, rundes Cockpit, durchgehende, geschwungene Formen mit dunklen Fenstern und Solarzellen in die Karosserie integriert. Ein mobiles Hauptquartier der Zukunft, vermutlich sogar mit einem Hybridantrieb unter der Haube. Aber reiten konnte man es schlecht.

Ganz im Gegensatz zu den beiden Motorrädern, die direkt vor dem nun vollständig geöffneten Tor geparkt waren. Eine Indian Scout stand neben einer Harley Davidson Sportster, beide Ikonen amerikanischer Motorradkunst, in edlem Schwarz gehalten. Es war ein Bild für Götter. Die ewigen Rivalen, friedlich nebeneinander vereint, die perfekte Synthese eigentlich unvereinbarer Gegensätze. Das war wie Coca-Cola und Pepsi, wie Dortmund und Schalke, wie ein Abschluss von der Kunstuni und ein geregeltes Einkommen, harmonisch unter einem Dach.

Ein Statement.

Dee warf mir einen kurzen, abschätzenden, aber keineswegs abschätzigen Blick zu, ehe sie zum Schrank an der linken Garagenwand schritt und zielsicher Helm, Jacke und Handschuhe für mich herausholte. Sie besaß eine umfangreiche Sammlung in diversen Größen, und ich fragte mich insgeheim, nach wie vielen Orgasmen – ganz casual natürlich, *no strings attached* – ihrerseits ein Gast sich für diesen Fundus qualifizierte. Alles passte wie angegossen, wirkte halbwegs sorgfältig gereinigt – nicht, dass mir das besonders wichtig gewesen wäre – und erfüllte die zweifellos pedantisch-übertriebenen Sicherheitsnormen Australiens. Geschickt fing ich den Schlüssel mit dem runden Plastiktransponder daran, den Dee mir zuwarf.

Die Fronten waren somit geklärt – sie ritt die Indian, ich die Harley. Sollte mir nur recht sein. Ich sattelte auf, startete den Chopper und genoss die typischen, beinahe bockigen Vibrationen der V2-Maschine unter meinem Arsch. Das war trotz des ähnlichen Gesamtdesigns die Antithese zu dem sanften, gut gepolsterten und gelagerten Brummen einer Virago oder dem erhaben majestätischen Dröhnen eines schweren BMW-Tourers.

Ungehobelt, ungezügelt, frei.

Die Luft hatte immer noch einen Rest der morgendlichen Frische, auch wenn sich nun unsere Abgase in sie mischten, und wärmende Sonnenstrahlen ließen den auf uns wartenden Asphalt verlockend schimmern.

Nein, jetzt war definitiv der falsche Zeitpunkt, um Dee zu erklären, dass ich keinen Motorradführerschein hatte.

*

Also keinen, der den strengen Gesetzen und Regeln der australischen Behörden genügt hätte. Wisst ihr, schon der Autoführerschein in den USA ist ein Witz. Wenn du nicht blind wie ein Maulwurf bist, einen deppensicheren Multiple-Choice-Test ausfüllen kannst und auf der kurzen Probefahrt keinen (weißen) Fußgänger umbringst, bekommst du den Schein. Mit Fahrsicherheit oder gar Intelligenz hat das nichts zu tun.

Seht euch unsere Staaten mal an! All die Walmart-Panzer, Trump-Apologeten, Klimaleugner und Strandproleten, Rednecks und Pseudogangster, Hip-Hop-Poser und TikTok-Prankster! Sie alle haben Autos und fahren sie ganz legal. Der Motorradführerschein ist bei mir nur ein simpler Zusatzeintrag, erworben an einem einzigen Nachmittag, und ich bin mir nicht einmal sicher, ob ich an diesem nüchtern war.

Was keineswegs bedeutet, dass ich nicht fahren kann. Ich habe die schwere Electra Glide meines Army-Kollegen George ebenso geritten wie runtergestrippte, auf die bloße Notwendigkeit reduzierte Motocross-Maschinen in den Sandgruben des Mittleren Westens, und zu meinem vierzigsten Geburtstag bin ich dank eines Erlebnisgutscheins eine Ducati Monster auf einer abgesperrten Rennstrecke gefahren.

Mit ordentlich viel Respekt vor der Beschleunigung und Geschwindigkeit, etwas, das ich in Australien Gott sei Dank nicht benötigte.

Denn wir glitten überaus gemütlich hinaus auf den Highway One, gleich in die erste Reihe geradezu lächerlicher Geschwindigkeitsbegrenzungen hinein – vierzig, sechzig und achtzig Stundenkilometer.

Was?

Ja, *Stundenkilometer.* Ein Kilometer pro Stunde, das sind 0,62 Meilen pro sechzig Minuten, so ungefähr. Für meine Landsleute: Achtzig Kilometer pro Stunde, offenbar das Maß aller Dinge in Australien, entspricht in etwa der Hälfte der Sturzfluggeschwindigkeit eines Weißkopfseeadlers, wenn er in jeder Kralle eine amerikanische Flagge mit acht Quadratfuß

Stofffläche hinterherschleppt und diese wiederum mit je drei Flüssigunzen Feuchtigkeit getränkt sind.

USA! USA! Tod dem metrischen System!

Wie auch immer, wir schlichen mehr dahin als dass wir rasten, was vor allem am dichten Verkehr lag – aber ebenso daran, dass es die Australier offensichtlich niemals eilig hatten. Niemand drängelte, niemand hupte, und jeder schien die warme Spätherbstsonne Queenslands zu genießen. Saftiges Grün von Gras und Zuckerrohr, der Ozean irgendwo zu meiner Rechten, immer noch riech- und schmeckbar. Aromen von Früchten, vom kühlenden Fahrtwind scheinbar zusätzlich konzentriert in den aufgeklappten Modularhelm geblasen, weckten Gedanken an ein zweites Frühstück.

Dieser gemächliche Schlendrian fand nach Smithfield ein jähes Ende – Dee, mit unter dem Helm hervorkommenden, im Wind flatternden Haaren stets ein Stück voraus, führte uns in die Berge. Vielleicht sogar mit weniger Geschwindigkeit, aber immer noch rasant für die kurven- und serpentinenreiche Straße, den Kennedy Highway, der sich in den Regenwald hinaufschlängelte.

Eine beeindruckende Strecke in ebenso beeindruckender, ja geradezu einschüchternder Kulisse. Links und rechts von uns wuchsen die Baumriesen in die Höhe, elegante, schlanke Stämme mit weit auseinanderfächernden Kronen. Ihre Wurzeln drangen in den Boden, zwischen die Spalten des orangen und roten Gesteins, das teilweise als Felswand gefährlich nahe an mich herankam, besonders in den Kurven.

Dee beschleunigte weiter.

Das Blätterdach über unseren Köpfen wurde dichter und dichter, wuchs an manchen Stellen über dem Highway zusammen, verursachte harte Schatten, Zonen der Finsternis, die der Sonne Australiens trotzten.

Zu viel Schatten.

Zu dunkel.

Wieder schien die Umgebung den Naturgesetzen zu trotzen, mehr Licht zu verschlucken, als sie eigentlich durfte. Ein mulmiges Gefühl im Magen, ein Schauern, Rückenhaare, die sich aufzustellen versuchten.

Die wandernde, kriechende Finsternis war unheimlich genug, in Kombination mit hellen Abschnitten, unserer Geschwindigkeit und den Kurven geradezu lebensgefährlich. Irgendwo über uns kreiste eine Schar bunter, exotischer Vögel, deren Schreie laut genug waren, um den Motorenlärm und den Helm zu überwinden. Sie verhöhnten mich, sangen mir ein Lied meines bevorstehenden Todes. Ich fröstelte trotz der eigentlich angenehm warmen Temperaturen, sicher näher an dreißig als an zwanzig Grad im Schatten. In die Schatten, die sich langsam in Bewegung setzten, zu kriechen begannen, immer nur im Augenwinkel, niemals im direkten Sichtfeld.

Wieder war das Paradies in etwas anderes umgeschlagen, einen Ort, an dem ich nichts verloren hatte. Wieder wurde aus einem unbeschwerten Gefühl der Leichtigkeit und Freiheit ein beklemmendes, vages, anderes …

… Furcht. Es war eine subtile, sich langsam aufbauende Angst, die Schicht für Schicht in meinem Verstand emporstieg, während Asphalt und Steine, Äste und Blätter unter mir dahinflogen. Krampfhaft klammerte ich meine Hände an die Griffe, schluckte und presste die Knie zusammen, schickte ein Stoßgebet zu den Göttern, als Dee endlich den Blinker setzte und auf einen Parkplatz einbog.

Meine Beklemmung verflog in Sekunden, als ich das Motorrad abstellte und den Helm von meinem Kopf hob.

Das Paradies hatte mich wieder – im wahrsten Sinne des Wortes. Denn wir standen am Eingang zur Rainforestation, einem der Wildlife- und Kulturparks im tropischen Regenwald des nördlichen Queensland. Perle der Natur, UNESCO-Welterbe und so weiter, also wirklich einer jener Orte, an denen die Australier die herbe, tödliche Schönheit ihrer Natur in bare Münze verwandeln. Eine Touristenfalle?

Vielleicht, das konnte ich nicht beurteilen, aber ich folgte Dee mit staunenden Augen an einem kleinen Teich vorbei, auf dessen Oberfläche bizarr aussehende, riesige Libellen mit Schmetterlingen um die Wette tanzten. Ein Wallaby hüpfte über den Weg vor uns, drehte den Kopf in unsere Richtung – und kam zutraulich näher, stupste mich sogar ans Knie.

»Sie werden von den Besuchern hier gefüttert. Wenn du willst, kannst du dir nachher eine Tüte Trockenfutter besorgen und Kalorien gegen Streichelgenehmigungen eintauschen.«

Und ob ich das wollte, aber Dee hatte schon die richtige Formulierung gefunden – nachher.

Wir hatten zu tun, auch wenn ich nicht wusste, was genau. Und so trottete ich ihr hinterher wie ein gehorsamer Viertklässler der Lehrerin beim Schulausflug, als sie mich in das niedrige, aber weitläufige Holzgebäude führte, wo zahlreiche Schautafeln über die Tiere und Pflanzen dieses Naturreservats informierten – und auf schier unzähligen Drehständern Souvenirs feilgeboten wurden. Von der Koala-Postkarte über kleine Plüschwombats, in Glas gegossene Falter bis hin zu den unsäglichen, aber wirklich überall verkauften Känguruhoden-Bieröffnern reichte das Sortiment.

Und bestätigte meinen Verdacht.

Eine Touristenfalle, wenn auch der gehobenen Art. Angeboten wurde das ganz normale Streichelzooerlebnis, die Teilnahme an einer aboriginalen Tanzshow, Bumerang- und Speerwerfen, Traumzeitmalerei und eine Rundfahrt durch Busch und Fluss in einem alten Army-Amphibienfahrzeug. Alles Aktivitäten, denen ich unter normalen Umständen durchaus etwas abgewinnen konnte – aber nicht, wenn ich auf Vermisstensuche war. Das wusste auch Dee, verhandelte kurz mit der enthusiastischen, sehr asiatisch aussehenden Dame am Ticketverkauf – und wir durften rein.

Ohne zu bezahlen.

*

Es war der schwärzeste Schwarze, den ich je gesehen hatte. Und damit meine ich nicht unbedingt die Hautfarbe, auch wenn sie beeindruckend dunkel war – da hatten wir in den USA schon schwärzere Kollegen. Nein, ich rede von der Ausstrahlung, der Erscheinung, einfach alles an ihm. Er stand einfach nur da, auf der Wiese, einen der Speere in der Hand, die er vorher zum Erstaunen der inzwischen abgezogenen Touristenschar auf dreißig, fünfzig und siebzig Meter entfernte Strohpuppen geworfen hatte.

Allesamt Treffer, und jeder einzelne wäre tödlich gewesen. Ich stand vor einem Meister seiner Kunst und blickte in Augen, in denen sich nicht bloß die Erfahrung eines langen Lebens, sondern fünfzigtausend Jahre aboriginale Kultur, die Essenz Australiens, widerspiegelten. Sie starrten in die Tiefe meiner Seele und gleichzeitig durch mich durch, während ihr Träger einfach nur stoisch dastand, nicht einmal mit einem Mundwinkel zuckte. Er war bis auf ein traditionelles Tuch um die Hüften nackt, stellte seinen durchtrainierten, obendrein muskulösen und drahtigen Körper aber nicht zur Schau.

Nichts an ihm war Show, nicht einmal für die Touristen, nicht einmal für das wahrscheinlich gute Geld, das er hier verdiente. Wie alt mochte er wohl sein? Schwer zu sagen. Wenn Dee ihn als Fünfzigjährigen vorgestellt hätte, wäre ich ebenso wenig erstaunt gewesen wie bei siebzig, hätte aber dazu gratuliert, wie wenig graue Haare sich in die schwarzen mischten.

Er war zeitlos. So wie das Land, so wie seine Kultur, so wie der Busch, dessen Schatten vom Rand der Wiese wieder nagend in mein Bewusstsein krochen.

»Uncle Eddie, darf ich vorstellen, Pete O'Brannon, privater Schnüffler in geheimer Mission. Pete, das ist Uncle Eddie. Elder der Yirrijandji und ehemaliger Weltrekordhalter im traditionellen Speerwurf. Vor allem aber DER Experte in Sachen Tablelands.«

Seine Miene blieb weiterhin wie versteinert, lediglich ein Blinzeln, kombiniert mit einem subtilen Nicken, gerade mal einem Zentimeter Bewegung seines ehrfurchtgebietenden

Hauptes, signalisierte mir, dass er meine Anwesenheit zur Kenntnis nahm.

Ich fühlte mich überwältigt, in die Ecke gedrängt, zwischen Schuldgefühlen und Ehrfurcht hin- und hergerissen. Ich stand auf seinem Land oder zumindest dem seines Volkes, hatte nicht um Erlaubnis gefragt. Ja, ich fühlte mich wie ein Eindringling, ein unerwünschter Besucher, vielleicht sogar wie ein Parasit. Und mein Hirn schaltete in Defensivmodus, sprang zwischen Dutzenden verschiedenen Vorstellungen hin und her, die mir auf der Zunge lagen, ehe es die wirklich dämlichste von allen wählte.

»Verstehen Sie meine Sprache?«

Seine Gesichtszüge entgleisten, die stoische Erhabenheit wich zuerst ungläubigem Staunen, einem fragenden und entsetzten Blick auf die jetzt kichernde Dee, dann einem Kopfschütteln, das einzig und allein mir galt.

Fassungslos starrte er mich an, und eine Stimme aus der Vorzeit meiner eigenen weißen Zivilisation erklang. Mächtig, tief, alles durchdringend – und vor allem in einem Englisch, das in Oxford auf wohlwollendes Kopfnicken gestoßen wäre.

»Glaubst du im Ernst, ich laufe so durch die Gegend und jage Kängurus? Ich bin ein Highschool-Lehrer! Ich habe einen B.Sc. in Anthropologie von der Deakin und einen Master in Sprachwissenschaften von der James-Cook-Universität, du dämlicher Gubbah!«

Ich zuckte zusammen, und Dee lachte auf, so laut und herzlich, dass nach ein, zwei weiteren strengen Blicken auch der halb nackte schwarze Akademiker vor mir zumindest schmunzelte.

»Also ja, ich verstehe dein Englisch, auch wenn es sich anhört wie etwas, das ein Saltie brüllen würde, wenn es vorher Schwarzenegger verspeist hat. Was für ein schauderhafter Akzent! Lass mich raten – du bist ein Amerikaner mit deutschen Vorfahren?«

Ich wollte protestieren, wollte ihn berichtigen, klarstellen, dass ich vor den USA in Österreich meine Heimat gefunden hatte, keineswegs in Deutschland – aber das wäre dämlich gewesen. Schließlich hatte ich mich gerade als Vollidiot geoutet, und diese Schande mit dem Sahnehäubchen des Amerikaners obendrauf konnten die Piefkes ruhig haben.

So ließ ich ihn in seinem Glauben und nickte verlegen.

»Ja, das stimmt. Aber was ist denn bitte ein Gubbah?«

Elder Eddie – ich durfte ihn sicher nicht Uncle nennen – zwinkerte verschwörerisch.

»Das gleiche wie ein Whitefella, nur etwas weniger höflich ausgedrückt. Siehst du, ich bin ein Blackfella, du bist ein Whitefella.«

Das klang mir dann doch ein wenig oberflächlich.

»Okay, das liegt auf der Hand, ich bin ein Weißer, das sagt mir auch mein Spiegel jeden Morgen beim Rasieren.«

Er schüttelte den Kopf.

»Nein, es geht nicht um Hautfarbe. Also nicht nur, und nicht unbedingt. Wir sind die Blackfella, weil wir – wie erkläre ich das am besten?«

Er warf kurz einen Blick zu Dee, die nur allzu gerne in die Bresche sprang.

»Es gibt Aborigines, die hellere Haut haben als die Italiener und Griechen, die voriges Jahrhundert einwanderten. Trotzdem sind sie Blackfella, die Immigranten hingegen Whitefella«.

Eddie nickte dankbar.

»Ganz genau. Ein Blackfella ist einer von uns, egal zu welcher Gruppe und Sprachfamilie er gehört. Ein echtes, ursprüngliches Kind dieses Landes, tief verbunden mit ihm. Es teilt mit allen anderen Blackfellas eine bestimmte Denkweise, eine Sicht der Dinge.«

Ich nickte langsam, glaubte zu verstehen.

»Also geht es um Abstammung.«

»Nicht immer. Nehmen wir an, du heiratest eine Kuku Yalanji aus einer Community nahe von Cape Tribulation, ziehst zu ihr, gründest eine Familie, integrierst dich in ihre. Du wärst abstammungstechnisch kein Blackfella, aber ich wette, nach ein paar Jahren oder Jahrzehnten würdest du von Kuku Yalanji als einer der ihren gesehen werden, vielleicht sogar formal als solcher bezeichnet. Du könntest ein Blackfella werden, trotz deiner dann wahrscheinlich sonnengegerbten

Weißhaut, der viel zu schmalen Nase und deinem furchtbaren Akzent.«

»Kommt das oft vor?«

Er schüttelte den Kopf.

»Nein, nicht oft. Aber das Prinzip der Abstammung alleine greift zu kurz, das ist es, was ich dir klar machen will. Sieh dir Wim Dalboe an.«

Ich stutzte, diesen Namen hatte ich schon mal gehört. Wieder griff uns Dee unter die Arme, kein Wunder, das war ihr Fachgebiet.

»Der Autor von *Red Wombat* und *Beyond Country*. Gilt als nationaler Schatz Australiens und ist einer der bedeutendsten aboriginalen Schreiber unserer Zeit. Vertritt die These, dass die Custodians mehr Landwirte als Jäger und Sammler waren.«

Eddie schnalzte mit der Zunge.

»Genau das ist umstritten, ebenso wie Dalboes eigene Abstammung. Er gibt zu, als Weißer aufgewachsen zu sein, führt aber auch gerne aboriginale Vorfahren an, meistens auf der Großelternseite mütterlicherseits.«

Jetzt war ich neugierig geworden.

»Und, stimmt das?«

Der Professor zuckte mit den Schultern.

»Kann sein, wer weiß. Die Hard Facts sprechen eher dagegen und manche der Völker, die er als potenzielle Vorfahren nennt, streiten seine Behauptungen ab. Die Aufzeichnungen in den Geburtsregistern sind auch nicht eindeutig, aber vergiss nicht, wir reden da von Zeiten, in denen die Weißen eine Verwandtschaft mit uns gerne peinlich berührt unter den Teppich kehrten. Letztendlich ist es auch egal. Die meisten von uns, die sein Werk lesen, gestehen ihm zu, dass er hier und hier …«

Er stupste mit einem Zeigefinger zuerst meine Brust, dann meinen Kopf an.

»… ein Blackfella ist. Oder zumindest glaubt, einer zu sein. Und er hat eine Community, die ihn als solchen akzeptiert. Er ist eine wichtige Stimme für uns, und an dem Punkt ist es mir egal, ob er genetisch fünf, fünfzehn oder null Prozent mit mir teilt, verstehst du?«

Oh ja, ich verstand. Wenn auch nur die Hälfte von Dees Ausführungen stimmte und mich meine bisherigen Beobachtungen nicht vollkommen in die Irre führten, konnten die ursprünglichen Bewohner Australiens jede Stimme brauchen.

»Ja, das leuchtet ein.«

Er nickte zufrieden, und irgendwie entspannte sich die Situation, löste sich die Stimmung, als er uns bedeutete, ihm zu folgen, über den Rasen hinweg zu den Strohmännern, aus denen er die restlichen Speere zog, auch jene seiner Kollegen, die im Gastronomiebereich weit hinter uns von neugierigen Touristen ausgequetscht wurden. Die Holzspitzen waren wirklich verflucht tief eingedrungen, und ich wollte mir nicht ausmalen, wie es wohl einem Känguru oder Wombat erginge, das von so einer Waffe getroffen wurde.

Oder einem Menschen.

»Also gut, Pete, du privater Schnüffler, was führt dich zu mir, und wen hast du in den Tablelands im Visier?«

»Die Fitzgerald-Familie und ihre Farmen.«

Eddie ließ seine Hand von dem Speer, den sie gerade erst berührt hatte, sinken, und drehte sich langsam um. Alle lakonische Fröhlichkeit, jeglicher Sarkasmus war aus seiner Stimme verschwunden, die nun eiskalt klang.

»Du hast meine volle Aufmerksamkeit.«

»Ich glaube, dass einige der vermissten Backpacker auf ihr Konto gehen oder zumindest auf ihren Farmen das letzte Mal gesehen wurden. Und ich weiß, dass von dort Geld zu jenen geflossen ist, die ihnen Working-Holiday-Touristen beschafft haben. Junge, weibliche Touristen, wenn du verstehst, was ich meine.«

Eddie pfiff durch die Zähne.

»Ja, nur zu gut. Aber ich glaube nicht, dass der junge Fitzgerald selbst da die Finger im Spiel hat. Der geht auf Nummer sicher, immer brav und gesetzestreu, auch wenn seine Familie seit mehr als hundertfünfzig Jahren die größten Arschlöcher in der Gegend stellt, und ihren Wohlstand im wahrsten Sinne des Wortes auf Blut gebaut hat. Auf dem Blut meines Volkes, und reichlich davon.«

Das war einerseits ein Dämpfer – andererseits warf sein Statement ein halbes Dutzend Fragen auf, und ich musste meine Gedanken erst ordnen, bevor ich die erste stellte.

»Wie genau? Ausbeutung, Enteignung, Vertreibung?«

Eddie schüttelte den Kopf, legte geschickt eine Strohpuppe hin und bedeutete uns, es ihm gleich zu machen, sie als improvisierte Sitzgelegenheit zu nutzen, während er seine Geschichte erzählte.

»Wir schreiben die zweite Hälfte des 19. Jahrhunderts, genauer gesagt das Jahr 1884. Farmen breiten sich hier aus, Siedler und die Nachfahren der Sträflinge beginnen in großem Stil anzubauen – nicht nur Zuckerrohr, das hier wie Unkraut gedeihen kann, nein, auch Orangen-, Kakao- und Kaffeeplantagen werden angelegt. Letztere eher erfolglos. Wo auch immer die Landnahme fortschreitet, kommt es zu Konflikten mit den Aborigines. Manche resignieren, ziehen weg, verlassen die Gegend ihrer Ahnen, andere setzen sich zur Wehr. Die meisten aber werden einfach vertrieben oder abgeschlachtet, meistens eine Mischung aus beidem. Aborigines werden gejagt und wie Wild erlegt, einfach niedergeschossen, eine Praxis, die noch Jahrzehnte später geduldet wird. Aber offiziell und legal ist sie nicht. Für die wirklichen Massaker, die Strafexpeditionen mit Tötungsabsicht, hat die Krone ein viel wirksameres, ein viel perfideres Protokoll – und die Mounted Native Police.«

Ein Schauer lief mir über den Rücken, als sich die Parallelen zur amerikanischen Geschichte überdeutlich abzuzeichnen begannen. Aber nein, hier war es noch schlimmer.

»Man holt ein paar Aborigines aus einer weit entfernten Ecke Australiens, ohne Verwandtschafts- und Sippenbeziehungen, meistens Waisen, Alkoholiker oder solche, die sonst ins Gefängnis gesteckt werden. Oder man nimmt eine Familie fest, zwingt den Mann, sich der MNP anzuschließen, hält Frau und Kinder als Geisel. So rekrutiert man schnell und günstig die Truppen. Man bildet sie kurz aus, vor allem darin, ihre eigenen Leute abzuschlachten, gibt ihnen ein paar alte Gewehre, ausgediente Gäule und vor allem einen weißen Offizier, der sie kommandiert, ihnen sagt, wo und wann sie zu morden haben. Aber die Krone will sich nicht selbst die Finger schmutzig machen, es sind Aborigines, die missbraucht werden, um andere Aborigines zu töten. Einer von ihnen ist Jack Kane, und er schließt sich einer dieser Expeditionen an. Wochenlang ziehen sie durch den Busch, dann über die Tablelands, bis sie in der Dämmerung auf ein Camp der Yidindji stoßen. In der Nähe des Mulgrave-Flusses, bei Yungaburra, einer beliebten Rast- und Zwischenstation für die Familien und Sippen auf der Durchreise. Zwanzig Menschen sitzen ums Feuer, darunter nur wenige junge Jäger, der Rest Alte, Frauen und Kinder. Babys. Die Männer der Native Police erhalten trotzdem den Angriffsbefehl, sie feuern. Die Yidindji geraten in Panik, laufen in alle Richtungen davon. Jack berichtet später, dass sie genau dadurch gute Ziele abgaben. Weitere Schüsse fallen. Nur selten tödlich, die meisten Opfer gehen verwundet zu Boden, wälzen sich vor Schmerzen und Qualen. Das Massaker von Skull Pocket beginnt. Am Ende sind zwanzig Yidindji tot, kein MNP verletzt. Das sagt einiges aus, oder?«

Ich hatte unwillkürlich die Luft angehalten, schluckte und starrte auf den Boden vor mir. Aber noch war Eddie nicht fertig, und bei Gott, ich wünschte mir, er wäre es gewesen.

»Jack berichtete später, dass ihm das *Gutten* der Erwachsenen, also das Ausweiden, Abstechen, wie auch immer wir es nennen wollen, nichts ausgemacht habe. Das war sein Job. Was ihm wirklich naheging, war das *Braining* der Babys.«

Ich sollte nicht fragen, nein, ich konnte nicht fragen, aber unbewusst blickte ich auf – und erhielt eine Antwort, ob ich wollte oder nicht. Nicht von Eddie, sondern von Dee, deren Stimme belegt und rau geworden war.

»Man nahm sie an den Beinen und schlug sie so lange gegen Bäume und Felsen, bis die kleinen Schädel aufplatzten und das Gehirn am Stamm oder Stein herablief.«

Ich schloss die Augen und stöhnte auf, versuchte verzweifelt, die Bilder aus meinem Kopf zu vertreiben.

Verzweifelt und vergeblich.

Es vergingen einige sehr schweigsame Momente, bis ich wieder zurück ins Hier und Jetzt fand, mich wieder an Eddie wenden konnte.

»Und was hat das das mit dem Fitzgerald-Estate zu tun?«

»Geoffrey Fitzgerald, ein direkter Vorfahre des heute regierenden Familienpatriarchen Martin Fitzgerald III., war einer von drei Farmern, die damals die Native Police angefordert hatten. Und er war es, der sich das meiste der traditionellen Yidindji-Gebiete unter den Nagel riss. Heute gehört der Familie ein Drittel der Tablelands, ein florierendes Agrarbusiness, dessen Interessen sie erbittert verteidigen.«

Dies ließ mich aufhorchen, führte mich wieder langsam auf den Pfad meiner Ermittlungen zurück.

»Wie erbittert?«

Eddie beugte sich vorne.

»Vor zehn Jahren habe ich begonnen, unsere Lands-Title, unsere traditionellen Durchzugsrechte, von den Farmern einzufordern. Die meisten waren kooperativ, manchmal zögerlich, aber schließlich beugten sie sich dem neuen Gesetz. So auch Martin Fitzgerald II., der alte Herr des heutigen Besitzers. Zumindest tat er so, trat in Verhandlungen ein. Karten wurden gezeichnet, Vereinbarungen niedergeschrieben und so weiter. Aber parallel dazu begab er sich auf die Suche nach Quellen, recherchierte, stocherte in der Vergangenheit herum. Er fand die Namen der ermordeten Yidindji heraus, ließ Zeichnungen von ihnen anfertigen, und stellte schließlich fünf Gedenktafeln auf, quer über seine Ländereien verteilt, die an das Massaker erinnerten. Mit den vollen Namen und Bildern der Toten.«

Ich nickte beeindruckt.

»Das ist eine schöne Geste.«

Eddie schnaubte, und Dee schüttelte heftig den Kopf.

»Nein Pete, ist es nicht. Es ist eine tödliche Beleidigung, eine Vergiftung des Landes.«

Eine Vergiftung des Landes? Das klang mir dann doch eine Spur zu melodramatisch.

»Das verstehe ich nicht.«

»Natürlich nicht, der Umgang mit den Toten ist unser *Sorry Business*, und du bist ein Whitefella, du kannst es gar nicht verstehen.«

Nein, vielleicht nicht, aber ich *wollte* es verstehen, und langsam ging mir seine Attitüde auf den Geist. Ja, ich konnte seine Verbitterung, vielleicht sogar Hass nachvollziehen, aber das war kein Grund, mich dumm sterben zu lassen.

»Dann erkläre es mir! Du bist doch ein Lehrer, oder? Vermittle es mir so, wie du es einem kleinen, dummen, *weißen* Kind erklären würdest.«

Das hatte gesessen. Eddie zuckte sogar ein wenig zusammen, ehe er tief durchatmete.

»Du hast recht. Entschuldige, das Thema geht mir nahe, aus verständlichen Gründen. Sorry-Business ist der Hilfsausdruck, den wir für euch Weiße erfunden haben, um unsere Trauerrituale zu umschreiben. Sie sind unterschiedlich und vielfältig, je nachdem, ob du im Norden an der Torres Strait, irgendwo in den Blue Mountains oder in Fremantle an der Westküste bist – aber in einem sind wir alle vereint: Nach Abschluss der Trauerzeit sind der Name und das Abbild des Verstorbenen tabu, dürfen nirgends genannt oder gezeigt werden. Natürlich ist das nicht immer möglich, aber wenn du zum Beispiel auf die Webseiten von Museen, Councils und Initiativen gehst, die zwangsläufig unsere Ahnen benennen müssen, wird ein entsprechender Warnhinweis angezeigt.«

Dee stand auf und streckte sich, schüttelte ihr Haar aus und legte den Kopf leicht schief.

»Siehst du Pete, diese Gedenktafeln sind kein echtes Gedenken, keine Erinnerung, kein Mahnmal. Sie sind das Äquivalent eines Kanisters Schweineblut, auf dem Baugrund einer Moschee versprüht.«

Eddie hielt kurz inne, runzelte die Stirn – nickte aber schließlich ebenso langsam wie zustimmend.

»Ein guter Vergleich, auch wenn es bei uns nicht wirklich religiös ist. Wir *glauben* nicht, wir *wissen*. Ebenso wie ich weiß, dass du auf der falschen Fährte bist. Martin Fitzgerald – der Dritte, inzwischen – hält sich und die Firma so sauber wie es geht. Macht auf großen Businessman, versucht in die Politik zu kommen, das volle Programm. Er träumt davon, mit uns und anderen Großgrundbesitzern eine Allianz gegen die chinesischen Staatsfonds und Triaden zu schmieden, die sich über dubiose Briefkastenfirmen immer mehr Land hier im Norden schnappen. Hat sogar ein paar aboriginale Fahrer für seine Trucks eingestellt und bezahlt sie weit über Mindestlohn. Er will zeigen, dass er anders ist als seine Vorväter.«

Okay, das klang nicht nach einem Menschenhändler oder Lüstling, der schmierigen Hostel-Mitarbeitern Kopfgeld für gut aussehende Studentinnen bezahlen würde.

»Und die Tafeln?«

Eddie stand auf und knurrte.

»Die stehen immer noch. Das hat sein alter Herr angeblich testamentarisch festnageln lassen, und so große Eier hat der Sohn dann doch nicht, um sich dagegen aufzulehnen. Wie gesagt, ich glaube nicht, dass er mit deinem Fall etwas zu tun hat. Aber wenn du dem Fitzgerald-Estate in die Suppe spucken kannst, hast du mich an deiner Seite. Und mit mir die meisten Yirrijandji.«

*

Eddie hatte nicht gelogen. Okay, davon war ich ausgegangen, aber er hatte nicht einmal übertrieben, eher das Gegenteil davon. Fassungslos starrte ich auf den Bildschirm meines Laptops, der sich dank eines vom K-Mart gekauften Reiseadapters nun sogar an bizarren australischen Steckdosen laben konnte.

Die Eroberung Queenslands war tatsächlich eine solche gewesen, keine Besiedelung. Ich blickte auf Daten und Berichte, die das Bild eines jahrzehntelangen, blutigen und grausamen Krieges zeichneten. Eines asymmetrischen Krieges, in der einzelne Angriffe und Racheaktionen der Ureinwohner mit hundert- und tausendfacher Brutalität beantwortet wurden. Ein Völkermord.

Die Geschichten glichen sich in den Zahlen auf deprimierende Art und Weise, in der Abfolge gab es jedoch gravierende Unterschiede.

Eine aboriginale Sippe schickte einen Jungen zu einem Farmer, mit einem Stück Fleisch vom soeben erlegten Känguru, ein informelles Friedensangebot. Der Farmer erschoss den Boten, als er sich näherte, ob aus Angst oder Hass war nicht überliefert. Die Familie schnappte sich einen Sohn des Farmers, erschlug ihn und weidete ihn aus. Drei Monate später waren zweihundert Aborigines und drei Weiße tot.

Als Gold und Kupfer gefunden wurden, strömten Tausende Glücksritter und Abenteurer nach Norden, wenige davon mit gutem Leumund. Die Schwarzen, die auch nur in die Nähe eines Stückes Land kamen, auf dem Gold vermutet wurde, wurden erschossen und erschlagen. Im Gegenzug begannen die Aborigines, schiffbrüchige Weiße an der Küste zu massakrieren, statt ihnen wie in früheren Zeiten zu helfen. Die Nachrichten davon kamen spät, aber verlässlich in die Siedlungen – und führten zu weiteren Strafexpeditionen.

Wieder Tausende Tote.

Namen wie Skull Pocket, Bone Creek und Skeleton River zeugten immer noch davon, dass die rote Erde Australiens viele bleiche Knochen beherbergte, ein Friedhof für seine ursprünglichen Bewohner geworden war.

Und das war nicht die einzige Geschichte, die sich bestätigte. Martin Fitzgerald, ja, der Dritte, schien nach Anerkennung ebenso zu streben wie nach Macht und Allianzen. Ich fand Gastbeiträge in der Lokalzeitung, seine Antrittsrede als neuer vorsitzender Rotarier hier, sogar ein kleines Essay auf der Website seines Estates.

Der Tenor war immer der Gleiche – nur wenn alle echten Australier an einem Strang zogen, die Wirtschaftstreibenden und die Politiker, die Weißen und die Aborigines, würde man der Bedrohung Chinas begegnen können. Für den Fall, dass nicht, zeichnete der Agrarunternehmer ein düsteres Bild der Zukunft: Australien als eine wirtschaftliche und politische Verwaltungszone des Drachen, mit gekauften Politikermarionetten, unterdrückter Kritik und Zensur. Alle Rohstoffe und Infrastruktur fest in chinesischer Hand, der Wohlstandsabfluss gigantisch.

Paranoia?

Vielleicht.

Aber an seinen düsteren Prophezeiungen war etwas dran. Sicher, eine der größten Minengesellschaften, die den australischen Boden ausbeutete, war indisch – aber so ziemlich alle anderen gigantischen Investitionen trugen die Handschrift Pekings. Die chinesischen Staatsfonds und Holdings hielten den Hafen von Darwin, zahlreiche Regionalflugplätze, Hunderte Immobiliengesellschaften und sogar jene Tourismusunternehmen, die vorwiegend ihre eigenen Staatsbürger durch Australien kutschierten.

In ihrem Schatten agierten die weniger offiziellen, viel informelleren Investoren. Die Triaden hatten in Australien Fuß gefasst, vielleicht sogar hier die Verluste kompensiert, die sie mit der Machtübernahme der KP in Hongkong dort erlitten hatten. Über Briefkastenfirmen in Singapur und Macau hatten sich Wo Group und 14K, Soi Fong und Water Room auf dem roten Kontinent ausgebreitet. Vorerst nur kleine Unternehmungen, Logistik, Frachtschiffabwicklung, alles, was sich zur Tarnung für Drogen- und Menschenhandel eignete.

Menschenhandel!

Meine mentalen Alarmglocken läuteten genau in jenem Moment, in dem Dee ganz real an der Tür klopfte. Das war erstaunlich höflich und rücksichtsvoll angesichts der Tatsache, dass ich mich in ihrem Gästeflügel breitgemacht hatte, und ebenso höflich bat ich sie herein.

Beziehungsweise betrat sie den Raum erst gar nicht, stand in der Tür – gekleidet wie eine Göttin. Dunkelviolettes Abendkleid, elegante Schuhe mit reichlich Absatz, eine Handtasche umgehängt, die wahrscheinlich mehr wert war als der Inhalt meines Reisekoffers. Diamanten glitzerten an silbernen Ohrringen, und zum ersten Mal sah ich sie wirklich aufgetakelt.

»Kannst du mir deinen Wagen leihen? Ich habe ein Date, eine Fahrt auf dem Bike macht mir mein Outfit zunichte und das Wohnmobil ist immer ein gewisser Overkill. Okay, manchmal auch praktisch, kommt darauf an, wie das Date läuft.«

Date? Ich unterdrückte meine Verwunderung, erinnerte mich an das Mantra *no strings attached*, kramte den Schlüssel aus meiner Hosentasche und warf ihn ihr möglichst neutral dreinblickend zu. Sie fing ihn auf.

»Danke. Noch was: Falls ich nicht alleine zurückkomme, und um eine peinliche Situation zu vermeiden – du bist mein Cousin aus Europa, der hier Urlaub macht, verstanden?«

Oh ja, ich verstand.

6. Fitzgerald-Estate

Ob Dee jemanden abgeschleppt hatte, fand ich nicht heraus, aber der Wagen stand in der Einfahrt, die Schlüssel lagen auf dem Küchentisch. Und das war gut so, denn ich wusste, wie ich mir die Aufmerksamkeit von Martin Fitzgerald III. holen konnte.

Der Anzug passte noch immer – nein, wieder – wie angegossen, hatte den Flug in seinem *suit compartment* gut überstanden. Hugo Boss ließ mich zwar nicht wie einen Boss aussehen, aber zumindest wie einen sehr weit oben leitenden Angestellten, einen Mann von Welt. Ich dankte Sam noch einmal im Geiste für dieses damals überaus großzügige Geschenk, schlürfte meinen Kaffee, ließ Dee den Rest im Plumber und machte mich auf den Weg.

Die junge Dame in der Autovermietung, unscheinbar zwischen Wohnhäusern, Zuckerrohrfeld und dem Ozean unweit des Flughafens gelegen, war zuerst alles andere als begeistert. Erst als ich ihr klarmachte, dass ich gegen ein größeres, edleres und vor allem viel teureres Modell tauschen wollte, besserte sich ihre Laune. Wie aus dem Nichts erschien eine Selektion kleiner Frühstücks-Gebäckstückchen auf einem weißen Teller vor mir, eine kleine Aufmerksamkeit des Hauses. Einst gab es Brot und Spiele, für mich nun Fett und Zucker, während Cheryl enthusiastisch den Flottenstatus überprüfte – am obersten Ende der Preisskala.

Letztendlich war es ein Lexus LS500h, Luxus-Sport-Edition, der für die Kaution beinahe mein Kreditkartenlimit sprengte. Die perfekte Synthese in dunklem Grau, der feuchte Traum jedes Versicherungs-, Banking- und Finance-Executives, das ideale Gefährt, um vom Golfplatz zu jenem diskret gemieteten Apartment zu gelangen, in dem man das Koks von den glorreichen Arschbacken der Nobelkurtisane schnupfte. Ein Dreihundert-PS-V6-Verbrenner in trauter Harmonie mit 130 Kilowatt elektrischer Antriebskraft, genug Power, um das Fahrzeug auf mehr als die doppelte Geschwindigkeit zu beschleunigen, die Australien seinen entmündigten Bürgern einräumte.

Auf jeden Fall aber, und das musste ich dieser fahrbaren Schwanzverlängerung leider neidlos zugestehen, war es ein bequemes Reisen, ein entspanntes Gleiten. Dutzende elektronische Helferlein übernahmen alle lästige Arbeit, machten meine Aufmerksamkeit beinahe redundant, während ich die rund siebzig Kilometer nach Yungaburra zurücklegte.

Zuerst in den Süden, nach Gordonvale, einem weit auseinandergefächerten Vorort niedriger, aber schmucker heller Häuschen, eine jener Siedlungen, in denen auch Familien zuschlagen konnten, denen die Preise im Zentrum von Cairns über den Kopf gewachsen waren. Dort rechts abbiegend, der A1 zum Abschied noch einmal gewunken, ging es über die alte 52er wieder in die Berge, in die satten grünen Hügel, vor denen das Zuckerrohr wie ein Heer aus Milliarden hagerer Soldaten aus dem Boden spross. Die erste Schleife führte mich an Goldsborough vorbei. Ratet mal, woher dieser Name stammt – obwohl, es lag wohl auf der Hand, einen Ort nach dem edlen Metall zu taufen. Viel passender als den traditionellen Namen gebräuchlich bei jenen Menschen zu verwenden, die man für das Gold erschlagen hat.

Diese Ehre gebührte Gadgarra, einer kleinen Siedlung im Nirgendwo, direkt nach dem Little Mulgrave National Park. Ein Motel, ein Hotel, ein paar Schilder zu irgendwelchen zweifellos wunderschönen Wasserfällen mit ebenso zweifellos tödlichen Viechern. Von dort führte mich die Reise am Lake Barrine vorbei und zum gefühlt zehnten Mal fragte ich mich, wie viele nicht markierte Gräber ich passierte, wie viele sterbliche Überreste erschlagener oder erschossener Aborigines diesen malerischen Weg säumten.

Dunkel ist das Land und seine Geschichte, selbst wenn die Sonne hier am hellsten zu strahlen scheint.

Ganz im Gegensatz zum Fitzgerald-Estate, das sich ebenso hell wie beeindruckend gab. Eine Mischung aus klassischem viktorianischem Stil und einem der alten Herrenhäuser des amerikanischen Südens, der Herrschaftssitz eines Patriarchen, mit weißen Marmorsäulen am Eingang, ausladenden Flügeln links und rechts, kleinen Cottages für Gärtner und anderes Personal über den Dutzende Hektar weiten englischen Rasen verteilt. All dies hinter einem meterhohen Zaun aus hellgelb gestrichenen, gusseisernen Pfeilern, mit aufwendig geschmiedeten Elementen verbunden.

Die Zufahrt führte durch ein weit ausladendes Tor, im Moment offen stehend, über einen breiten, kieselgestreuten Weg, an beiden Seiten von sorgsam gestutzten Palmen gesäumt. Nein, das war keine Firmenzentrale, hier passierten keine Lkws, marschierten keine Angestellten aus Buchhaltung und Marketing zu irgendwelchen Bürogebäuden. Dies hier war ein Sitz der Macht, von Reichtum gezeichnet.

Und genau aus jenem Grund erweckte ich weder Aufsehen noch Argwohn, als ich den Lexus vor dem Eingang parkte und in meinem Anzug auf den Sohlen schwarzer Lederschuhe die drei Stufen nach oben ging, hin zur breiten Holztüre, die aufschwang und einen Mann mittleren Alters ausspuckte. Braune Haut, gepflegte Haare mit sorgfältig gebändigten Naturlocken, ein stoisches Antlitz, nicht aristokratisch, aber dazugehörend, ebenso wie das archaische Outfit und die weißen Handschuhe.

Ein Butler.

Ein kleines Stück großbritannischer Arroganz, ein Treppenwitz der Geschichte angesichts der Tatsache, dass die Vorfahren seiner Arbeitgeber Kriminelle und Huren gewesen waren, die das viktorianische England freudig in die menschenfeindlichste ihrer Kolonien abgeschoben hatte. Dies alles rührte ihn wohl kaum, und vielleicht dachte er an sein großzügiges Gehalt, als er eine Verbeugung andeutete.

»Willkommen im Fitzgerald-Estate. Wie kann ich Ihnen behilflich sein?«

Sein Englisch war besser und vor allem feiner als meines, aber das traf auch auf einen besoffenen Papageien in einem britischen Studentenheim zu. Unwillkürlich erwiderte ich seine Geste, ließ meine Schultern nach vorne wippen, als ich antwortete.

»Pete O'Brannon, ich bin der Managing Director von O'Brannon Security und Consulting, New York."

Das war beinahe die Wahrheit, bis auf den New-York-Teil, aber es klang einfach besser als New Jersey. *If you can't make it, fake it till you can.*

»Ich würde gerne mit Martin Fitzgerald III. sprechen, falls sich das arrangieren lässt.«

Ich wusste seine Antwort, noch ehe ich meinen Satz beendet hatte, noch ehe seine rechte Augenbraue das verräterische Zucken zeigte.

»Haben Sie einen Termin?«

Mit dem ehrlichsten falschen Bedauern, das ich aus meiner bescheidenen Schauspielkunst zaubern konnte, schüttelte ich den Kopf, zog aber gleichzeitig eine Visitenkarte aus meiner Brusttasche und überreichte sie ihm.

»Nein, leider war es weder mir noch meinen Auftraggebern möglich, rechtzeitig eine Terminvereinbarung anzustreben. Allerdings kann ich Ihnen versichern, dass dieses Gespräch im besten Interesse des Estates ist.«

Er warf einen kurzen Blick auf die Karte, erwartete offenbar, dass es meine war – und riss erstaunt die Augen auf, ließ einen Moment lang jede Contenance vermissen. Gut so.

»Bitte, treten Sie ein. Ich informiere Mister Fitzgerald von Ihrer Anwesenheit.«

Seht ihr, manchmal gewinnt man nur, wenn man mit falschen Karten spielt. Und meine war nicht einmal falsch, nur ein klein wenig irreführend.

*

»Sie arbeiten also für GlobalSec Insurance?«

Martin Fitzgerald III. saß in seinem geschmackvoll, aber keineswegs protzig eingerichteten Büro und versuchte nicht einmal, seine Überraschung und Neugier zu verbergen. Kein Wunder, auch ein Agrarbaron des nördlichen Queensland bekommt nur selten die Visitenkarte eines Vorstandsmitglieds in einem berühmten Multimilliarden-Dollar-Unternehmen in die Hand gedrückt. Nummer zwei auf dem weltweiten Markt, in Ozeanien sogar der unangefochtene Spitzenreiter und bekannt dafür, den wahrscheinlich besten internen Geheimdienst der Branche zu unterhalten.

Dass ich weder für Sam noch für GlobalSec unterwegs war, musste ich ihm ja nicht unter die Nase reiben.

»Unter anderem, ja. Ich habe einen gewissen Ruf als Spezialist für schwierige Ermittlungen, und auch unsere Regierungsbehörden stehen auf meiner Kundenliste weit oben. Sie wissen schon, NYPD, FBI, sogar die CIA. Natürlich darf ich über Letzteres nicht sprechen.«

Er war beeindruckt, lehnte sich auf dem schwarz gebeizten Eichentisch nach vorne, zwischen aufgeklapptem MacBook und einem Tablet hindurch. Angebissen hatte er, Neugier war reichlich vorhanden, nun galt es, jene Sympathie zu wecken, die Menschen entweder zur Kooperation verleitet – oder dazu, Fehler zu begehen. Sich zu verplappern. Ich lächelte und zwinkerte verschwörerisch, beinahe kumpelhaft.

»Aber, seien wir ehrlich, niemand zahlt so gut wie die Privatwirtschaft, und hier wiederum keiner auch nur annähernd so großzügig wie GlobalSec. Mit Staatsaufträgen wird man nicht reich – sie sind unsere Pflicht der Gesellschaft gegenüber.«

Er nickte so eifrig, dass die dünne Designerbrille von der schmalen Nase rutschte, und sein sorgfältig zu einem Seitenscheitel gekämmtes hellbraunes Haar auf und ab wippte.

»Genau meine Rede! Wir erfolgreichen Unternehmer müssen auch etwas zurückgeben, dazu beitragen, dass unsere Communitys gedeihen können. Was ich aber nicht verstehe ist, warum Ihr Unternehmen an meinem interessiert ist.«

Ich lehnte mich in dem braun geledderten, höchst bequemen Sesselungetüm zurück, presste meine Fingerspitzen zusammen und blickte Fitzgerald über diese hinweg derart intensiv an, dass er unbewusst wieder ein Stück zurückwich. Dies war der Lord-Vetinari-Blick, so hatte ich ihn nach meiner Lieblingsbuchreihe benannt, und er funktionierte wie immer prächtig.

»Sie wissen, was ein Expositionsrisiko ist?«

Er nickte eifrig.

»Natürlich, wir haben selbst umfangreiche Versicherungen, die darauf kalkuliert sind. Vor allem in Bezug auf Naturgewalten und Naturkatastrophen. Tropenstürme, Dürreperioden, Worst-Case-Szenarien des Klimawandels. Aber auch auf politische Risiken, wie der Handelsstreit mit China oder etwaige Einfuhrbeschränkungen in der Europäischen Union.«

»Sehr vernünftig, sehr löblich, und ich hoffe, bei einer der hiesigen Tochtergesellschaften meines Auftraggebers. Aber diesem ist aufgefallen, dass in der Wirtschaftszone 3a – Australien, Neuseeland, Indonesien, Philippinen – die *juristischen* Risiken sehr konservativ kalkuliert sind. In den Schwellenländern ist das natürlich den niedrigen Streitsummen und der finanziell leicht motivierbaren Justiz geschuldet, aber in Australien und Neuseeland den hohen Sicherheitsstandards. Was vielleicht etwas kurzsichtig ist.«

Seine Augen weiteten sich, und ein erster Schweißtropfen machte sich auf den Weg von der Stirn zum Kragen seines hellblauen Polo-Hemds, das auf der Brust das Familienwappen trug.

»Wie meinen Sie das?«

Beiläufig zuckte ich mit den Schultern, blickte demonstrativ an ihm vorbei, durch das Fenster hinaus in Richtung der Felder.

Seiner Felder.

»Die US-Regierung hat sehr effektive Mittel und Wege, unsere Gerichtsurteile auch gegenüber Unternehmen im Ausland durchzusetzen. Verstehen Sie mich nicht falsch, im Moment ist die Anzahl der verschwundenen

Rucksacktouristen im Agrarsektor hier nur eine statistische Auffälligkeit. Wenn sich aber die Angehörigen zusammenschließen, ein Gemeinschaftsverfahren anstrengen und gewinnen, dann sprechen wir von Hunderten Millionen US-Dollar, wenn nicht sogar mehr. Eine Summe, bei der Rückversicherer kalte Füße bekommen oder zumindest versuchen, Firmen wie meinem Auftraggeber einen Strick aus mangelhafter Risikoabwägung zu drehen. Sie verstehen, warum die Angelegenheit also eine von vielen Variablen ist, die es zu berücksichtigen gilt?«

Er schluckte und nickte langsam.

»Natürlich, und selbstverständlich können Sie auf meine Hilfe zählen. Was waren die Namen und Daten Ihrer Stichprobe noch mal?«

Ich schob das Foto über den Tisch.

»Mary Henderson und Alexandra Kramm. Müssten im Mai 2020 hier angeheuert haben.«

Was erwartete ich, was erhoffte ich mir davon? Eigentlich gar nichts. Das ungeschriebene Gesetz solcher Ermittlungen besagte, dass er einen seiner Lakaien anweisen würde, nach den Namen zu suchen, und ich einige Stunden später mit zerknirschtem Bedauern mitgeteilt bekam, dass die jungen Damen niemals hier gearbeitet hatten, und sich niemand an sie erinnern konnte.

Ich irrte mich gleich doppelt.

Zum einen war es Martin Fitzgerald selbst, der in seinem MacBook zu stöbern begann, sich durch Datenbanken und Finanzsoftware wühlte. Zum anderen lehnte er sich keine fünf Minuten später zurück, bleich, mit zitternder Nasenspitze, und blickte mich entsetzt an.

»Ich – ich selbst habe die beiden angestellt, mit Stichtag 18. Mai 2020. Natürlich habe ich sie nicht persönlich getroffen, zumindest glaube ich …

… damals lag mein Vater im Sterben, ich führte die Familiengeschäfte, arbeitete oft sechzehn Stunden am Tag. Die Erinnerung an diese Zeit ist eine einzige diffuse Wolke, verstehen Sie? Aber ja, der Papierkram wurde von mir selbst unterzeichnet, und sie sind in unserer Datenbank. Mary Henderson und Alexandra Kramm, zwei Dobos.«

Ich war sprachlos angesichts der Offenheit – sprachlos und verwirrt.

»Was sind Dobos?«

»*Day one bail-out*, Arbeitskräfte, die schon nach dem ersten Tag kündigen. Streng genommen eigentlich nach dem zweiten Tag. Am ersten werden sie herumgeführt, bekommen die Arbeitsabläufe und die Vorarbeiter, also ihre Bosse, vorgestellt, ein Quartier in den Camps zugewiesen und so weiter. Erst am zweiten Tag geht es an die Feldarbeit – und für manche ist das der letzte Tag.«

»Warum denn das?«

Er fasste sich wieder, zumindest genug für den Anflug eines traurigen Lächelns.

»Weil unsere Arbeit nur wenig mit der Romantik und Freiheit zu tun hat, die ihnen die Agenturen verkaufen. Die Touristinnen und Backpacker kommen zu uns mit der Vorstellung, jeden Tag ein paar Stunden Obst zu pflücken und zu naschen, und dann an einem Teich oder Wasserfall herumzuplanschen, im Meer zu surfen oder mit Althippies gutes Gras zu rauchen. Und dann finden sie heraus, dass es ein gnadenloser Knochenjob ist. Acht bis zehn Stunden in der prallen Sonne, Staub, der in alle deine Poren kriecht. Wenn du fertig bist, willst du nur mehr duschen und ins Bett. Der nächste Wasserfall ist eine Stunde weit weg, der Strand sogar drei, und das einzige Gras, das es hier gibt, ist jenes, auf dem die Kühe, Schafe und Pferde weiden.«

Langsam begann ich zu verstehen.

»Und dann kündigen sie?«

Fitzgerald schüttelte den Kopf.

»Nur die wenigsten Dobos kündigen wirklich, die meisten hauen einfach ab. Manche fragen noch den Vorarbeiter, ob er sie zur Bushaltestelle fährt, andere versuchen jedoch schlauerweise, die erste Woche im Voraus bezahlt zu bekommen – aber dann verschwinden sie, tauchen in den Städten wieder auf, wo sie leichtere Arbeit suchen. Oder Papa und Mama in der Heimat um mehr Geld anschnorren.«

Das leuchtete ein, und ich erinnerte mich an die Werbeplakate der Arbeitsvermittlungen. In der Tat, diese zeichneten ein zu verlockendes Bild des Landlebens in Tropical North Queensland.

»Und wie viele Arbeiter werden Dobos?«

»Wir haben zwischen zehn und zwanzig pro Saison, manchmal bis zu fünfzig pro Jahr. Das ist aber prozentuell gesehen gar nicht mal so viel, ich setzte in guten Jahren zweitausend Leute zumindest temporär auf meine Payroll. Auch die meisten Backpacker bleiben.«

Ich grinste schief.

»Weil sie keine andere Wahl haben, um ihr Visum zu verlängern und im Land zu bleiben.«

»Das ist einer der Faktoren, aber wir behandeln unsere Arbeiter wirklich gut. Working-Holiday-Visumsinhaber bekommen fast den halben Mindestlohn der Einheimischen, und die Dobos bleiben bis zum Ende der ersten Woche versichert und angemeldet, falls sie es sich anders überlegen und zurückkommen. Was auch geschieht.«

Mein Hirn schlug einen Haken extra, bevor mir die Erkenntnis einen subtilen Fausthieb in die Magengrube verpasste. Jetzt war es an mir, meine Überraschung in Zaum zu halten.

»Moment, die Hilfsarbeiter sind angemeldet? So richtig? Bei den Steuerbehörden?«

Er blickte mich mit verletzter Empörung an.

»Natürlich! Mit temporärer Steuernummer bei unserem ATO, mit vollen biometrischen Daten bei der Kranken- und Unfallversicherung, und natürlich zwecks Visumsverlängerung bei der Einwanderungsbehörde. Warum wundert Sie das so sehr? Weil Sie Amerikaner sind?«

Ja, das auch, und weil bei uns sogar ein Vorarbeiter in einem Zentrallager für eine Kranken- und Unfallversicherung wahrscheinlich morden würde, geschweige denn eine Hilfskraft auf einem Acker. Aber darum ging es mir im Moment nicht, und so konnte ich halbwegs glaubwürdig den Kopf schütteln.

»Nein, das ist es nicht. Aber die offiziellen Polizeiuntersuchungen haben den letzten bekannten Aufenthaltsort der Mädchen im Tarrigan's ermittelt, und das war eindeutig, bevor sie hier angestellt wurden. Warum?«

Fitzgerald verzog das Gesicht.

»Weil die Datenbanken unserer Behörden weder vernetzt sind noch automatisch abgeglichen werden.«

»Sie nehmen mich auf den Arm, oder?«

»Nein, keineswegs. Wir sind vielleicht ein überregulierter Bürokratenstaat, das sind wir sogar ganz sicher, aber gleichzeitig ist die Verwaltung extrem ineffizient. Wenn ich meine Firmenadresse ändern will, muss ich bei drei verschiedenen Ämtern die Einträge berichtigen. Und das geht noch viel weiter. Wenn Sie in Melbourne Ihre Kapitänslizenz verlieren, weil Sie Dutzende minderjährige Segelschülerinnen sexuell belästigt haben, bekommen Sie trotzdem problemlos Ihr »Arbeit-mit-Kindern«-Sicherheitszertifikat von der Australian Federal Police in Canberra. Warum? Weil die Meeres- und Straßensicherheitsbehörde an einer anderen Datenbank hängt.«

Ich schloss die Augen und stöhnte unbewusst auf. Er hatte mir soeben mitgeteilt, dass die digitale Ermittlungsarbeit der Australier wertlos war. Und ich damit vielleicht auf der falschen Fährte, einer Spur folgend, die komplett in die Irre führte. Womöglich waren Mary und Alex tatsächlich wohlauf, arbeiteten in einem Hotel in Perth oder lebten als lesbisches und glückliches Aussteigerpärchen in einer Strandhütte bei Cooktown.

Der Familienhund lebt auf einem Bauernhof weit, weit weg.

Ich hoffte es, hoffte es inständig, aber es gab zu vieles, das laut dagegensprach. Ein erfolgreich eingeschüchterter MAD-Offizier und dreihunderttausend Dollar zum Beispiel. Und ich hatte nun mal ausschließlich diese Spur.

»Ist es möglich, dass man Ihnen und anderen Farmen aus Dobos, die zu Vermissten werden, einen Strick dreht? Könnte es ein Jurist geschickt so hinbiegen, dass letztendlich der Arbeitgeber verantwortlich ist? Also, Fluchtgründe konstruieren? Schlechte Verpflegung und Unterbringung, unmenschliche Arbeitsverhältnisse, Gewalt oder sexuelle Übergriffe?«

Fitzgerald nahm seine Brille ab und räusperte sich.

»Mister O'Brannon, mir sind die entsprechenden Berichte in der Presse durchaus bekannt. Und ich bin nicht so naiv zu glauben, dass auf abgelegenen Farmen tief im Landesinneren oder an der Scheide zwischen Western Australia und dem Northern Territory keine furchtbaren Dinge geschehen. Ja, es wird misshandelt, es wird unterbezahlt, gelegentlich auch missbraucht und in extremen Fällen gemordet. Es wäre dumm, das abzustreiten und zu leugnen. Stattdessen müssen wir, die ehrlichen Agrarunternehmer, alles in unserer Macht Stehende tun, um diese schwarzen Schafe endgültig von der Bildfläche verschwinden zu lassen. Und so transparent wie möglich sein.«

Er griff nach seinem Telefon, wählte eine Nummer aus der Schnellauswahl.

»Phil, hier spricht Martin. Komm sofort zum Estate, ich habe jemanden hier, der Camp Zwei sehen will. Und du wirst es ihm zeigen.«

Die Nachricht war hinterlassen, und er blickte mich auffordernd, beinahe trotzig an.

»Das war Phil Weiler, seit mehr als zehn Jahren unser Vorarbeiter in Camp Zwei, wo Mary und Alex einquartiert waren. Er wird Sie herumführen, und ich garantiere persönlich, dass keine Ihrer Fragen unbeantwortet bleibt. Zufrieden?«

Nein, zufrieden war ich nicht, nicht angesichts der wachsenden und nagenden Ungewissheit in Bezug auf den letzten bekannten Aufenthaltsort der Mädels. Aber es war ein Anfang.

*

Phil entpuppte sich als gemütlicher Typ um die fünfzig, muskulös, aber mit einem sich deutlich entwickelnden Bierbauch, einer Wuscheltolle ausgebleichten braunen Haars auf dem Kopf, das schon einige sichtbare Grautendenzen zeigte. Dem Befehl seines Gutsherren widerspruchslos folgend, übernahm er mit dem weißen Toyota Landcruiser die Führung. Ein Monstrum von Auto, mit Allradantrieb und schweren, geländegängigen Reifen, einer Zugrolle an der Front und einem Schnorchel, mit dem man die Floodways durchqueren konnte, in denen das Wasser oft meterhoch stand.

Ich folgte im Lexus, vorsichtig und aufmerksam, als die Straßen immer schlechter wurden, kaum erkennbarer Asphalt unter gelbem und rotem Sand, dazwischen Steine und Äste, Zweige und ausgetrocknete Schlammhaufen.

Tinaroo Falls Dam Road nannte sich diese Passage, führte uns am gleichnamigen See vorbei in den Norden. Wir passierten einen Campingplatz, der wie ausgestorben schien, mehrere Felder und Waldstücke, überquerten den Barron River und folgten diesem dann flussaufwärts, Richtung Westen. Es war eine bizarre, surreale Erfahrung – zu meiner Rechten scheinbar undurchdringlicher, dichter Busch, eine über die Hügel in die Höhe wachsende, bedrohliche Mauer aus Grün und Braun. Zu meiner Linken jedoch, nur durch den Fluss von uns getrennt, eine schier endlose Ebene aus Äckern und Feldern, die Kornkammer des tropischen Nordens, mit einigen Glashäusern dazwischen.

Menschenfeindliche Wildnis auf der einen, vom Menschen in die Knie und Knechtschaft gezwungenes Land auf der anderen Seite.

Ich war so abgelenkt von diesem Gegensatz, blickte so oft hin und her, dass ich beinahe in den Landcruiser gekracht wäre, als Phil das Tempo drastisch reduzierte und ohne zu blinken – sicher ein verkappter BMW-Fahrer – rechts einbog. Wir hatten das Camp erreicht, und es war …

… na ja, überschaubar.

Im Prinzip eine Lichtung im Busch, mit einem Wasserturm und einer ganzen Reihe an kleinen, aber keinesfalls hässlichen

Cottages, aus grün gestrichenen Brettern gezimmert und mit ebenso grünem Blech eingedeckt, das wiederum großzügig dimensionierte Solaranlagen trug. Off the Grid, autark angelegt, im Notfall nicht nur eine Herberge für Landarbeiter, sondern auch eine Fluchtburg, in der man überleben konnte, wenn die nächste Wirtschaftskrise, Zombieapokalypse oder chinesische Invasion anstand. *Camp 2* stand auf einem kleinen Holzschild mit weißer Farbe gepinselt, und ich fragte mich insgeheim, wie viele dieser Außenposten allein das Fitzgerald-Estate betrieb.

Phil parkte den Landcruiser direkt am Eingang vor einer Hütte, die doppelt so groß war wie alle anderen, als einzige eine Veranda und eine zusätzliche Stahlgittertüre aufwies. Plakate und Plaketten verrieten, dass es hier Erste Hilfe, ein Notfall-Funkgerät, zertifiziertes Gegengift und einen Defibrillator gab. Das war zweifellos das Haus des Vorarbeiters – und damit Phils Heim. Er machte keinerlei Anstalten, mich hineinzubitten, als ich den Lexus neben seinem Schlachtschiff parkte und mich ins Freie begab.

»Da sind wir, Camp Zwei ist eines unserer ältesten, aber wir haben es gut in Schuss gehalten. Was willst du dir ansehen, was willst du wissen?«

Der joviale, kumpelhafte Unterton machte einen guten Job, überdeckte und vertuschte beinahe die Tatsache, dass er den zweiten Teil seiner Frage eine Spur zu lauernd gestellt hatte.

Aber eben nur beinahe.

Ich zuckte mit den Schultern und blickte mich um. Wie fühlte es sich wohl an, als junge Backpackerin hierhergebracht und in eine der Behausungen geschickt zu werden? Wie ein großes Abenteuer, eine späte Fortsetzung von Jugendlagern und Pfadfindercamps? Klar, die Aussicht am Morgen über die Felder im Süden war zweifellos spektakulär, aber so ganz abgeschieden von der Zivilisation? Vielleicht fühlte es sich ja auch eher wie ein Bootcamp an, wie eine der Army-Basen, auf denen Rekruten geschliffen wurden? Dann wunderte mich das Phänomen der Dobos keineswegs.

»Du kannst mir die Hütte zeigen, in der Alex und Mary einquartiert waren, das wäre mal ein Anfang.«

Er lachte.

»Mann, das ist Jahre her, ich habe keine Ahnung, in welcher die beiden Mädels waren. So genau sind unsere Aufzeichnungen auch wieder nicht.«

Stimmt, das war eine naive Annahme gewesen. Also, nächste Frage.

»Irre ich mich, oder sind wir ganz alleine hier? Niemand außer uns im Camp?«

»Ganz genau. Die Morgenschicht ist auf den Feldern, wird bald zurückkommen. Die Tagesschicht erst am Abend. Das Catering bringt die Essenspakete direkt zu den Arbeitern, kommt gar nicht hierher. Und ansonsten bin nur ich hier.«

»Kannst du mir das Innere eines der Cottages zeigen?«

Er überlegte kurz.

»Nicht die bewohnten, du verstehst, Privatsphäre und so. Ich kann dich nicht einfach auf fremder Leute Dinge starren lassen. Aber das Zwölfer steht derzeit leer.«

Ich trottete hinter ihm her, als er mich zum Rand der Lichtung führte, zu einer der Hütten, die offenbar gerade renoviert wurde. Oder einfach nur frisch angestrichen, ein Farbkübel stand an einer Seitenwand. Phil griff in seine Hosentasche, holte einen Schlüssel hervor und entsperrte die dünne Holztür, ehe er zur Seite ging und eine einladende Geste machte.

»Bitte sehr, sieh dich ruhig um.«

Ein Generalschlüssel, interessant. Die Sicherheit und sogenannte Privatsphäre sind also nur von deinem Wohlwollen abhängig.

Das sagte ich nicht laut, sondern trat stattdessen ein – und war positiv überrascht. Das war kein Pfadfindercamp, schon gar keine Army-Basis, sondern wirklich gemütlich. Links und rechts an den Wänden richtige Betten mit hellem Holzrahmen und offenbar dicken Matratzen, sauberen Decken und Polstern darauf. In der Mitte ein Tisch, ein paar Stühle darum, dahinter, an der Wand gegenüber der Tür, eine Küchenzeile mit Mikrowelle, Wasserkocher und einem dieser kleinen Kühlschränke, die ich hier schon des Öfteren gesehen hatte.

Neben der Tür war ein Flachbildfernseher montiert, ein daneben angebrachter Router sorgte für Wi-Fi und Internet.

Sicher unter dem Niveau, das eine Kramm in ihrem späteren Leben als Urlaubsdomizil gewählt hätte, aber zweifellos überdurchschnittlich für Rucksacktouristinnen und Farmarbeiter. Vor allem aber war es kein Gefängnis – sie hätten jederzeit hinausspazieren können, einfach über eine der kleineren Fußgängerbrücken gehen, und wären in der Zivilisation gewesen. Vielleicht hatten sie genau das getan, und dann konnten sie überall gewesen sein. Atherton lag nur einen Steinwurf von hier entfernt, und von dort kam man per Bus in jede größere Stadt. Oder zum nächsten Bahnhof.

Verdammt.

»Der Boss sagt, du bist ein richtig hohes Tier, also zumindest für einen Privatschnüffler. Eigene Firma, Connections in die größten Unternehmen, Regierungsaufträge und so. Machst richtig viel Kohle damit, was?«

Phil mochte so einiges an Soft und Hard Skills mit sich herumschleppen, die Kunst des unauffälligen, beiläufigen Verhörs war ihm aber offenbar fremd. Ich nickte gelassen, versuchte, so unverbindlich wie möglich zu bleiben. Andererseits – vielleicht schadete es nicht, ihn ein wenig nervös zu machen.

»Ja, kann mich nicht beklagen. Die Privatwirtschaft zahlt nun mal besser als Polizei, Army und Geheimdienst. Wobei ich von denen auch Aufträge annehme, gelegentlich zumindest.«

Ich hatte die Worte mit Bedacht gewählt – keines davon sagte direkt, dass ich in irgendeiner offiziellen Funktion hier war. Aber sie reichten, um ihn ins Wanken zu bringen, von einem Bein auf das andere treten zu lassen. Phil wusste etwas.

»Also kannst du so richtig diplomatischen Ärger verursachen? Oder reicht ein Anruf von dir, um die Navy Seals oder so einzufliegen?«

Irrte ich mich oder war da ein leichtes Zittern in seiner Stimme, besonders bei der letzten Frage? Es war Zeit für die nächste Stufe der Eskalation, die Ruhe vor dem Sturm: ihn in falscher Sicherheit zu wiegen.

»Nein, das ist wirklich nur ein Privatauftrag. Alleine hier, aber das macht mir nichts aus, bedeutet nur, dass ich das Spesenkonto voller ausschöpfen kann.«

Ich zwinkerte ihm dabei verschwörerisch zu, und tatsächlich, nach etwas, das ein nur schlecht verborgenes erleichtertes Ausatmen war, grinste er und nickte.

»Kann ich gut verstehen. Hör mal, mir ist gerade etwas eingefallen – die Mädels waren 2020 hier, nicht wahr? Dann kann es gut sein, dass wir sie gar nicht im Camp selbst, sondern in unserer Kaffeeplantage einquartiert hatten.«

Das war nun tatsächlich überraschend.

»Ihr baut hier Kaffee an?«

Er schüttelte den Kopf.

»Nicht mehr, wir haben es versucht, von 2015 bis 2022. Wollten damit auf den Hipster-Train aufspringen, du weißt schon, nachhaltiges Zeug, Single-Source-Bohnen, fünfzig Dollar das Kilo Rohertrag, mindestens.«

Ja, ich wusste Bescheid. Ein normaler, durchschnittlicher Kaffee war bei uns überall um zwei Dollar zu bekommen, das abscheuliche Filtergesöff in den Diners am Straßenrand sogar gratis. Aber die Lattes und Cappuccinos in den Strandcafés, wo die als Möchtegernrocker aufgetakelten Hipster an den Wochenenden mit ihren Bobbern und Café-Racern hinpilgerten, nachdem sie eine halbe Stunde lang ihren Bart gepflegt hatten, kosteten mindestens einen Zehner, oft auch mehr. Alles angeblich bio, fair getradet und nachhaltig, den veganen Cheesecake gab es um zwölf Dollar dazu, das CO2-Neutralitätszertifikat hing eingerahmt an der Wand. Wer diese Läden belieferte, konnte ordentlich Kohle scheffeln.

»Was ist schiefgelaufen?«

Phil zuckte mit den Schultern.

»Was schon? Der Boden hier. Australische Erde ist speziell, viele Sachen kann man hier gar nicht anbauen, ohne massiv mit der chemischen Keule draufzuschlagen, und dann ist es kein Biokaffee mehr. Im Endeffekt war es zu viel Aufwand für zu wenig Ertrag. Aber 2020 hatten wir die Plantage noch in Betrieb, und sie war ein Außenlager von Camp Zwei. Wenn du willst, kannst du dich dort umsehen.

Faire Warnung – wir müssen den Truck nehmen. Das ist eine Schotter- und Steinpiste, deine Luxuskarre kommt da keine fünfhundert Meter weit.«

Ich nickte, wahrscheinlich etwas vorschnell, ganz sicher aber mit einem schmerzhaften Ziehen in der Magengegend. Musste an dem verdammten Gurkensandwich liegen, das mir Fitzgeralds Butler angerichtet hatte. Oder noch wahrscheinlicher daran, dass mir die Vorstellung zweier Mädels in einer abgelegenen Plantage irgendwo in den Bergen viel weniger behagte als der Gedanke, dass sie einfach von hier Richtung Atherton spaziert waren.

Phil versperrte die Hütte wieder, und wir machten uns auf den Weg zum Landcruiser, als gerade zwei ramponierte Transporter ins Camp einfuhren. Keine VWs, die hatten hier offenbar Kultstatus und waren wohlhabenden Surferboys und -ladys vorbehalten, nein, es handelte sich um alte, verbeulte, aber zweifellos immer noch ausgesprochen robuste Toyota-Hiace-Gefährte, jedes mit dreizehn Sitzen ausgestattet, beide bis zum Rand gefüllt mit Hilfskräften. Die Schiebetüren öffneten sich, und heraus taumelten die Geschundenen und Geknechteten. Nun gut, das war übertrieben, aber allen Arbeiterinnen und Arbeitern standen die Strapazen der Feldarbeit überdeutlich ins Gesicht geschrieben.

Und nicht nur das.

Drei von ihnen zuckten leicht zusammen, als sie Phil sahen, zwei abgekämpfte Erntehelferinnen warfen ihm zusätzlich einen ganz bestimmten Blick zu, den ich schon viel zu oft gesehen hatte. Es war der Blick, den Frau und Kinder dem auf einmal vollkommen ruhig und sachlich sprechenden Vater schenkten, wenn der wegen häuslicher Gewalt alarmierte Polizist unerfahren oder dämlich genug war, keine getrenntes Verhör durchzuführen.

Jener Blick, den die kleine Becky im Gerichtssaal einen kurzen Moment auf dem Onkel ruhen ließ, wenn sie einem ignoranten Richter sei Dank nicht das Glück hatte, die Zeugenaussage auf Video machen zu dürfen, um dort anhand einer Puppe zu zeigen, wo sie berührt worden war. Guter Onkel, böses Spiel.

Meine Muskeln versteiften sich unwillkürlich, meine Hände ballten sich zu Fäusten. Nur mühsam schaffte ich es, mich zu beruhigen, mir nichts anmerken zu lassen, als ich mich auf den Beifahrersitz des Landcruisers hievte – und stutzte. Auf der Rückbank lag ein Jagdgewehr.

Gut, mir war schon klar gewesen, dass es für Einheimische und besonders Farmer durchaus möglich war, an eine Knarre zu kommen. Und es war eine Anschütz 1416, edel gemasertes Holz, hochwertiger Lauf, Mauser-Innenleben und ein Zeiss-Zielfernrohr obendrauf. Eine schöne Waffe, aber eben doch nur eine 22er, in den Staaten häufig als Spielzeugkaliber belächelt – und möglicherweise deswegen oft sträflich unterschätzt. In den Händen eines guten Schützen konnte dieses Teil durchaus ausreichen, um vielleicht nicht ein Salzwasserkrokodil, aber zumindest ein rabiates Känguru oder einen Helmkasuar im Ansturm zu erlegen.

Oder einen Menschen.

Ich schüttelte den Gedanken wieder ab, als Phil von der Zufahrtsstraße abbog, auf einen Waldweg, der sich weiter gen Norden den Berg hinaufschlängelte. Nein, er hatte nicht gelogen – der Lexus hatte hier nichts verloren. Die Fahrt führte uns über Stock und Stein, durch gewaltige Schlaglöcher, in die sich der Vorarbeiter nur mit Schritttempo wagte. Manche Kurven waren so eng, dass er erst einfahren, dann zurückschieben musste, um weiterzukommen. Das war keine Straße, das war eine Motocross-Piste, und es war ein Wunder, dass wir überhaupt vorwärtskamen.

Doch dieses Wunder fand ein jähes Ende.

Wir bogen um eine Ecke, vielleicht zweihundert, dreihundert Meter von der nächsten Hügelkuppe entfernt, durch Vorhänge aus von den Baumriesen herabhängenden Schlingpflanzen hindurch, als wir das Hindernis sahen.

Ein unpassierbares Hindernis.

Quer über den Weg hatte sich einer der gewaltigen Eukalyptusbäume zu seiner letzten Ruhe gebettet. Nicht ganz freiwillig, sondern von Sturm oder einem Blitz gespalten, der Stamm mehr als drei Meter über dem Boden gerissen – mit dem Großteil des Baumes nun schräg auf der ohnehin schon erbärmlichen Straße liegend.

»Das ist neu, den muss es beim Unwetter vorige Woche gelegt haben. Verdammte Scheiße.«

Phil brachte es auf den Punkt, als wir ausstiegen und nach vorne marschierten, um uns aus nächster Nähe ein Bild zu machen. Und dieses sah nicht gut aus. Das war kein Strauch, auch kein eleganter, dünner Stamm, den wir mit vereinten Kräften vom Weg hätten zerren können, sondern ein großer, alter Gumtree, ein gefallener König des Regenwaldes. Frustriert trat ich gegen das Holz – das sich keinen Millimeter bewegte.

»Ist das die einzige Zufahrtsstraße?«

Phil nickte bekümmert.

»Ja, leider. Es gibt noch einige Trampelpfade, alte Aborigine-Wege entlang des Flusslaufes unten, von denen ein paar Aufstiege wegführen könnten, aber …«

Seine Miene erhellte sich schlagartig.

»Ha! Wir haben die Seilwinde am Truck! Such du eine Stelle, wo wir ansetzen können, ich hole den Haken.«

Das war ein Plan, damit konnte man arbeiten. Sorgfältig schritt ich den Stamm ab, versuchte, den idealen Punkt zu finden, an dem wir das Drahtseil um den Baum wickeln würden, um diesen vom Weg zu zerren. Am besten in der Nähe der Abbruchstelle, mit der am Felsen an der anderen Seite aufliegenden Krone als Drehpunkt.

Keine leichte Aufgabe.

Ein Großteil der Rinde war bereits abgefault und verschwunden, der Rest nur noch eine dunkle Masse, in der sich allerhand Leben – das meiste davon zweifellos giftig – tummelte. Der Stamm darunter war glatt, wie poliert, eine Oberfläche, an der das Metallseil wahrscheinlich abrutschen würde.

Ein Großteil der Rinde war bereits abgefault und verschwunden.

Moment, hatte Phil nicht gesagt, dass dieses Hindernis neu war, von einem Unwetter letzte Woche stammte?

»Ist das die einzige Zufahrtsstraße?« – »Ja, leider.«

Wie zur Hölle hatten sie dann die Plantage angelegt, wie die Arbeiter nach oben, und vor allem, wie die Ernte ins Tal gebracht?

»Wollten damit auf den Hipster-Train aufspringen, du weißt schon, nachhaltiges Zeug, Single-Source-Bohnen, fünfzig Dollar das Kilo Rohertrag, mindestens.«

Keine Chance, dass Martin Fitzgerald III. ein solches Experiment einstellte. Nein, das passte perfekt in seine Strategie, polierte das Image auf, scheißegal, ob es zwanzig oder zweihundert Prozent Umsatzrentabilität brachte. Das war ein Vanity-Project, ein perfektes Eitelkeitsunternehmen.

All diese Gedanken rasten mir durch den Kopf, gleichzeitig, sich überlagernd, in wenigen Zehntelsekunden. Ich richtete mich noch auf, versteifte unbewusst meinen Körper – und riss diesen zur Seite, als ich ein mir wohlbekanntes, verräterisches, fatales Geräusch hörte.

Das Repetieren eines Gewehres.

Es war genau dieses Zucken, dieses Herumreißen meines Oberkörpers, eine Vierteldrehung, die mein Leben rettete.

Zumindest für die ersten zwei Sekunden.

Die erste Kugel durchschlug weder mein Herz noch sonst ein wichtiges Teil von mir, oh nein! Sie prallte von meinem Schulterblatt ab, riss eine heftig blutende Wunde in mein Fleisch, beschädigte den Knochen darunter.

Ich taumelte, aber ich fiel nicht.

Das zweite Repetieren, der zweite Schuss.

Meine linke Seite brannte auf, kleine Splitter meiner Rippen fuhren durch Fett und Fleisch, einer drang in meine Lunge. Die Schmerzen rasten nun wie eine Welle aus Feuer und Eis durch meinen ganzen Körper, ich kippte nach vorne.

Und noch in dieser Bewegung traf mich das dritte und letzte Projektil. In den Kopf, gnadenlos von hinten kommend, Einschlag knapp über dem rechten Ohr. Game over.

7. Leben, Tod & Wiederkehr

Ich sterbe.

Doch zuvor noch falle, nein, rolle ich den Abhang hinunter, mein schlaffer Körper von Phils kräftigen Händen über die Böschung geworfen.

Die Schwerkraft übernimmt das Ruder, zerrt mich ebenso in die Tiefe, wie mich meine Wunden in das Reich des Todes hinabziehen.

Meine Schulter kracht gegen einen überwucherten Felsbrocken, wird noch mehr aufgerissen, geschunden, zum Bluten gebracht.

Es ist mir egal, denn ich sterbe.

Die Klarheit des Todes, jener Moment, in dem unser Geist und unsere Seele von dem Zeit seines Lebens vor sich hinwelkenden Fleischgefängnis getrennt wird, wirkt befreiend.

Erleichternd.

Erhebend.

Meine linke Hand wird unter meinen Körper gezwungen, von diesem überrollt, schlägt einen Augenblick später hart auf einen Baumstumpf.

Mein kleiner Finger zersplittert, der Ringfinger bricht mit einem leisen, aber durchdringenden Knacksen.

Was juckt mich dieser Körper, was kümmert es mich, in wie viele Teile er bei seinem Sturz zerfällt, wie zerschmettert der Leib in der Schlucht zum Liegen kommt?

Gar nicht, denn ich sterbe.

Ein abgebrochener Ast bohrt sich durch den teuren Anzug – ach, Tand! Vergänglicher Tand aus Menschenhand! – und mein Hemd, meine Haut und tief in die Fettschicht.

Die Spitze erreicht sogar die Muskeln, schiebt sich zwischen die obersten Fasern, treibt sich in mein Fleisch.

Ich fühle es mit der Distanz eines neutralen Beobachters, mit der kühlen Faszination eines Wissenschaftlers, mit der grausamen Neutralität des Forschers, in dessen Händen ein Versuchstier stirbt.

Aber es berührt mich nicht, denn ich sterbe.

Vielleicht fünf, vielleicht auch fünfzig Sekunden, beides eine Ewigkeit an der Schwelle zum Tod und noch länger bei deren Überschreiten.

Ich sehe mich als kleines, hässliches, fettes Kind, gehänselt von den Mitschülern, geschnitten von den Nachbarsjungen, ausgelacht von den Mädels, ein Trend, der sich weiter fortsetzt, bis in die Jugend.

Dann so etwas wie Respekt, Respekt und Furcht. Nein, vor allem Furcht vor den Veränderungen an mir, vor meiner Weltanschauung, vor den erwachenden *Fähigkeiten.*

Erste Freundschaften, erste Lieben, beides zum Scheitern verurteilt, die letzten geopfert auf dem Altar meiner Flucht in die Vereinigten Staaten, der Flucht vor mir selbst, in eine neue Heimat, eine neue Identität.

Identität, gestiftet und verstärkt durch die Uniform der fremden Armee, die zu meiner wird, dann getauscht gegen zivile, aber um nichts weniger tödliche Waffen.

Der Blick hinter die sichtbaren Kulissen der Realität, der Blick in den Abgrund meiner eigenen Herkunft und meiner Begabungen, der theoretischen wie der praktischen, der Sieg über das Unbesiegbare.

Sonne, Strand und Sex, alles davon im Übermaß, alles in trauter Zweisamkeit, in perfekter Harmonie, doch diese währt nur kurz, dargereicht als Brandopfer der Göttlichkeit ihrer Ambitionen und meiner Sturheit.

Es ist traurig, es ist erschütternd, das größte Scheitern meines Lebens. Und doch ist es mir scheißegal, denn ich habe Besseres zu tun. Oder Schlechteres.

Ich sterbe, immer noch.

Die letzten Bewusstseinsfetzen, die letzten Neuronen blitzen auf, klammern sich an diesen zerfallenden Leib, der das Ende der Schlucht erreicht.

Aus dem rasanten Rollen wird ein Rutschen, der zerschossene Schädel als schwerstes Körperteil voran, langsam über Farn und Boden gleitend, eine Spur Hirnmasse hinter sich herziehend.

Nein, das stimmt so nicht ganz.

Kann nicht stimmen, denn sonst wäre das Bewusstsein bereits Vergangenheit.

Der Leichnam kommt zum Stillstand, im tiefen Grünen der engen Schlucht, Schultern und Hals in den kleinen Bach ragend, Gesicht voran ins Wasser, ins kalte, klare Nass.

Ein Lebender würde jetzt ertrinken.

Mir ist es scheißegal, denn ich bin tot.

Nein, bist du nicht. Du liegst nicht einmal richtig im Sterben, es sei denn, du lässt zu, dass du jetzt einfach ersäufst.

Wovon redest du bitte? Natürlich bin ich tot. Ich habe einen Kopfschuss abbekommen! Einen amerikanischen Abgang in der besten Tradition von John F. Kennedy!

Nein, hast du nicht, und hör auf, dich mit Kennedy zu vergleichen. Du hast auch keine Marilyn gevögelt.

Die vielleicht nicht, aber dafür Samantha Miller. Und das ist viel besser. Kann ich jetzt bitte sterben, so ganz in Ruhe? Besten Dank.

Ja, wenn du absäufst. Kein schöner Tod.

Noch einmal, ich habe einen Kopfschuss abbekommen. Kopfschuss! Blei ins Gehirn!

Nein, genau das eben nicht. Dein Dickkopf und ein leichtes Zittern in Phils Hand haben dich gerettet. Die Kugel wurde vom Schädelknochen abgelenkt, hat ein Stück Skalp mit sich gerissen. Da hinten ist alles voller Blut, es ist eine gewaltige Schweinerei, und genau deswegen hat der gute Phil dich für tot gehalten und in den Graben geworfen. Aber es bringt dich nicht um.

*

Mit einer einzigen übermenschlichen Willensanstrengung zwang ich meinen geschundenen Kopf in die Höhe über die Wasseroberfläche.

Und tatsächlich, ich konnte atmen. Mein linker Lungenflügel brannte wie Feuer, und ein verräterisches Blubbern verriet mir, dass sich einige Bläschen dort langsam mit Blut füllten.

Aber ich lebte noch.

Mein Hinterkopf brannte wie Feuer, Blut floss an meinem Ohr herab, hinunter zum Hals, vermischte sich in meinem Hemd mit dem von der Schulter und dem Lungenschuss.

Aber ich lebte noch!

Stöhnend wälzte ich mich auf den Rücken, entkam dem Wasser, versuchte, meine Gedanken zu ordnen.

Keine leichte Aufgabe, wenn ein Teil der Kopfhaut in Fetzen herunterhängt und ein boshafter Zwergenschmied von innen rhythmisch gegen die Schädeldecke hämmert.

Ich riss die Augen auf, starrte verzweifelt zwischen die Baumwipfel, gierte danach, einen Sonnenstrahl zu erhaschen, direkte Energie zu tanken.

Keine Chance, ich lag in einer engen Schlucht, und über mir war dichter Busch.

Also auf die harte Tour.

Ich biss die Zähne zusammen, schloss die Augen, konzentrierte mich auf die linke Seite, fühlte in meinen Körper hinein. Schmerzen und Druck, Ziehen und Stechen verwandelten sich vor meinem geistigen Auge in ein Abbild meines Körpers, meiner Knochen, meiner Innereien.

Nein, kein Steckschuss, auch kein Durchschuss. Wieder hatte sich Knochen stärker als ein 0.22er-Kaliber erwiesen, zumindest in diesem Winkel, zumindest unter einigen Opfern. Ja, aus einer meiner Rippen war ein Stück herausgeschlagen, hatte sich in Schrapnelle verwandelt, von denen einige den Körper verlassen hatten – und ein langer, grausamer Splitter in der Lunge steckte.

Das war meine erste Priorität.

Der Geist ist stärker als der Körper, sagen die Scharlatane genauso wie die Wissenden, die halbseidenen

Motivationsgurus ebenso wie tibetanische Mönche, die wirklich die volle Kontrolle über jede Zelle ihres Körpers haben.

So gut war ich nicht, würde es nie werden – aber gut genug.

Ich reduzierte meinen Herzschlag hinunter auf zwanzig langsame, tiefe Pumpbewegungen pro Minute, ich regulierte meine Atmung, zwang sie in einen stoischen, bizarren Rhythmus. Vier Sekunden lang einatmen, sechzehn Sekunden Luft anhalten, vier Sekunden lang ausatmen und dann noch mal sechzehn lange, quälende Sekunden überstehen, ehe das Spiel von vorne begann. Drei Zyklen, fünf Zyklen, zehn Zyklen – und meine zusätzlichen Sinne erwachten, die Grenze zwischen Imagination, Visualisierung und Realität brach.[3]

Mit nicht mehr, aber auch nicht weniger als purer Willenskraft zwang ich den Splitter aus der Lunge, schloss die Wunde, ließ mein Gewebe das Blut absorbieren. Die größte Gefahr war gebannt, mein Leben wieder um eine Stunde oder zwei verlängert.

Aber zu welchem Preis?

Von nichts kommt nichts, und selbst diese Fähigkeiten müssen sich den Naturgesetzen beugen. Energie kann weder erzeugt noch vernichtet werden, nur umgewandelt. In meinem Fall waren es fast drei Kilogramm Körperfett, und ich spürte, wie die darin eingelagerten Umweltgifte meiner Leber zusetzten. Nein, das konnte ich nicht wiederholen – und zwei gefährliche Wunden wollten noch versorgt werden, ebenso wie ein Dutzend kleinerer, lästiger Verletzungen um meine Aufmerksamkeit bettelten.

Ich keuchte auf, als die Schmerzen mit voller Wucht zurückkehrten, sich nicht entscheiden konnten, ob sie mich in der Schulter oder am Kopf, in meinen gebrochenen Finger oder aufgeschlagenen Knie am meisten quälen sollten – und

---

[3] Das kann man tatsächlich lernen. Vom Selbstversuch rate ich aber dringend ab, ebenso wie von so ziemlich allen in diesem Buch beschriebenen Handlungen des Protagonisten.

sich gleichermaßen grausam wie gerecht auf den ganzen Körper verteilten.

Auf allen vieren kroch ich nach vorne, an den Stamm eines jungen Gumtrees heran, sorgsam darauf bedacht, nicht mit einem Gympie in Berührung zu kommen.

Das hätte mir gerade noch gefehlt.

Stöhnend rollte ich mich neben den Baum, begann, mit meiner rechten Hand im Erdreich zu wühlen, immer tiefer, immer verzweifelter, bis sich meine dreckigen Finger um eine Wurzel schlossen.

Ich schloss die Augen, entschuldigte mich bei dem Baum, entschuldigte mich bei der Erde, die ihn trug und ernährte, bei dem Land, das nicht das meine war, für den Diebstahl, den ich begehen musste.

Ein Leben für ein Leben.

In dem Maß, wie sich meine Wunden schlossen, welkte der Baum vor sich hin, wurde seine Rinde rau und spröde, fiel in langen, gräulich verfärbten Streifen ab.

Seine Blätter folgten.

Ein Skelett, eine ausgedorrte Baumleiche blieb übrig, als ich mein eigenes, kleines, irrelevantes Leben gerettet, sichergestellt hatte, die nächsten Stunden und Tage zu überleben, selbst wenn ich durch diese Wildnis irren musste, ohne Chance auf ärztliche Versorgung.

Ich würde leben.

Oder auch nicht. Als ich meine Augen wieder öffnete, immer noch auf der Seite liegend, in Schmutz und Gras, Gebüsch und Laub, sah ich Füße.

Viele schwarze Füße.

Langsam ließ ich meinen Blick höher wandern, über Beine und stoffverhangene Lenden, über braune und schwarze Bäuche, Brüste, Schultern und Arme, Hälse und Gesichter, auf denen mit weißer Farbe Striche gemalt waren.

Es waren keine Lehrer, die zum Gaudium von Touristen Speere warfen, keine Trucker und Landarbeiter, sondern die Vertreter und die Verkörperung jener Kultur, die hier seit fünfzigtausend Jahren überlebt hatte. Zwanzig Menschen standen vor mir, darunter nur wenige junge Jäger, der Rest

Alte, Frauen und Kinder. Babys, die in einer Tragschlaufe an der Seite ihrer Mütter hingen.

Und sie alle hatten meinen Frevel gesehen, miterlebt, wie ich der Natur – ihrer Natur! – einen egoistischen, in der Welt der *Eingeweihten* geradezu blasphemischen Tausch aufzwang. Einer der Älteren trat nach vorne, zwei Schritte näher an meinen zitternden Körper, blickte mich aus Augen an, die Erfahrung und Wissen aus Jahrtausenden widerspiegelten.

Sein Speer, locker in der Hand gehalten, zeigte auf mich, meine Brust. Bereit, das zu vollenden, was Phil Weiler begonnen hatte.

Aber er stach nicht zu.

Wortlos wandte er seinen Kopf, suchte die Gesichter der anderen Graumelierten seiner Gruppe, ein stummer Konsens wurde gefunden. Die Speerspitze vor mir wippte kurz, ein Zeichen, mich zu erheben. Kein gesprochenes Wort kam über seine Lippen.

Geduldig wartete er, bis ich mich aufgerappelt hatte, und erst dann widmete er mir eine unmissverständliche Kopfbewegung – ich sollte ihnen folgen. Was ich als dummer weißer Gubbah, geschunden und verletzt in der mir unbekannten tödlichen Wildnis, nur allzu gerne tat.

Mit traumwandlerischer Sicherheit schritten sie über Pfade, die schon seit Jahrtausenden beschritten worden waren. Zu Zeiten, als irgendwo am Nil ein ehrgeiziger Pharao die Pyramiden errichten ließ. Ehrfurcht befiel mich, als ich erstmals wirklich verstand, wie sehr, wie lange schon und wie intensiv diese Menschen mit ihrem Land verbunden waren. Irgendwo in Europa bildeten sich adelige Schnepfen und aufgeblasene Gutsbesitzer etwas darauf ein, ihre Vorfahren in der Gegend fünfhundert, in Extremfällen vielleicht tausend Jahre zurückverfolgen und nachweisen zu können. Hier marschierten die gleichen Familienverbände seit tausend Generationen durch den Busch und das Outback, waren ein untrennbarer Teil davon geworden.

Sie führten mich über umgestürzte, längst überwucherte Baumriesen, unter bedrohlichen Überhängen aus rotem Fels hindurch, auf Anhöhen, von denen aus man das geraubte

Land und jene Schandflecken sehen konnte, die wir Zivilisation nannten. Die Äcker und bestellten Felder, für mich am Morgen noch einen Hauch von Heimat in sich tragend, wirkten nun wie ein Krebsgeschwür, das sich bunt wuchernd über diese archaische, heilige Erde hermachte, sie langsam und profitabel auffraß.

War dies meine Schuld?

Natürlich nicht, aber jene von Männern wie mir, zumindest im weitesten Sinne. Und doch spürte ich keine Feindseligkeit von meinen Begleitern und Führern, keinen Vorwurf, ja nicht einmal einen Hauch von Widerwillen. Im Gegenteil, sie wirkten, als ob sie eine Mission, einen heiligen Auftrag hatten – und ich ein Teil davon geworden war.

Geduldig warteten sie, wenn ich innehalten musste, Zeit brauchte, um meine Schmerzen zu überwinden, gegen meine Erschöpfung anzukämpfen – oder einfach nur an einem der Bäche kniete, um Wasser durch meine ausgedörrte Kehle fließen zu lassen.

Wir gingen über einen Steinpfad den Berg hinauf, an Wänden vorbei, wo die Handabdrücke ihrer Vorfahren und derer Vorfahren stummes Zeugnis ihrer Präsenz ablegten, als die Nacht hereinbrach. Schnell und unverhofft, wie immer in den Tropen, wurde aus gleißendem Sonnenschein Dämmerung, aus Dämmerung ein Zwielicht, ein silbernes Bild einer fremdartigen Landschaft, gemalt vom beinahe voll am Himmel stehenden Mond.

Ein mattes türkis-grünes Glühen vor uns weckte meine Neugier. Es war eine Höhle, das offensichtliche Ziel unseres Fußmarsches, ein Unterschlupf, eine temporäre Behausung. Wahrscheinlich hatte sie schon Tausenden anderer aboriginaler Familien auf der Wanderung Schutz vor dem Wetter und der Nacht geboten. Ein durch überhängendes Gestrüpp leidlich getarnter Eingang, durch den ich schritt – Staunen und Verwunderung angesichts der in den Wänden schimmernden Steine, die ein schwaches, aber durchaus taugliches Licht absonderten, die nächsten hundert Handabdrücke und Zeichnungen deutlich lesbar machten.

Ich konnte Schnabeltiere erkennen, Wombats und Wallabys, Emus und Helmkasuare, ich sah eine gewaltige, sich über die gesamte Wand zu meiner Linken erstreckende Schlange, dazwischen skizzierte, vage menschenähnliche Gestalten, einige von ihnen mit einem Strahlenkranz um das Haupt.

Das waren Geschichten, nein, das war Geschichte, die Geschichte des Volkes, das mich hier willkommen hieß. Oder zumindest duldete. Was es auch war – meiner Dankbarkeit tat es keinen Abbruch. Ebenso wenig meinem Erstaunen, als ich um eine Biegung schritt und den Hauptraum sah. Gut zehn Meter tief, mehr als acht breit, mit einem Loch in der Deckenmitte, durch das bläuliches Mondlicht auf den Boden schien. Am Rand hatten entweder Launen der Natur oder die fleißigen Hände von Tausenden Bewohnern Sitzbänke und Schlafnischen in den Stein geschlagen, runde, glatte Einbuchtungen zum Rasten.

Auf einer dieser Sitzgelegenheiten, den Blick neugierig, skeptisch, hoffnungs- und erwartungsvoll auf mich gerichtet, saß Mary Henderson. Sie sah kaum einen Tag älter aus als am Tag ihres Verschwindens, nur geringfügig von dem Grauen gezeichnet, das kein Mensch durchleiden sollte. Ihre Rastazöpfe wirkten etwas verschmutzt, und vor sich auf den Knien, wie einen Schutzschild vor ihren Körper gehalten, ruhte der auffallend pink-purpur-violette Rucksack.

Tausend Fragen schossen durch meinen pochenden Kopf. Diejenigen, die sich am lautesten vordrängten, waren jene danach, was sie die letzten vier Jahre getan hatte. Warum sie nicht in die Zivilisation zurückgekehrt war oder zumindest in jene Lachnummer davon, die wir die Vereinigten Staaten nannten. Warum sie ihrer trauernden Familie nicht Bescheid gegeben hatte und vor allem, wie sie hier hatte überleben können.

Erst ein kurzer Blick auf meine Begleiter und Führer, die sich pietätvoll im Hintergrund versammelt hatten, den Weißen und die fremdartige Braune sich selbst und ihrer Welt überließen, rief mir in Erinnerung, wie dämlich diese Frage war.

Wenn sie seit Jahrtausenden hier nicht nur überleben, sondern gedeihen konnten, zumindest so lange, bis ein ehrgeiziger Brite die Flagge der Königin hisste, dann auch eine Amerikanerin – besonders wenn sie einheimische Hilfe hatte. Und in einem Moment absoluter, ungetrübter Klarheit realisierte ich, dass all diese Fragen dämlich waren, aber aus einem vollkommen anderen Grund. Und eigentlich war ich nicht wegen Mary hier, sondern suchte Alexandra Kramm. Es war Zeit, ein paar Antworten zu bekommen.

*

»Wir hatten unseren ersten Tag im Camp, zur Orientierung. Phil zeigte allen Neuen die Äcker und Glashäuser in der Umgebung, kutschierte uns herum, war wirklich freundlich und zuvorkommend. Wir bekamen eine Einweisung in Erster Hilfe, einen Crashkurs über die gefährlichen Schlangen und welches Gegengift wir im Camp hatten, eine Einführung, wie man den fetten Gasgriller benutzt – das volle Programm eben.«

Ich hatte neben Mary Platz genommen, versuchte, meine Muskeln so gut wie möglich zu entspannen, meinen Körper heilen und regenerieren zu lassen, während ich ihrer Geschichte lauschte.

»Am Abend gab es ein Barbecue, Musik, kaltes Bier und Cola mit Bundaberg-Rum. Kein Besäufnis, schließlich sollten wir ja am nächsten Tag arbeiten, aber eine richtige kleine Willkommensfeier. Erst als sich diese dem Ende zuneigte, setzte sich Phil zu uns, erzählte uns von einem lukrativen Angebot, einer Alternative zur harten Feldarbeit.«

Ich verzog unwillkürlich mein Gesicht, eine Bewegung, die einen kurzen, brennenden Schmerz durch die gerade heilende Narbe über meinem Ohr schickte – doch Mary schüttelte entschieden den Kopf.

»Nein, nicht das, was du jetzt denkst. Phil berichtete uns von dem Opalfeld weiter im Norden, einer erst vor Kurzem wieder in Betrieb genommenen Oberflächenmine. Davon, dass die Genehmigungsverfahren erst noch am Laufen waren, offiziell noch nicht abgebaut wurde – aber inoffiziell er und ein paar andere schon die größten Steine aus dem Boden holten, bevor die Party richtig losging. Sie konnten jede Hilfe, jedes zusätzliche Paar Hände brauchen, schweres Gerät hatten sie ja nicht – das wäre zu auffällig gewesen. Also bot er uns an, jede Woche zwei Tage im Opalfeld und drei Tage auf den Äckern zu arbeiten, und am Ende zwanzig Prozent von allem, was wir finden würden, behalten zu dürfen. Er versprach auch, uns unseren Anteil zu einem fairen Preis abzukaufen. Es wäre ja schwer gewesen, das Zeug unbemerkt außer Landes zu bringen oder ohne Papiere an einen legitimen Händler zu verkaufen.«

Ich schloss die Augen, unterdrückte einen Fluch, eine ebenso ehrliche wie heftige Verwünschung des Vorarbeiters. Das war eine gute Story, glaubwürdig und ausgeklügelt, aber nicht zu kompliziert, um über ihre eigenen Details zu stolpern. Die perfekte Falle – zumindest für die meisten finanziell eher mager ausgerüsteten Backpackerinnen. Nicht für alle.

»Alex wollte erst nicht, na ja, vielleicht schon, aber weniger als ich, verstehst du? Ihre Familie ist schweinereich, sie hatte das Geld nicht nötig. Für mich aber war es das goldene Ticket in die Freiheit. Wenn auch nur die pessimistische Schätzung von Phil stimmte, würde ich auf einen Schlag meine College-Schulden abzahlen, meiner Mum und Gill unter die Arme greifen können. Vielleicht – vielleicht hätte ich versuchen können, mit Marcus wieder zusammenzukommen, uns ein kleines, gemeinsames Leben mit einem gewissen Startvorteil aufzubauen. Hast du eine Ahnung, wie verlockend das klang?«

Ich nickte betrübt, unterdrückte den Wunsch, ihr mitzuteilen, dass ihre Familie finanziell nun gut versorgt war – offenbar wegen ihr. Das würde sie nicht verstehen, und es tat auch nichts zur Sache.

»Also hast du Alex überredet?«

Mary nickte betrübt.

»Ja, und es später bitter bereut, mir selbst schwere Vorwürfe gemacht – während sie, na ja, einfach nur Alex war. Kühl und deutsch nach außen, aber herzlich und alles verzeihend in ihrem Inneren. Die beste Freundin, die ich je hatte. Eine Seelengefährtin, obwohl wir uns erst so kurz kannten.«

Ich wusste nicht, was ich darauf sagen sollte, also beließ ich es beim Schweigen. Das war ohnehin besser, sie sollte reden, frei von der Leber weg. Dies war ihre Geschichte, vielleicht nicht an die Wände gemalt, aber auf jeden Fall nun untrennbar mit diesem Land verbunden. Und es war keine schöne Geschichte.

»Sie hat dann auch schnell nachgegeben, sich von mir breitschlagen lassen, und am nächsten Morgen ging es los. Phil hatte uns geraten, unser ganzes Zeug mitzunehmen, immerhin würden wir zwei Tage in einem Außenlager weit weg von aller Zivilisation sein. Das klang wieder nach Abenteuer, nach dem Grund, warum ich überhaupt nach Australien gekommen war. Ich freute mich darauf, ehrlich.«

Sie pausierte, schwieg für einen Augenblick, warf einen Blick auf die Aborigines, die sich immer noch außerhalb des Hauptraumes aufhielten. Ein Nicken, eine Bestätigung, dass sie okay war – und ich in Ordnung. Irgendetwas in dieser Art. Ich räusperte mich.

»Es gab gar keine Opalmine, nicht wahr?«

»Nein. Oder vielleicht doch, ich weiß es nicht, aber falls es sie gab, war sie nicht das Ziel unserer Fahrt. Zuerst ging es nach Mareeba im Norden, dort bog Phil links ab, fuhr uns nach Paddys Green. Dort ging es wieder in den Norden, über eine kleine Straße, gerade mal breit genug für den Truck. Wir kamen an eine Abzweigung, von der aus ein unbefestigter Weg ins Nirgendwo führte, und hier machten wir Rast. Laut Phil, um uns Mädels austreten zu lassen, was wir ehrlich gesagt nur zu gern annahmen. Da war ein Toilettenhäuschen, eines dieser Nationalparkklos, und wir wussten ja nicht, wie die Zustände in der Mine sein würden, also haben wir die Gelegenheit genutzt. Wir saßen gerade auf dem Klo, als wir ein Motorengeräusch hörten, das näherkam und dann verstummte, aber wir dachten uns nichts dabei. Erst als wir unseren Truck starten und davonfahren hörten, verstanden wir, dass etwas nicht stimmte. Wir haben uns hastig angezogen, unsere Rucksäcke gepackt und sind rausgestürmt – aber Phil war verschwunden.«

»Ihr wart aber nicht alleine?«

Sie schüttelte den Kopf.

»Nein, waren wir nicht. Da stand ein schwarzer SUV, groß und breit, eine Marke, die ich noch nie in meinem Leben gesehen hatte. Und davor ein Mann mit einer Maschinenpistole, der uns auf die Rückbank zwang. Diese war abgetrennt von Fahrer und Beifahrer, mit einem dieser Gitter, wie es Cops in ihren Wagen haben. Ich hatte ein Survivaltraining am Campus, ich wusste, was man in so einer Situation am besten macht.«

Mein Magen zog sich zusammen, und das lag nicht daran, dass ich seit dem Morgen nichts mehr gegessen hatte.

»Du meinst Kooperation?«

»Ja. Kooperation und Observation, jedes Detail merken. Alex war am Anfang panisch, aber ihr Dad hat ihr etwas Ähnliches beigebracht, der ist ja auch im Militär, so wie meiner, bevor er …«

Sie unterbrach sich kurz, überlegte, zuckte schließlich mit den Schultern.

»Vielleicht haben wir uns deswegen so gut verstanden. Auf jeden Fall hat sie sich beruhigt, ebenso wie ich. Wenn wir gewusst hätten, was auf uns wartet, wäre die Fahrt ganz anders gelaufen. Wahrscheinlich hätten wir uns gegenseitig umgebracht, um uns das alles zu ersparen, oder es zumindest versucht.«

Mir lief eine Gänsehaut über den Rücken, und ich zitterte angesichts der neutralen, beinahe emotionslosen Art und Weise, mit der Mary den letzten Satz angebracht hatte.

»Er nahm uns nicht einmal die Smartphones ab, wusste ganz genau, dass es keinen Empfang gab. Und als wir im Komplex ankamen, redeten sie zwanglos miteinander, waren sich sicher, dass wir sie nicht verstehen konnten.«

Moment. Hier kamen die ersten Hard Facts ins Spiel, und ich musste ihren Fluss der Erinnerungen kurz aufhalten, um diese zu extrahieren.

»Warum denn das?«

Sie blickte mich erstaunt an.

»Warum? Weil sie Chinesisch sprachen.«

Sie zwinkerte, blickte hinauf zur Decke.

»Oh. Das hatte ich dir noch nicht gesagt. Es waren Chinesen, aber keine kleinen, hageren Typen, wie man sie bei uns in Hollywood-Filmen oder Friscos Chinatown sieht, keine freundlichen alten Männer. Nein, das waren Gangbangers wie in den miesen Gettos, bewaffnet, tätowiert, austrainierte Wandschränke. Wir nannten sie die Wächter.«

Ich nickte. Wovor hatte Fitzgerald noch mal Angst? Vor den Triaden. Vielleicht war seine Paranoia ja doch nicht vollkommen ungerechtfertigt.

»Was kannst du mir über den Ort sagen?«

Mary zuckte erneut mit den Schultern.

»Nicht viel, es war irgendwie – seltsam. Eine bizarre Architektur, wenn du verstehst, was ich meine. Ein irgendwie metallischer Eingang hinter einem bewachten Zaun, und im Inneren – seltsam lang gezogene Räume, alle ausgesprochen schmal, und selbst die breiteren wirkten, als hätte man einfach zwei oder drei der langen aneinander gestapelt und verbunden. Irgendwie modular, das Ganze.«

Ich versuchte, mir einen solchen Ort, ein solches Gebäude vorzustellen. Schwierig. Am ehesten fielen mir noch Army-Basen ein oder die Rothera-Forschungsstation in der Antarktis, aber das war ja ein Containerdorf.

»Wie viele Wachen? Wie viele Touristen?«

Sie schloss kurz die Augen, rief Erinnerungen ab, die keineswegs angenehm waren. Bei jeder anderen Zeugin hätte ich PTBS und generell traumatische Verzerrung berücksichtigt.

Nicht bei dieser.

»Mit Alex und mir waren wir nach unserer Ankunft fünf Mädels in den Gefängniszellen. Eine davon, eine Italienerin, war aber geistig schon so hinüber, dass wir nicht einmal ihren Namen aus ihr herausbekamen. Der Große Drache hatte sie genommen, eine Woche vor unserer Ankunft. Wie ich aus den Gesprächen der Wächter heraushören konnte, überlebt das nur selten ein Opfer, und niemals, ohne den Verstand zu verlieren.«

Ich schloss die Augen, kämpfte gegen die Übelkeit an, die in mir aufstieg, und konzentrierte mich auf das Wesentliche. Die Widersprüche.

»Moment, sagtest du nicht, dass die Wächter untereinander Chinesisch sprachen?«

»Ja, aber ich habe nicht gesagt, dass ich es nicht verstehe. Ich hatte vier Semester Chinesisch am College, du weißt schon, als Vorbereitung auf die neue Weltordnung, um einen besseren Start ins Business zu bekommen.«

Ich erinnerte mich an meine älteren Verwandten, die noch sicherheitshalber Russisch gelernt hatten, an meine eigenen

Versuche, Japanisch zu begreifen. Verdammte Kanji! Aber ja, ihr Argument machte Sinn. Und mir neue Hoffnung.

»Der Große Drache? Was ist das? Ein wirklicher Drache?«

Sie warf mir einen mitleidigen Blick zu.

»Ja klar, und geritten ist er auf einem Einhorn. Nein, der Große Drache ist der oberste Boss, der Pate, wie auch immer du es nennen willst – der Anführer der gesamten Triade. Soviel ich mitbekam, flog er ein- oder zweimal pro Monat ein, immer per Privatjet nach Cairns, manchmal mit Businesspartnern oder hohen Politikern, denen er etwas Besonderes bot. Dieser Komplex – das war eine Mischung aus Lolita-Island und Sklavenhaltung, verstehst du? Und alle hatten Angst. Tödliche Angst vor dem Großen Drachen. Ich selbst habe ihn nie gesehen, nur den Direktor und die Wachen. Es waren vier vor Ort, immer in Zweierteams.«

Mein Kopf begann wieder zu hämmern und zu pochen, und nur mühsam verarbeitete ich diesen gewaltigen Info-Dump. Aber noch fehlten einige Details. Ich keuchte kurz auf, rieb mir die Schläfen und die Nasenwurzel.

»Okay, was war dann dieser Direktor? Wie genau lief das ab?«

Sie blickte mich von der Seite an, schüttelte langsam den Kopf.

»Du willst nicht wissen, wie es ablief. Ich gebe dir die kurze, die zensierte Fassung. Man brachte uns in die Anlage, in eine Art Gefängniszellen, schmale, vergitterte Räume links und rechts von einem Durchgang. Dieser führte in einen Waschraum, dort wurden wir aufgeputzt – na ja, zumindest gesäubert. Eine kleine Krankenstation war angeschlossen, wo wir verarztet wurden – und getestet.

Ich knurrte unbewusst durch meine geschlossenen Zähne.

»Auf Geschlechtskrankheiten.«

»Ja, vielleicht auch auf Organspendereigenschaften, aber in erster Linie wollte sich keiner HIV oder die Syph holen, nicht der Direktor, nicht die Wachen und schon gar nicht der Drache. Wir wurden ihnen nämlich nach Dienstgrad angeboten, verstehst du, von oben herab, wie bei einer Pyramide. Die Wachen machten Fotos von uns, schickten sie an den Direktor, der wiederum leitete sie wahrscheinlich an den Großen Drachen weiter. Dieser suchte sich seine Favoritin für den nächsten Besuch aus – der Rest gehörte zuerst dem Direktor, wenn dieser zu uns herabstieg, und dann den Wachen. Sie haben untereinander gescherzt, dass ihnen der Direktor wenigstens etwas übrig lässt, mit dem es sich noch lohnt zu spielen. Wenn der Drache ein Opfer bestieg, war es danach tot – oder, wie gesagt, Mus. Nicht mehr ansprechbar.«

Ich schüttelte mich.

»Dir ist das nicht passiert?«

Ein zynisches Lächeln lief über Marys Gesicht.

»Nein, und weißt du, warum? Weil ich ein Mischling bin. Offenbar ist der Große Drache auch ein handfester Rassist, der sich nicht dazu herablässt, eine Schwarze zu vergewaltigen.

Ihre Ruhe machte mich fertig, die Gelassenheit in ihrer Stimme brachte mich an den Rand der Raserei. Ich wollte aufspringen, heulen und schreien, wünschte den Tätern Tod und Verderben an den Hals. Und Mary? Saß einfach nur da, scheinbar ungerührt, scheinbar kein bisschen traumatisiert, war die beste Zeugin, die ich mir wünschen konnte.

»Moment, der Direktor lebte auch nicht in der Anlage?«

Mary lachte kurz auf. Bei den Göttern, sie konnte noch lachen!

»Nein, und hier wird es wirklich bizarr. Also, beinahe schon Einhorn-und-Drache-bizarr. Mein Chinesisch ist nicht perfekt, aber gut genug, um zumindest das richtig übersetzt zu haben. Wenn die Wachen recht haben, lebt der Direktor im nördlichsten Turm von Shangri-La, in einer Art Tempel, und steigt von dort nur herab, wenn er zur Anlage fährt.«

Mein Mund stand offen.

»Was? Shangri-La? DAS Shangri-La? Mystisches Königreich mit jahrtausendalter Architektur, irgendwo bei Tibet, mit zeitreisenden Magiermönchen und schwebenden Buddhas? Das geheimnisvolle Heinrich-Harrer-sucht-es-vergeblich-und-landet-beim-Dalai-Lama-Shangri-La?«

Sie runzelte die Stirn und legte ihren Kopf leicht zur Seite, was ihre Rastazöpfe wie einen Vorhang herabhängen ließ.

»Dude, ich habe keine Ahnung, wer Heinrich Harrer ist, aber ja, genau dieses Shangri-La, mit Dr. Strange darin und allem Drum und Dran. Zumindest habe ich keine Ahnung, was sie sonst gemeint haben könnten.«

Ich lehnte mich zurück an den Felsen, legte meinen schmerzenden Kopf in den Nacken und stöhnte auf.

Mein grausamer, nervlich und moralisch an alle Grenzen des Ertragbaren und darüber hinaus gehenden, aber letztendlich rational in unserer Realität verwurzelter Kriminalfall hatte sich gerade in ein Märchen verwandelt, in eine asiatische Legende. Und wie so viele in ihrem Kulturkreis, eine ohne Happy End.

»Was ist dann passiert?«

Mary Henderson beugte sich nach vorne, umklammerte ihren bunten Rucksack wie Kinder nach einer Katastrophe ihr Stofftier.

»Als sie mit mir fertig waren, wurde ich hinters Haus – nein, halt es war kein Haus – gebracht. Ich hörte einen Schrei, schrill und laut, aber kurz, irgendwie abgerissen. Du musst verstehen, meine Erinnerung wird hier etwas neblig."

Oh ja, das verstand ich.

„Und dann war ich auf einmal frei – ich stand auf einem Hügel, mitten im Busch, und fing zu gehen an. Instinktiv Richtung Süden, immer weiter geradeaus. Also, soweit man hier überhaupt geradeaus gehen kann. Nach drei oder vier Tagen stieß ich auf sie …«

Sie deutete zu den Aborigines, die sich inzwischen in einen Kreis gesetzt hatten, weiterhin stumm blieben.

»… und sie brachten mich hierher. Das klingt jetzt bescheuert, ich weiß, aber ich glaube, irgendwie haben sie auf dich gewartet. Würde mich nicht wundern, wenn eines der Männchen da an der Wand in Wirklichkeit dich darstellt – und das seit zehntausend Jahren.«

Das war ein interessanter, ein spannender Gedanke, der es wert gewesen wäre, ihn weiterzuverfolgen. Aber, so zynisch es klang, ich war nicht wegen den Aborigines und nicht wegen

Mary hier. Also zumindest wurde ich nicht dafür bezahlt. Sie gefunden zu haben, war ein glücklicher, hilfreicher Zufall. Glücklich für sie und hilfreich für mich, um meinen tatsächlichen Auftrag zu erfüllen.

„Wo ist Alex geblieben? Hat auch sie ihre … Freiheit wieder bekommen?"

Mary neigte ihren Kopf zuerst zur Seite, starrte auf die Zeichnungen an der Wand gegenüber, ehe sie sich wieder an mich wandte."

„Nein, sie war ganz nach dem Geschmack des Drachen und ist immer noch dort."

Immer noch dort? Nach all den Jahren? Die Worte hallten in meinem Kopf nach, versuchten meine Aufmerksamkeit auf einen Gedanken zu lenken, der mir immer wieder durch die Finger glitt. Ich stöhnte auf, schloss die Augen – und öffnete sie so schnell nicht wieder. Kein Wunder, der Tag und seine Schmerzen forderten ihren Tribut, zogen mich in einen tiefen, traumlosen Schlaf.

8. And along comes Mary

Wir erreichten Camp Zwei am frühen Vormittag, und das erwies sich als ideal – in jeglicher Hinsicht. Nicht nur war ich frisch und einigermaßen erholt, mein weiterhin geschwächter Körper noch nicht von einem langen Tag ausgelaugt, nein, das Camp war verlassen – von einer wichtigen Ausnahme abgesehen. Die Feldarbeiterinnen schufteten irgendwo auf den Plantagen, und Phil Weiler herrschte über sein verlassenes Reich. Um präziser zu sein - er kniete gerade vor meinem Lexus und machte sich daran, die Kennzeichen zu entfernen.

Ehrlich gesagt hatte ich keine Ahnung, was er mit der Karre plante. Natürlich war sie eine Spur, die direkt zu ihm führte, und jetzt, wo keine lästigen Zeugen in der Nähe waren, schien die perfekte Gelegenheit, den Luxuskreuzer einfach in irgendeine Schlucht zu schieben – und am besten noch anzuzünden. Andererseits kannte ich seinen Menschenschlag, und mit Kontakten zur Unterwelt konnte er noch mindestens fünfzigtausend, vielleicht sogar das Doppelte herausschlagen, wenn er einen Käufer fand.

Einmal gierig, immer gierig, und gierig macht unvorsichtig. Schlecht für Phil, gut für mich. Mary blieb ein Stück hinter mir, beobachtete mit scheinbar teilnahmsloser Gleichgültigkeit, wie ich mich an den Vorarbeiter heranschlich, pedantisch darauf bedacht, keinen Laut zu verursachen, keinen Schatten in sein Sichtfeld fallen zu lassen.

Bingo.

Ich stand schräg hinter ihm, den Atem angehalten, während er keuchte, als er versuchte, das Blechschild mit dem kleinen Sonnenlogo und »Queensland – The Sunshine State« darauf aus der erstaunlich widerspenstigen Halterung zu ziehen. Zeit für eine ernsthafte, gut geplante Unterhaltung unter Männern.

Ich ging leicht in die Knie, spreizte die Finger meiner rechten Hand etwas auseinander, um in seinem Wuschelhaar einen besseren Grip zu bekommen, und stieß seinen Kopf nach vorne mit voller Wucht in den Kühlergrill hinein.

Knochen splitterten, Blut spritzte zur Seite, und er brachte kaum einen Laut über die Lippen, in seiner schmerzhaften Überraschung auf ein dumpfes Stöhnen beschränkt, das in ein Blubbern überging.

Seine Nase war gebrochen, zersplittert, der Knorpel geschändet und eingefügt in eine blutige, unter den Augen herabhängende Masse. Und das war gut so.

Mein Lieblingsmove in einem Verhör ohne Gnade, und das aus vielerlei Gründen. Zum einen erzeugt eine gebrochene Nase einen ordentlichen Schock, vor allem, wenn es unvorbereitet geschieht. Adrenalin schießt in die Blutbahn, das Gehirn feuert die Neuronen bevorzugt in den Überlebensbereichen aus grauer Vorzeit, reduziert die Aktivität in den moderneren, höher entwickelten Regionen.

Die Fähigkeit, komplexe Lügen zu konstruieren oder aufrechtzuerhalten, sinkt dramatisch.

Zum anderen kann das Opfer (oder der gerecht mit Härte behandelte Schurke, das liegt dann wohl im Auge des Betrachters) nur mehr durch den Mund atmen, ohne Schleim und Blut zu husten. Zwingt man es zum Reden, kommt das Gefühl eines Erstickens auf Raten hinzu, das die Kooperationsbereitschaft noch weiter erhöht. Umgekehrt gibt es ein bizarres Gefühl der Dankbarkeit, wenn man sich auf Fragen beschränkt, die mit einfachem Nicken oder Kopfschütteln beantwortet werden können. Ein Mini-Stockholm-Syndrom des Verhörten.

Und übrigens bin ich der Meinung, dass eine gebrochene Nase zum Auftakt eine hervorragende Möglichkeit ist, den eigenen Standpunkt zu verdeutlichen.

Meiner befand sich gerade mit dem linken Bein am Boden, mit dem rechten auf Phils Unterleib, nur eine Gewichtsverlagerung davon entfernt, ihn im Sopran singen zu lassen.[4]

Er lag auf dem Rücken, die Augen schreckstarr in den Himmel gerichtet – nein, genauer gesagt, auf Gott

---

[4] Was Schwachsinn ist. Eine Kastration nach dem Stimmbruch macht diesen nicht rückgängig. Aber das wusste Phil nicht.

höchstpersönlich. Denn in diesem Augenblick war ich nichts anderes, sein eigener Gott und Teufel, Engel und Rachedämon, der von den Toten Wiederauferstandene. Der Zurückgekehrte, den er selbst erschossen hatte, verrottend im Abgrund wähnte. Seine ganz persönliche Synthese aus Zombie-Jesus und Graf Dracula.

Die Panik ließ ihn am ganzen Körper zittern, ein sanftes Vibrieren durch meine Schuhsohlen hochwandern, bis in mein lädiertes Knie hinein.

Er war bereit, auszupacken, und ich stellte die Fragen.

»Du verkaufst die Backpackerinnen an die Chinesen, an die Triaden?«

Er nickte heftig.

»Suchst die Hübschesten aus, bringst sie ihnen und kassierst dafür ordentlich ab, was? Wie viel? Zehntausend pro Kopf und Körper?«

Phil schüttelte den Kopf auf eine ganz bestimmte Art und Weise. Nicht entrüstet, was darauf hingewiesen hätte, dass ich viel zu hoch ansetzte. Nein, eher das Gegenteil.

»Was, mehr? Fünfzigtausend?«

Er schüttelte wieder den Kopf, zwang seine Lippen auseinander, die vom zuvor herabfließenden Blut verschmiert waren. Ein Hoffnungsschimmer blitzte in seinen Augen auf.

»Achtzig. Besonders scharfe, blonde, großbrüstige Girls bringen hundert. Mann, ich teile gern mit dir …«

Ah, daher wehte der Wind. Er hielt mich für geldgierig genug, um einen Bestechungsversuch zumindest zu riskieren. Ich warf einen Blick zu Mary, die immer noch erstaunlich gelassen blieb.

»Wie viele? Und seit wann?«

Er blinzelte, überlegte kurz.

»Dreißig, vielleicht vierzig in den letzten acht Jahren.«

Eine irrationale Wut stieg in mir auf, als mir bewusst wurde, dass er es wirklich nicht genauer wusste, keine Ahnung hatte, wie viele junge Leben seiner Gier zum Opfer gefallen waren. Einer Gier, die ihm Millionen eingebracht hatte. Genug für eine eigene Farm, ausgedehnte Ländereien – oder ein zweitklassiges Apartment in Central Sydney.

»Dude, wenn du Kohle willst …«

Nein, wollte ich nicht.

»Wo bringen sie die Kids hin? Was hat es mit Shangri-La auf sich?«

Verständnisloses Blinzeln, das mich zusätzlich wütend machte. Ich verstärkte meinen Druck am rechten Bein.

»Wo sind die anderen Gefangenen, wo ist Shangri-La? Wo finde ich den Direktor und den Großen Drachen?«

Er schüttelte nur den Kopf.

»Keine Ahnung, wovon du redest! Ich bringe sie nur zum Übergabepunkt, bekomme mein Geld und haue wieder ab! Ich habe keine Ahnung, was dann passiert!«

Wieder blickte ich zu Mary, die nur traurig den Kopf schüttelte. Und damit vollkommen recht hatte – mehr würden wir aus Phil nicht herausbekommen, egal mit welcher Folter, denn er wusste die Antworten nicht, die ich suchte.

Knurrend zog ich ihn hoch, drehte ihn um und trat in seine Kniekehlen. Er sackte nach vorne, den Kopf auf der Motorhaube, schwer atmend.

»Du weißt, was mit den Mädels passiert, nicht wahr?«

Er schüttelte den Kopf, hielt aber dann in der Bewegung inne, hob beschwörend die Arme.

»Nein Mann, aber ich kanns mir denken.«

Natürlich konnte er.

»Wer hat dich angeheuert?«

Ein Moment des Schweigens, ein Abwägen der Ängste – jener vor mir, und jener vor seinen Auftraggebern. Aber diese waren weit entfernt, ich hingegen stand hinter ihm.

»Irgend so ein Mobster, Yakuza, Triaden, was weiß ich. Ich hatte Schulden, und ein Typ stand eines Sonntags vor meiner Tür. Bot mir Geld an, viel Geld, wenn ich für ihn die Augen offenhalte. Und auf die Jagd gehe …«

Damit hatte sich seine Nützlichkeit für mich erledigt, und ich überlegte, was ich mit ihm tun sollte. Er war nur ein Handlanger, ein Zulieferer, hatte selbst wahrscheinlich keiner Touristin ein Haar gekrümmt. Aber er hatte sie abgeliefert, verschachert und verhökert an jene menschlichen Monstrositäten …

»Der Große Drache hatte sie genommen, eine Woche vor unserer Ankunft. Wie ich aus den Gesprächen der Wächter heraushören konnte, überlebt das nur selten ein Opfer, und niemals, ohne den Verstand zu verlieren.«

»Ich hatte es nur mit dem Direktor zu tun. Und den Wachen. Wieder und wieder und wieder.«

Sein Genick brach wie Balsaholz.

*

»Und was jetzt?«

Mary stellte die Frage ganz beiläufig, was nicht bedeutete, dass sie irrelevant war, im Gegenteil. Wir standen an der Abzweigung neben dem Toilettenhaus, an dem sie und Alex gekidnappt worden waren. Die Straße führte weiter nach Norden, der Feldweg in seiner prächtigen roten Erdfarbe nach Westen, tiefer in die Ausläufer des Buschs, vielleicht sogar bis ins Outback. Der Lexus war gesäubert, die Leiche Phils lag in jener Schlucht, in die er mich geworfen hatte.

Ihr müsst wissen, ich liebe poetische Gerechtigkeit.

Aber nicht so sehr wie das Gefühl, über die Bösen zu kommen wie ein Rachegott aus längst vergangenen Zeiten, die Verkörperung alles Guten und Gerechten, das sich in heiligem Zorn auf jene stürzt, die Frevel begingen. Ein Teil von mir wollte genau das, rein in den Wagen, auf zu dieser ominösen Anlage, die Wächter töten, alle noch festgehaltenen Touristinnen befreien, und dann weiter nach Shangri-La und schließlich den Großen Drachen selbst zu Fall bringen.

Ein hehres Ziel, aber leider vollkommen unrealistisch.

Ich hatte keine Ahnung, wo sich der Große Drache verbarg, und Shangri-La war für mich weiter ein mystisches Königreich, irgendwo in Asien.

Eine Legende.

Nein, das einzige erreichbare Ziel war die Basis – als solche bezeichnete ich sie zumindest in Gedanken – in die man die entführten Mädchen brachte. Und selbst das war keine leichte Aufgabe.

»Ich weiß nicht. Glaubst du, du könntest mich hinführen? Würdest du den Weg wiederfinden? Kannst du mich zu Alex führen?«

Mary zuckte mit den Schultern, blickte zuerst nach Norden, dann nach Westen, schließlich wieder zu mir.

»Keine Ahnung. Ich war damals zwar ruhig, aber trotzdem in einer Art Schock und Verwirrung. Die hinteren Fenster des SUVs waren stark abgedunkelt, ich habe von der Umgebung nur Schemen und Silhouetten mitbekommen, und das, was ich durch Gitter und Frontscheibe sah. Wenn du langsam über den Feldweg fährst, vielleicht erinnere ich mich daran, wo wir wann abgebogen sind …«

Das war ein »vielleicht« zu viel für meinen Geschmack.

Unvorbereitet, ohne Aufklärung und Rückendeckung, sogar ohne Behörden, die wussten, wo ich war, wohin sie die Kavallerie schicken sollten – ein gewaltiges Risiko. Zusätzlich verstärkt dadurch, dass es schon später Nachmittag war, in einigen Stunden die Nacht hereinbrechen würde.

Inzwischen nagte auch der Hunger gewaltig an mir, die Mineralwasserflasche, die ich im Handschuhfach des Lexus – sogar gekühlt! - gefunden hatte, war ausgetrunken. Mein Körper pochte an Dutzenden Stellen, erinnerte mich mit dumpfen, penetranten Schmerzen daran, dass ich noch vor wenigen Stunden an der Schwelle des Todes gestanden hatte.

Nein, es hatte keinen Zweck – ich musste zu Kräften kommen und ordentlich verarztet werden.

*

»Was zur Hölle bist du eigentlich? Kein normaler Mensch hätte das überleben können, für dich aber sind es nur ein paar zusätzliche Narben als Erinnerung. Okay, die am Hinterkopf sieht wirklich hässlich aus, aber seien wir mal ehrlich – ein Covermodel warst du schon vorher nicht.«

Es war erstaunlich, mit welcher Leichtigkeit und amüsierter Neugier Dee meinen Bericht und Zustand zur Kenntnis nahm, wie ungerührt sie sich um meine Wunden kümmerte. Bemerkenswert professionell, so gut, dass ich mich fragte, ob sie vielleicht eine medizinische Ausbildung genossen hatte. Falls nicht, musste ich zu meinen favorisierten »ich flicke dich zusammen«-Berufen »Ehemalige Krimiautorin« hinzufügen. Irgendwo hinter »Militärsanitäter« und »Landtierarzt«, aber auf jeden Fall noch vor »Medizinstudent im zweiten Semester«.

»Hast du mir überhaupt zugehört? Dee, ich bin auf einen Menschenhändlerring gestoßen, und ich habe vor wenigen Stunden einen Mann umgebracht. Mit meinen bloßen Händen!«

Sie lehnte sich zurück und blickte mich herausfordernd an.

»Ja, und? So wie ich das sehe, war das einfach nur verspätete Notwehr. Und wenn die Hälfte von dem stimmt, was du hier erzählst, dann hat er das zehnfach verdient. Und jetzt lass mich deine Schulter patchen, das sieht ja furchtbar aus.«

»Nicht die Hälfte. Es stimmt alles. Jedes einzelne Detail.«

Mary war nicht etwa wütend oder auch nur aufgeregt, nein, sie insistierte lediglich auf ihrer Story. Nicht, dass Dee das auch nur ansatzweise zur Kenntnis genommen hätte.

»Okay, hier wieder das Gleiche – die Wundheilung ist schon fast abgeschlossen, was auch immer an Dreck in dem Riss war, ist mit eingewachsen. Ich hoffe, deine letzte Tetanus-Spritze ist nicht allzu lange her.«

Ich nickte geistesabwesend.

»Nein, die ist ziemlich aktuell. In meinem Beruf und bei meinem Lebenswandel eine Notwendigkeit.«

»So wie du aussiehst, glaube ich dir das aufs Wort. Aber im Ernst – du hast vielleicht Narbe Nummer fünfzig und einundfünfzig kassiert, aber sonst bist du großteils wieder einsatzbereit. Eigentlich solltest du tot sein oder zumindest in einem Krankenhaus vor dich hin röcheln, aber du bist so fit, dass ich dich glatt besteigen könnte, ohne dich damit umzubringen.«

Ich gestehe, dass ich ein kleines bisschen rot anlief, als ich einen verlegenen Blick in Richtung Mary warf – die aber nur den Kopf schüttelte.

»Mach ruhig, ich kann so lange draußen warten.«

Nein, machte ich nicht, denn mir war ganz und gar nicht nach Sex zumute. Ja, ich weiß, es gibt diese Kollegen in Militär und Polizei, die Stein und Bein schwören, dass man die besten Ficks seines Lebens immer dann erfährt, nachdem man jemanden umgebracht hat. Meiner Meinung nach sind das Psychopathen, die man schleunigst aus dem Dienst entfernen und von jeder Waffe fernhalten sollte.

Ich zumindest hatte absolut keine Lust, von Dee zuschanden geritten, mit ihrem nietengezierten Umschnalldildo hart durchgenommen zu werden oder was auch immer als ihr nächster Kink auf der mentalen To-do-Liste stand. Mein Magen musste ihre großartige Lasagne verdauen – hier nannten sie das Pasta Bake, aber seien wir ehrlich, als Französin in einem von Briten besiedelten Land war sie die Königin der Kulinarik, egal wie man das Gericht taufte – und mein Körper musste sich erholen. Außerdem hatte ich noch wichtige Arbeit zu erledigen.

»Nicht heute, Dee, nicht heute.«

Sie verzog das Gesicht halb geschauspielert zu einer enttäuschten Grimasse, ließ uns aber unbehelligt in das Gästezimmer abziehen. Da bin ich dem Dildo sozusagen noch einmal von der mit Vaseline eingefetteten Spitze gehüpft.

*

»Okay Mary, versuchen wir es einmal andersherum. Schließ die Augen, versuche dich an die Fahrt zu erinnern, erzähl mir alles genau so, wie du es in Erinnerung hast, wie die Eindrücke damals auf dich wirkten.«

Ich starrte auf meinen Laptop, während ich die Anweisungen gab, wechselte Google Maps auf die inzwischen beeindruckende 3D-Ansicht, und ich harrte ihrer Worte.

»Die ersten Minuten war ich noch zu geschockt, habe mich noch nicht am Riemen gerissen. Dann war ich vor allem damit beschäftigt, Alex zu beruhigen, bevor ich anfing, mir die Umgebung einzuprägen.

Ich nickte verständnisvoll, ohne meinen Blick vom Bildschirm zu nehmen.

»Das ist ganz normal. Fang einfach danach an, aber erzähle es in der Gegenwartsform, so, als ob es gerade jetzt passieren würde.«

Ich konnte nicht sehen, wie sie ihre Augen schloss, sich konzentrierte – ich stellte es mir einfach nur vor. Das Ergebnis war dasselbe.

»Wir sind auf dem Feldweg, rote Erde vor uns, vielleicht sind fünf Minuten vergangen, vielleicht auch zehn. Alex schluchzt, hat aber zum Schreien aufgehört. Ein Vogel kreist am Himmel, zur rechten Seite. Der Busch wirkt trocken, beinahe ausgedörrt. Vereinzelt stehen gelbe Felsen in der Landschaft, zwischen den Bäumen. Ein Weidezaun zu unserer Linken, alt und verfallen, ein rostiges Gatter. Wir fahren daran vorbei, einen sanften Anstieg, einen Hügel hinauf.«

Ich folgte ihrem Weg in 3D, nickte aufmunternd.

»Du machst das sehr gut, weiter so.«

»Ich glaube, eine halbe Stunde ist vergangen, wir fahren sehr langsam, eher übervorsichtig. Der Feldweg spaltet sich auf, wir biegen rechts ab.«

Also nach Norden. Das musste sie links am Hann Tableland National Park vorbeigeführt haben.

»Vor uns wird der Wald wieder dichter, Hügel nehmen mir die Sicht. Aber ich glaube, dass dort irgendwo Wasser ist. Ein breiter Fluss, nein, eine größere Fläche – ein Teich oder gar See. Der Feldweg wird immer schlechter, ein paar Mal bleiben wir beinahe stehen, weil der Fahrer durch tiefe Schlaglöcher navigieren muss. Eine sanfte Kurve nach links, danach wieder fünf Minuten geradeaus. Wir schwenken nach rechts. Weit vor uns erhebt sich ein Berg, nein, ein Hügel, dicht bewaldet. Der Wagen stoppt kurz, der Fahrer hat die Orientierung verloren. Nein, stimmt nicht, er greift zum Funkgerät, gibt der anderen Wache Bescheid, dass wir kommen. Noch einmal fünf Minuten Fahrt, dann biegen wir vom Feldweg auf eine Schotterpiste. Die Zufahrt ist gut getarnt, ein gelb gestrichener Zaun mit Stacheldraht – militärischem Stacheldraht, das gute Zeug – und davor ein Holzhäuschen mit der wartenden Wache. Wir sind da.«

Ja, und ich war es ebenfalls – zumindest in der virtuellen Darstellung, und alle Abweichungen, Unsicherheiten und vielleicht auch das verzerrte Zeitgefühl einer entführten Backpackerin berücksichtigend, auf zehn oder zwanzig Kilometer genau. Dankbar nickte ich Mary zu und zeigte auf den Laptopscreen.

»Du warst ungefähr hier. Irgendwo zwischen Mount Carbine im Norden, Mount Molloy im Osten, dem Hann Tableland National Park im Süden und den Quellen des Hodgkinsons im Westen.«

*

»Das sind immer noch knapp dreihundert Quadratkilometer Einöde, es wird eine Ewigkeit dauern, die Anlage zu finden. Zumindest wenn wir den Busch durchstreifen müssen. Ich kann uns ein paar richtige Jeeps besorgen, aber trotzdem.«

Irgendwie hatte ich den Zeitpunkt verpasst, an dem Dee die Führung oder zumindest kritische Teilhaberschaft an meinen Untersuchungen in Anspruch genommen hatte. War es geschehen, als ich ihr meinen kleinen Mord an Phil – ganz casual, *no strings attached* – gebeichtet hatte? Beim ersten Sex? Oder erst an diesem Morgen, als sie Uncle Eddie zum Frühstück einlud und in alles einweihte?

Ja, ich meine wirklich ALLES. Abgesehen von der Passage mit Shangri-La, die ich Dee wohlweislich verschwiegen hatte – sie sollte mich nicht für vollkommen irre halten – hatte sie ihn voll eingeweiht. Wobei ich ehrlich gesagt damit die wenigsten Probleme hatte. Dies war sein Land oder zumindest das seines Volkes, und was auch immer ich als Nächstes unternahm: Seine Hilfe, seine Unterstützung war Gold wert. Allein schon wegen seiner Ortskenntnisse. Was mich mehr wurmte, war die Selbstverständlichkeit, mit der meine Gastgeberin davon ausging, bei den nächsten Schritten dabei zu sein. Die typische Mischung aus Arroganz und Neugier so vieler (hier: ehemaliger) Krimiautoren. Kaum haben sie ein paar Räuberpistolen, oft im wahrsten Sinne des Wortes, zu Papier und Kindle gebracht, glauben sie schon, sich in echte Fälle stürzen zu können.

Eine häufig tödliche Selbstüberschätzung, egal was euch liebenswürdige uralte TV-Serien erzählen wollen.

Und ich war angepisst, weil sie die Besprechung ohne mich begonnen hatte und es bereits nach zehn Uhr morgens war. Eine Uhrzeit, zu der ich normalerweise die Hälfte meines Tagwerks schon erledigt hatte.

»Weißt du, wir könnten schon seit zwei Stunden im Busch sein, egal ob mit Jeeps oder nicht, wenn du mich aufgeweckt hättest.«

Dee schüttelte entschieden den Kopf.

»Auf gar keinen Fall, du warst mehr hinüber als ich gedacht hatte, dein Körper hat den Extraschlaf dringend gebraucht.

Weißt du, dass du die halbe Nacht halluziniert und Selbstgespräche geführt hast?«

Ich warf einen betroffenen Blick zu Mary, die nur stumm nickte, und gab mich der weiblichen Logik geschlagen.

»Also gut, dann noch mal von vorne. Können wir das Suchgebiet irgendwie eingrenzen?«

Eddie, diesmal ganz züchtig und beinahe schon spießig in Chino-Hose und Polohemd gekleidet, grinste und holte sein Smartphone heraus. Es war eines dieser neuartigen Xaumi oder wie die hießen, ja, genau, das Zweitausend-Dollar-Modell mit semiholografischem Display. In der Hand des Mannes, den ich vor zwei Tagen noch eine Steinzeitwaffe auf eine Strohpuppe hatte schleudern sehen, ein wirklich bizarrer Anblick.

»Natürlich können wir das. Ich schlage vor, ihr geht mal hinaus, genießt die schöne Morgensonne Queenslands und lasst mich machen.«

Dee und ich sahen uns an, zuckten beinahe synchron mit den Schultern und machten uns mit Mary im Schlepptau auf den Weg in den Garten, hin zu der Sitzgarnitur neben dem Pool. Kein Hank weit und breit, und das Wasser wirkte verlockend genug, um mich bedauern zu lassen, dass ich bereits meine Buschklamotten anhatte. Eine Badehose wäre passender gewesen.

Wieder einmal zeigte sich Queensland von seiner schönsten Seite – und damit meine ich keinesfalls nur Dee, deren halbherzig zugeknöpfte Bluse mich fast ein klein wenig bedauern ließ, ihr Angebot am Vorabend ausgeschlagen zu haben. Ein angenehmer Wind trug Seeluft in ihren Garten, der Kaffee war eine Klasse für sich und diese kleinen, gefüllten Croissants – Französin blieb eben Französin, auch wenn sie am Arsch der Welt ein Salzwasserkrokodil tätschelte – schmeckten zum Sterben gut. Na gut, bei dem Buttergehalt beschleunigten sie wahrscheinlich tatsächlich mein Ableben.

Exotische Vögel kreisten nicht nur am Himmel, sondern landeten direkt neben uns, zwitscherten um die Wette oder ließen erstaunlich menschliche Laute vom Schnabel. Das Land hatte wieder seine hauchdünne Tarndecke übergezogen, verriet dem Uneingeweihten in keiner Nuance, welches Grauen darunter lauerte.

»Ich habe mich schlaugemacht, Pete. Der Große Drache – das ist wahrscheinlich der Oberboss einer der ganz großen Triaden. 14K oder Sun Yee On. Denen in die Suppe zu spucken, ist eine Nummer, die du dir gut überlegen solltest.«

Ich konnte mir ein spöttisches Lächeln nicht verkneifen.

»Na, bekommt die Ex-Kriminalautorin etwa kalte Füße?«

Ihr Blick hätte einen Blauwal erdolchen können, auf zweihundert Kilometer Entfernung in trübem Wasser. Wortlos stand sie auf und ging ins Haus. Mary blickte ihr kopfschüttelnd nach, ehe sie sich zu mir drehte.

»Mit Frauen kannst du nicht wirklich, oder?«

»Eigentlich schon. Ich hatte einige meiner besten Beziehungen mit Frauen, sowohl privat als auch geschäftlich. Aber manchmal kommt mir meine Klappe in die …«

Ich verstummte, als Dee wieder erschien und wortlos eine Glock 17 auf den Tisch legte. Vor sich, in einer Art und Weise, die keinen Zweifel daran ließ, dass sie vorhatte, selbst damit in die Schlacht zu ziehen.

»Hast du etwas gesagt, Pete?«

Der Neid des beinahe Besitzlosen ergriff mich, aber ich hielt ihn im Zaum und schüttelte nur stumm den Kopf, ließ sie weitersprechen.

»Ich bin auf jeden Fall dabei. Ich frage mich nur zwei Dinge: Erstens, was bringt einem Triadenchef diese Anlage? Außer seine eigenen Gelüste auszuleben, fern der Heimat?«

Mary blickte in den Pool, ließ ihre Füße leicht auf und ab wippen.

»Politischen Einfluss, nehme ich an. Wenn er einige wichtige Bonzen dorthin einlädt, KP-Größen aus der Zentrale in Peking, Provinzgouverneure – damit kann er sich Loyalität erkaufen.«

Ich nickte.

»Warum hat Epstein Gates, Clinton und Prinz Andrew auf seine Insel gebracht? Es geht um Seilschaften, und je extremer das geteilte Geheimnis ist, je furchtbarer die Taten seiner Gäste, die er deckt, desto mehr Einfluss bekommt der

Drache. Es kann gut sein, dass er auch Politiker hier unter seiner Kontrolle hat.«

Dee schlürfte ihren Kaffee und starrte einige lange, schweigsame Augenblicke ins Leere, ehe sie die Tasse abstellte.

»Das bringt mich zur zweiten Frage. Ist diese vermutete Connection der Grund, warum wir nicht einfach die Behörden einschalten? Die Kavallerie losschicken? Du hast mit deinem Background genug Glaubwürdigkeit, um die Polizei von Queensland wie eine Armee in die Tablelands einfallen zu lassen. Warum lassen wir sie nicht den Job erledigen?«

Weil ich einen Vorarbeiter umgebracht habe und nur ungern die nächsten zwanzig Jahre im Gefängnis verbringen würde, selbst wenn dieses im tropischen Paradies steht.

Das sagte ich natürlich nicht, sondern würgte das Stück Croissant in meinem Mund barbarisch schnell herunter, um ihr antworten zu können. Was für eine Verschwendung!

»Genau deshalb nicht. Wenn wir die Polizei einschalten, kommt wirklich die Kavallerie – und zwar mit Fanfaren. Trucks, Hubschrauber, was auch immer man hier als SWAT bezeichnet. Volles Getöse, vor allem viel Lärm. Wenn das eine Mafia-Operation ist, dann haben sie ein Burn-Protokoll für genau diesen Fall. Und du kannst Gift drauf nehmen, dass in der Prioritätenliste die Liquidierung der Gefangenen an erster Stelle steht. Wenn die Polizei angreift, werden sie nur mehr Leichen vorfinden. Wenn überhaupt.«

»Was hast du dann vor?«

Ich biss mir auf die Unterlippe und beugte mich nach vorne. Das war eine gute Frage, und es gab nur eine Antwort.

»Eine Geiselbefreiung, klassische Kommandoaktion. Wenn wir die Wachen killen, umso besser, wahrscheinlich geht es auch gar nicht ohne. Aber das Hauptziel muss sein, die Touristinnen zu befreien, die dort festgehalten werden. Alles andere ist ein Bonus.«

Dee schnaubte.

»Also gut, Geiselbefreiung, ich bin dabei. Und sieh mich nicht an wie ein Reh, das gegen den Jäger antreten will. Mein

Vater ist Offizier im COS, im Commandement des Opérations Spéciales, und auch wenn er knapp vor der Rente steht und inzwischen nicht mit mehr mit mir redet – er hat mir das Schießen und Kämpfen beigebracht. Ich bin wahrscheinlich um nichts schlechter als du.«

Das glaubte ich ihr instinktiv – aber dies war nicht, was mich überraschte.

»Warum redet dein alter Herr nicht mehr mit dir?«

»Er hat eines meiner Bücher gelesen. Also eines aus der Zeit nach meiner Krimi-Karriere.«

»So mies geschrieben?«

»Halt die Klappe, Pete.«

Mary kicherte, und ein Schatten fiel auf den Tisch – geworfen von Eddie, der mit verschränkten Armen und einem triumphierenden Grinsen vor uns stand.

»Leute, ich habe die Anlage gefunden. Die Bilder werden gerade auf deinen Computer übertragen, Dee.«

Ich sprang auf, ebenso beeindruckt wie überrascht.

»Was, die exakte Position? So schnell? Wie zur Hölle hast du das geschafft?«

Der Elder senkte seine Stimme, und für einen Moment schien die Welt um uns zu verstummen. In seinen Augen spiegelte sich wieder die Erfahrung von tausend Generationen seiner Ahnen, das ursprüngliche Wissen, nein, die Essenz des Landes, auf dem wir standen.

»Ich habe den Geist der Regenbogenschlange befragt, telepathisch mit den Schnabeltieren in den Flüssen gesprochen, meine Armee aus Kängurus, Wallabys und Magpies als Späher ausgeschickt.«

Mein Mund stand offen, in ungläubigem Staunen und endloser Bewunderung für seine Fähigkeiten.

»Was, ernsthaft?«

Eddie nickte feierlich, doch seine Mundwinkel begannen verräterisch zu zucken. Zwei, drei Sekunden lang hielt er seine Scharade noch aufrecht, ehe er in prustendes, schallendes Gelächter ausbrach. Dee stimmte mit ein, und sogar Mary warf mir ein Grinsen kombiniert mit dem Blick für außergewöhnlich dämliche Idioten zu. Es verging einige Zeit, bis sich Eddie wieder eingekriegt hatte und mir gutmütig auf die Schulter klopfte.

»Nein, du weißester aller Gubbahs! Mein Neffe ist Ranger im Hann Tableland National Park, und er hat eine seiner Drohnen aufsteigen lassen. Eines der richtig guten Dinger, fünfzig Kilometer Reichweite, beinahe schon militärische Qualität – und er ist fündig geworden. Der Stream ist aufgezeichnet und wird gerade hierhergeschickt.«

*

Die Bildqualität war in der Tat ausgezeichnet. Wir sahen eine kleine Senke zwischen zwei der bewaldeten Hügel, einen gut getarnten, abgelegenen Platz in den nördlichen Tablelands. Die Zufahrt von Süden, über die Marys und Alex‘ Entführer sie gebracht hatten, war aber nicht die einzige Möglichkeit, dorthin zu gelangen – sondern die abgeschiedene. Eine zweite Straße führte vom Mulligan Highway im Norden zu der Anlage, offensichtlich extra angelegt und breit genug, um selbst richtige Lastwagen passieren zu lassen. Und das war auch notwendig gewesen.

Denn es war kein Haus, kein Hotel und auch keine Army-Basis, auf die wir starrten, sondern ein komplexes System aus aneinandergereihten und nebeneinander aufgestellten Schiffscontainern. Beinahe die größten ihrer Art, Achtundvierziger, jeweils mehr als zweieinhalb Meter breit und fast fünfzehn lang.

»… seltsam lang gezogene Räume, alle ausgesprochen schmal, und selbst die breiteren wirkten, als hätte man einfach zwei oder drei der langen aneinander gestapelt und verbunden. Irgendwie modular, das Ganze.«

Das ergab auf einmal viel mehr Sinn. Tatsächlich bildete einer der Container den Eingang, dann verbreiterte sich die Struktur auf drei nebeneinander, allesamt hellgelb gestrichen, der beste Kompromiss aus Tarnung und Reflexion der unbarmherzigen australischen Sonne. Vier solcher Dreiergespanne formten den Rest, die letzten davon als Integralcontainer ausgeführt, mit eingebauter Klimaanlage, diese gespeist von Windrädern und einem halben Dutzend Solararrays rund um das improvisierte Gebäude. Der Wassertank an der Westseite fasste mindestens zehn Tonnen, eine autarke Abwasseraufbereitung war etwas abgelegen im Osten platziert, wahrscheinlich, um Geruchsbelästigungen für die eingeflogenen VIP-Gäste zu vermeiden. Ein kleiner Pfad hinter dem Containerblock führte in eine Schlucht hinab, einen Miniaturcanyon, den ein längst ausgetrockneter Creek vor Jahrmillionen gegraben hatte.

»Da drinnen kann man die Zombieapokalypse überleben, während draußen die Welt vor die Hunde geht.«

Ich hatte die Worte mehr zu mir selbst als zu unserer kleinen klandestinen Gruppe gesprochen, aber Mary nickte zustimmend.

»Ja, die sind fast vollkommen autark. Ich glaube, Vorräte werden einmal im Monat gebracht, aber wenn sie genug einbunkern, können sie dort jahrelang ausharren.«

Eddie, der konzentriert auf sein Telefon starrte und seine Finger über die Sensorik gleiten ließ, knurrte.

»Ich glaube nicht, dass sie sich vor Zombies verstecken. Abgesehen davon, dass wir das Z-Virus noch schneller in den Griff bekamen als COVID … das ist kein postapokalyptischer Überlebens-Outpost, sondern der Besitz und die vielleicht heimlich, aber nicht einmal illegal errichtete Anlage einer registrierten Firma. Mit Namen, Australian Business Number und allem Drum und Dran.«

Ich blickte überrascht zur Seite.

»Du verarschst mich wieder, oder?«

Er schüttelte den Kopf.

»Nein, unsere halbherzigen Gesetze lassen wenigstens zu, dass wir Custodians wissen, wem das Land formal gehört, das moralisch eigentlich unseres ist. Und dieses Stück hier ist Teil eines zehn Quadratkilometer großen Blocks, den sich vor acht Jahren die Torres Strait Cargo Holding Pty gekrallt hat. Diese wiederum ist eine hundertprozentige Tochterfirma der Shiabo Group, registriert in Singapur, und diese wiederum gehört der Seven & Seven Thousand Dreams International mit Sitz in Hongkong.«

Dee pfiff durch die Zähne und schüttelte den Kopf.

»Seven & Seven Thousand, das ist eine ordentliche Chuzpe. Genauso gut könnten sie das Unternehmen gleich 14K taufen.«

14K, die Nummer zwei der weltweiten Triaden, einst ein Bollwerk der chinesischen Nationalisten gegen die KP, heute zumindest auf manchen Ebenen mit dieser informell arrangiert. Ich kannte die Geschichte, die Konflikte, wusste um die inzwischen verbüßte Haftstrafe ihres Anführers, des *Zerbrochenen Zahns*. Er war wieder in Macau, zog dort kleinere, bescheidenere Fäden, hatte die Macht über die Triade selbst während seiner Jahre im Gefängnis verloren. Es war höchst unwahrscheinlich, dass der greise Gangster der Große Drache war. Aber wer denn dann? Nun gut, das war eine Frage für später.

»Mir ist gerade eingefallen – ich habe immer nur zwei Wächter gleichzeitig gesehen, vier verschiedene insgesamt. Aber wenn ich so überlege, mir die Größe ansehe – ich weiß nicht, es gibt Luxusquartiere dadrinnen, ebenso wie die Gefängnisse, aber auch so was wie Dienstwohnungen. Vier Stück. Und ich glaube nicht, dass die Schergen Einzelzimmer haben, also vielleicht sind doch mehr Wachen dort.«

Ich nickte Mary stumm zu. Mochte gut sein, dass uns mehr bewaffnete Gegner erwarteten oder zusätzlich noch ein Koch oder eine Putze vor Ort lebte. Im Endeffekt spielte es keine Rolle. Auffordernd blickte ich in die Runde.

»Also gut, was machen wir?«

Eddie steckte sein Smartphone weg, stand auf und nahm Haltung an. Aus dem Highschool-Lehrer wurde wieder der Elder, und nicht nur das, auch der archaische Jäger einer uralten Kultur, die sich Jahrtausende im Kampf bewährt hatte – gegen eine tödliche Fauna und Flora, gegen die gnadenlose Sonne und Hitze, in einigen Gefechten sogar gegen die weißen Invasoren. Seine Stimme trug ein Echo dieser Vorfahren in sich, diesmal unironisch, ohne den Versuch, mich Whitefella aufzuziehen.

»Was schon? Ich zeige euch, wie mein Volk auf die Jagd geht.«

9. Gelöste Knoten

Es gibt viele Theorien und Überlegungen, Behauptungen und mit dem Brustton der Gewissheit dargelegte Überzeugungen, was der beste Zeitpunkt für einen Angriff ist.

Feldherren und Kommandanten in Hunderten Kriegen der letzten dreitausend Jahre hatten oft auf die überraschende Attacke in der Morgendämmerung geschworen, manchmal erfolgreich, manchmal auch nicht. Gelegentlich wurde irgendein Aberglaube oder eine religiöse Überzeugung der Angegriffenen dafür ins Spiel gebracht. Ihr wisst schon, der Glaube an herumstreifende Geister oder an einen falschen Zeitpunkt, um ins Gras zu beißen, eine Stunde, in der man verdammt ist, auf ewig zwischen den Welten der Lebenden und der Toten herumzustreifen, wenn man das Pech hat, zu dieser Zeit abzukratzen. Aber die Wahrheit ist viel banaler:

Kurz vorm Morgengrauen, am Ende der Nacht, sind die Wachen entweder müde oder nervös – manchmal auch beides. Vielleicht hat es einige Fehlalarme gegeben, vielleicht trauen sie ihren Sinnen nicht mehr. Meistens sind sie einfach nur erschöpft, haben von allen im Feindeslager am wenigsten Schlaf abbekommen.

Wir hielten uns nicht an diese Tradition, machten nicht die Nacht zu unserem Verbündeten – sondern die gnadenlose Sonne Australiens. Selbst jetzt, an der Scheide zwischen Herbst und Winter, hatte sie nichts von ihrer Unbarmherzigkeit eingebüßt. Hell und heiß brannte sie auf den Busch, auf die Zufahrtsstraße, den wirklich verdächtig militärisch aussehenden Zaun – und nicht zuletzt auf die beiden Wachsoldaten.

Soldaten?

In der Tat, wenn auch solche des Kartells. Muskulös und durchtrainiert, in beigefarbenen Military-Klamotten – leider war ihr Auftraggeber nicht so dämlich, sie in schwarze Uniformen zu kleiden – mit schwerem, aber buschtauglichem Schuhwerk und nicht zuletzt beeindruckenden Waffen. Klar trugen sie Pistolen an der Seite, auch wenn ich noch nicht sehen konnte, welche genau. Dafür war ihre Hauptwaffe, an einem Tragriemen um die Schulter gehängt, umso unverwechselbarer: Beide hatten sie eine Typ 95 in der verkürzten Ausführung, das berüchtigte und gefürchtete QBZ-95B-Sturmgewehr der chinesischen Streitkräfte. Was noch lange nicht bedeutete, dass sie Militär oder auch nur Ex-Militär waren. Millionen dieser Waffen waren im Reich der Mitte hergestellt worden, und in der Lieferkette befanden sich Dutzende unterbezahlte Schwachpunkte, an denen die eine oder andere Ladung abgezweigt und in falsche Hände gebracht werden konnte.

Ich verkniff mir die mental-gehässige Frage, ob die Volksbefreiungsarmee denn die moralisch richtigen Hände für irgendwas hatte, denn unser Einsatz galt dem Kartell, nicht einem Staat. Oder besser gesagt, seinen Schergen.

Einer der Wächter trat in den spärlichen Schatten des kaum zwanzig Zentimeter breiten Vordachs, das auf dem grün gestrichenen Holzhäuschen vor dem Zaun vor sich hin verwitterte. Ein Relikt aus uralten Zeiten, was in Australien mindestens die 70er-, vielleicht sogar 50er-Jahre des zwanzigsten Jahrhunderts bedeutete. Ein ehemaliger Lagerschuppen im Nirgendwo, wahrscheinlich einst von Rinderfarmern für ihr Werkzeug benutzt. Heute spendete es dem Triadenmitglied ein klein wenig Schatten, eine Auszeit von der australischen Sonne, die ihn langsam bei lebendigem Leibe briet.

Sonne macht blind, und Hitze macht träge.

Mit langsamen, beinahe mürrischen Bewegungen griff er in seine Brusttasche, holte eine Schachtel Zigaretten heraus – wahrscheinlich selbst geschmuggelte chinesische; nicht einmal die Mafia zahlte hier gut genug, um sich Rauchen zu leisten – und versuchte, sich eine Kippe anzustecken.

Wisst ihr, was geschieht, wenn sich ein Raucher eine Zigarette anzündet, insbesondere nach einer längeren Nikotinpause?

Alle Aufmerksamkeit richtet sich auf die Spitze des Sargnagels, die Augen schielen unwillkürlich, der Rest der Welt verschwindet für einen kurzen Moment, bis der erste, befreiende Schwall des Gifts in Mund und Lungen gesaugt wird. Egal ob du ein heimlich der verbotenen Sucht nachgehender Singhalese, ein irischer Pub-Besucher in der verregneten Seitenstraße – oder ein Kartell-Soldat bist.

Und genau deshalb sieht er nicht den schmalen, flirrenden Schatten, diesen Strich in der Luft, der sich auf ihn zubewegt.

Aufgestiegen aus dem Busch vor ihm, am Scheitelpunkt der Kurve kippend, herabstoßend wie ein Raubvogel.

Mühelos dringt der Speer unter dem Schlüsselbein ein, zerfetzt sein Herz, nagelt ihn an die Wand des Holzhäuschens.

Ein kurzes Zucken, weit aufgerissene Augen, ein letztes Röcheln.

Der zweite Wächter, der mehr als zehn Meter entfernt lustlos am Zaun entlangschlendert, braucht eine, nein zwei Sekunden, um zu realisieren, dass etwas nicht stimmt.

Seine Hände reißen die Waffe nach vorne, bringen das Sturmgewehr beinahe in Anschlag.

Beinahe.

Die 22er-Patrone aus Phils Jagdgewehr dringt neben der rechten Nasenwurzel ein, quetscht den Augapfel zusammen, bohrt sich tief ins Gehirn.

Zwei weitere Schüsse, zwei rote Flecken auf seiner Brust, und der Lauf des Sturmgewehrs senkt sich wieder, als sein Träger erschlafft, dann auf die Knie fällt, schließlich wie eine Puppe nach vorne kippt.

Anerkennend nicke ich Bruno zu, Eddies Neffen, dessen Ranger-Uniform ihm eine Aura der Rechtmäßigkeit verleiht – und sein Steyr-Mannlicher-Jagdgewehr die entsprechende Durchschlagskraft.

»Wie aus dem Rangers-Lehrbuch, das hätte Dad gefallen – nehme ich mal an, leider konnte ich ihn nie besser kennenlernen.«

Ich ignoriere Marys emotionslos vorgetragene Anmerkung und übernehme die Spitze, wie es so schön heißt.

Was das bedeutet?

Ich laufe nach vorne, dem Feind entgegen.

Schüsse sind gefallen, die anderen Wachen alarmiert.

Wir haben keine Zeit zu verlieren.

Dreißig Meter Distanz, davon zwanzig auf freiem Feld.

Das Gewehr im Anschlag sprinte ich nach vorne, wohl wissend, dass Laufen und Schießen eine denkbar schlechte Kombination ist.

Ich vertraue auf Dee, ich vertraue auf Bruno, ich vertraue sogar auf Eddies archaische Speere.

Ich habe keine andere Wahl.

Zehn Meter bis zum Zaun, zwanzig bis zu dem Eingang in den ersten Container.

Aber das ist nicht mein Ziel.

Ein metallisches Scharren, eine Tür geht auf, ich schlage einen Haken nach links.

Der Gegner ist schlau, bleibt im Inneren, im Schatten, für mich kaum sichtbar.

Drei kurze, bösartig klingende, trocken knallende Schüsse.

Die Projektile rasen auf die Position zu, an der ich eine halbe Sekunde zuvor noch war.

Aber nicht mehr bin.

Zeit dehnt sich, wird im wahrsten Sinne des Wortes relativ, als ich springe, hart auf dem Boden aufschlage, mich abrolle und hinter einer der Leichen in Deckung gehe.

Ein schwarzer Vogel mit bizarr gekrümmtem Schnabel kreist über uns, stößt ein empörtes Krächzen aus.

Ein Windstoß geht durch den Busch, wirbelt abgefallene Eukalyptusblätter auf.

Eine sich vor Ewigkeiten abgeschälte Baumrinde tanzt wie ein defektes Aufziehspielzeug über rote Erde und gelben Stein.

Die Silhouette im Inneren des Containers macht einen halben Schritt nach vorne, will ihr Sicht- und Schussfeld verbessern.

Sonne trifft auf einen Oberkörper, zwei Hände, eine darin gehaltene Waffe; sie zeichnet einen harten Kontrast zwischen beleuchteter Uniform und Halbschatten dahinter.

Malt ein Ziel.

Der wuchtige, hallende Donnerschlag von Brunos Gewehr mischt sich in das trockene Knallen von Dees Glock.

Niemand trifft mit einer Pistole auf diese Entfernung.

Sie schon.

Die linke Schulter explodiert in einer fleischigen Detonation, die Knochensplitter und Gewebefetzen in alle Richtungen schickt.

Drei Projektile schlagen in die Brust ein, ein weiteres in das Sturmgewehr, wirft es zur Seite.

Ein letzter Schuss löst sich daraus, geht irgendwo in die Unendlichkeit der Einöde, dann taumelt der Träger nach vorne.

Ich liege hinter dem Körper in Deckung, starre durch das Zielfernrohr auf ein vor Schmerz und Schock verzerrtes Gesicht.

Tätowierungen an der Wange, ein Dreieck in einem Kreis auf der Stirn, ein kunstvoll in die Haut geritzter Drache am Hals, dessen Augen den Kehlkopf zieren.

Ich jage eine Kugel hinein, beende ein weiteres, ohnehin schon todgeweihtes Leben.

Der letzte Feind realisiert, was geschehen ist, begreift, dass er allein den Komplex verteidigt, nun gegen eine Übermacht, deren Größe er nicht abschätzen kann.

Ein trainierter Soldat würde sich zurückziehen, verbarrikadieren, Verstärkung anfordern und versuchen, so lange wie möglich die Stellung zu halten.

Er ist kein Soldat.

Mit einem chinesischen Fluch und Wutgebrüll auf den Lippen stürmt er heraus, leert sein Magazin in den Busch, lässt den sich erhitzenden Lauf nach links und rechts schwenken.

Das Stakkato des Sturmgewehres dröhnt in unseren Ohren, hallt über das Outback hinweg, ein Geräusch, in das sich ein Aufschrei, gefolgt von einem Stöhnen mischt.

Eddie ist getroffen, wie schlimm, weiß ich nicht.

Noch nicht.

Der Kugelhagel versiegt, das Magazin ist leer.

Verdutzt blickt der Mobster auf seine Waffe, zögert einen Sekundenbruchteil, ehe er das Magazin entriegelt.

Es fällt zu Boden, erzeugt einen einzigen, metallisch hallenden Ton, als es auf Stein trifft und zur Seite kippt.

Er greift nach einem Ersatz, will nachladen – doch all das dauert eine Ewigkeit im Gefecht, viel zu lange in dieser seltsam gedehnten Zeit, in der wir uns alle bewegen.

Ich repetiere und schieße, repetiere und schieße noch mal.

Zwischen meinen lächerlich leisen Schüssen ertönt noch einmal Brunos Jagdgewehr, laut und dominant.

Der Hinterkopf des Schergen explodiert, speit Schleim und Gehirnmasse auf den Pfad zum Eingang; sein Brustkorb verwandelt sich in eine blutige Masse aus Gewebe, Knochensplittern, zerfetzten Lungenflügeln und Blei.

Er sackt in sich zusammen, tot, noch ehe sein Körper hart auf den Boden fällt.

Das Gefecht ist vorbei.

*

Wir waren wieder in der Normalzeit, das Adrenalin begann, sich langsam aus unseren Körpern zu verflüchtigen. Dee verarztete Eddies Oberarm, der sich mehr dafür schämte, geschrien zu haben, als dass er sich nun seine Schmerzen anmerken ließ. Es war ein glatter Durchschuss, einer der glücklichen Sorte – nur Muskelgewebe, aber weder Knochen noch wichtige Blutgefäße verletzt. Ausgesprochen schmerzhaft, aber nicht wirklich gefährlich.

Bruno und ich durchsuchten die Gefallenen, nahmen alles an uns, was wie Schlüssel, Keycards oder NFC-Transponder aussah. Oder als solche benutzt werden konnten. Handys, Plastikkarten und Schlüsselanhänger, dazu natürlich Waffen. Ich entlud Phils Jagdgewehr, legte es neben einen der toten Gegner, tauschte es gegen sein Sturmgewehr und die Pistole.

Eine QSZ-92G-9, Chinas sehr unpoetisch und pragmatisch benannte Eigenentwicklung, ein Bastard aus meinen Favoriten Glock und Beretta M9, mit weiterer Inspiration ~~gestohlen~~ gesponsert von Walther. Kaliber 5,8 x 21 mm, eine in ihren Dimensionen unscheinbar, beinahe harmlos aussehende Waffe. Das war ein Trugschluss. Ich erinnerte mich dumpf an das Briefing, an jene verpflichtende Schulung von Uncle Sam für all jene Idioten, die dumm genug waren, sich für die USA in eine Uniform stecken und abknallen zu lassen.

Also für mich zum Beispiel.

Die QSZ-92 war nur eine Randnotiz gewesen, eine Waffe, in beschränkter Stückzahl an die von Peking kontrollierten Kräfte in Macau ausgeliefert. Aber das kleine Kaliber änderte nichts an ihrer Tödlichkeit, und die Genauigkeit wurde von unserem Geheimdienst als »extraordinary« eingestuft, also ausgezeichnet. Das glaubte ich sofort, dieses Teil lag wirklich unverschämt gut in der Hand.

Macau?

Die Beweiskette schloss ihre letzten Glieder, ließ kaum noch einen Zweifel daran, dass wir soeben wirklich der 14K-Triade den Krieg erklärt hatten. Nicht schlecht für zwei marginalisierte Ureinwohner, einen Gubbah und eine Schriftstellerin, nicht wahr? Blackfella – Whitefella – Storyteller.

Das klang gut, aber ich vergaß dabei Mary, die immer noch mit erstaunlich wenig Anteilnahme, aber dafür mit einer gewissen Dringlichkeit in Richtung Eingang blickte.

Und sie hatte recht, wir mussten uns beeilen.

Eddie blieb nach einem kurzen Wortgefecht mit seinem Neffen draußen, den Speer gegen ein Sturmgewehr getauscht, und gab uns Rückendeckung. Der Rest von uns pirschte nach vorne, durch den semigetarnten Eingang, die Augen halb zugekniffen, um uns vorab an das Zwielicht zu gewöhnen.

Tatsächlich, wir standen in einem Schiffscontainer, aber massiv umgebaut – im doppelten Sinne des Wortes. Die Wände waren verstärkt, mit zusätzlicher Isolierung gegen die Hitze ausgestattet, gebürstetes Aluminium bildete hochglatte, glänzende Wände. An diesen standen schlichte, unverwüstliche Locker – metallene Garderobenschränke, wahrscheinlich mit allem gefüllt, was die Truppe hier brauchte. Aber keine Vorratskammer, nichts, was gute Kulinarik und Luxus versprach – etwas, auf das die Gäste des Drachen oder des Direktors wohl nicht verzichten würden. Vorsichtig näherte ich mich der Sicherheitstür, die von diesem vielleicht drei Meter langen, abgetrennten Bereich des Korridors in den nächsten führte. Ein elektronisches Schloss, das man sowohl mit einem Code als auch einem NFC-Transponder öffnen konnte.

Bruno warf mir einen grimmigen Blick zu, nickte knapp. Ich hielt die Pistole im Anschlag, fuhr mit der Codekarte des Wächters über die kleine schwarze Sensorenfläche. Ein Piepsen, ein grünes Licht, und die Tür ging auf. Vielleicht würden wir die Spuren der Dekadenz im nächsten Raum finden?

*

Es war das exakte Gegenteil – und in seiner unblutigen Schlichtheit ein verstärktes, boshaft unterstrichenes Grauen. Wir hatten nämlich das Gefängnis gefunden.

Ein schmaler Gang führte an vier Gefängniszellen vorbei, je zwei links und rechts. Die zur Linken waren leer. Die Feldbetten darin wirkten ebenso unbenutzt wie die Edelstahltoiletten, Vertreter jener Modelle, die man sonst nur in Gefängnissen sah. Gegenüber, am nächsten zum Eingang, sahen wir die erste Gefangene, ein japanisches Mädchen, vielleicht zwanzig, vielleicht auch fünfundzwanzig Jahre alt, aber für mich wie ein Teenager aussehend.

Bis auf die weißen Strähnen im schwarzen Haar.

»Das Grauen, Captain, das Grauen«, im ursprünglichsten und dramatischsten Sinne des Wortes. Sie saß auf dem Feldbett, in einen einfachen, uniformen Trainingsanzug gekleidet, die Knie mit den Händen zur Brust gezogen. Ihr Oberkörper wippte vor und zurück, brachte den Kopf immer wieder gefährlich nahe an die Stahlwand hinter ihr. In den Tagen zuvor offenbar auch zu nahe, wie ein verkrusteter, ausgetrockneter Blutfleck hinter ihr verriet.

Ein hässlicher blauer Fleck, inzwischen schon gelb verfärbt, prangte an ihrer Wange, ihre Unterlippe war aufgerissen und geschwollen, im halb geöffneten Mund war ein abgebrochener Zahn zu sehen. Das Schlimmste aber waren ihre weit aufgerissenen Augen.

Ich kannte dieses Starren, tausend Yards weit in die Ferne, durch alles und jeden hindurch – in diesem Fall durch uns. Getragen von Soldaten, die wir nach zwei Tagen aus einem Artilleriehagel bergen konnten, die gesehen hatten, wie es ihre Kameraden rings um sie herum zerfetzte. In den Augen von Kindern, die im Wohnzimmer mitangesehen hatten, wie ihr Vater ihre Mutter mit dem Fleischbeil tranchierte. Bei Autofahrern, die wie durch ein Wunder beinahe unverletzt aus dem zerstörten Wrack kletterten, nur um dann festzustellen, dass der Angehörige oder Freund auf dem Beifahrersitz eine zerquetschte, blutige Masse war, kaum noch als Mensch zu erkennen.

»Das muss ihr der Drache angetan haben. Du weißt ja, wie Chinesen über Japaner denken.«

Marys tonlose Stimme war nicht dazu geeignet, jenes Raubtier zu besänftigen, das in mir erwacht war, sich immer mehr Gehör verschaffte, wütend an den Ketten zerrte, die ich ihm vor vielen Jahren angelegt hatte.

Der Drang, den Drecksack einfach totzuprügeln, der dreizehn Teenager unter Drogen gesetzt und missbraucht hatte, mit live streamender Kamera, und der neben seinem Anwalt sitzend siegessicher grinste.

Der Wunsch, die feige Sau, deren improvisierter Sprengsatz deinen halben Zug zerfetzt hat, einfach mit dem Army-Messer auszuweiden wie ein schlachtreifes Tier.

Das dünne Tuch der Zivilisation abzustreifen, den uralten, primitiven Instinkten nachzugeben, sich im Rausch der Gewalt und Zerstörung am Blut jener zu laben, die ihr Recht auf Leben verwirkt haben.

»Wenn der Drache ein Opfer bestieg, war es danach tot – oder, wie gesagt, Mus. Nicht mehr ansprechbar.«

Ich erinnerte mich an Marys Worte, sah nun mit eigenen Augen, wie sehr sie damit recht hatte. Meine linke Hand ballte sich unwillkürlich zur Faust, mein Herzschlag beschleunigte.

Es war die Hand von Dee, beruhigend auf meine Schulter gelegt, die mich aus meinem Strudel aus Hass und Rachsucht wieder zurück an die Oberfläche, ins Hier und Jetzt brachte. Und dann die unterdrückten Schreie, ein Flehen und Betteln vor uns, in einer Sprache, die mir bekannt vorkam.

Portugiesisch.

In der letzten Zelle befanden sich zwei Brasilianerinnen, aneinandergeklammert, jung und schlank, braungebräunt und langhaarig, zitternd und verzweifelt. Zwei Schwestern, so wie es aussah, die jüngere in Tränen aufgelöst und schluchzend, von der älteren, die ein wenig mehr Fassung bewahrte, im Arm gehalten.

Sie sahen abgekämpft, müde, vielleicht sogar traumatisiert aus, waren ebenfalls in diese beigen Trainingsanzüge gezwungen worden. Aber in ihren Augen war Leben, und ich war vollständig überzeugt, dass ihnen noch kein Haar gekrümmt worden war. Wahrscheinlich wartete ihr Bild noch auf dem Smartphone oder Tablet des Drachen darauf, besichtigt und beurteilt zu werden.

Nein, es war nicht nur Leben in ihren Augen, sondern vor allem Hoffnung. Die Ältere streckte uns eine Hand entgegen, flüsterte, sprach und schrie schließlich die Worte.

»Ajuda! Ajude-nos!« – »Hilfe! Hilf uns!«

Es dauerte einen Moment, ehe ich realisierte, dass sie nicht mich meinte, auch nicht Dee – sondern Bruno. Tatsächlich, ihre flehenden Augen waren auf ihn gerichtet, ebenso die rechte Hand der älteren Gefangenen. Und dann dämmerte es mir, wie er auf sie wirken musste. In ihrer Situation, entführt, gefangen, festgehalten, wohl wissend, was ihnen bevorstand, in der Zelle neben ihnen ein mahnendes Beispiel habend, was aus ihnen werden würde …

… Bruno war Polizei, Bruno war SWAT, Bruno war die verdammte königliche Armee Australiens, so wie er dastand, mit seinen uraustralischen Aborigines-Gesichtszügen, in Uniform und Rangermütze, mit dem schweren Funkgerät an der Seite und der Waffe in der Hand. Ein Vertreter des Staates, von Recht und Ordnung, die sie unerreichbar geglaubt hatten. Der Retter in der Not, und was machte es schon aus, dass er in Wirklichkeit ein wahrscheinlich unterbezahlter Ranger in einem Nationalpark am Ende der Zivilisation war?

Rein gar nichts. All ihre Hoffnung und ihr Vertrauen ruhten auf ihm, und es galt, das Richtige zu tun.

»Bruno, bring sie raus – alle, auch die Japanerin. Sei vorsichtig mit ihr, am besten fasse sie nicht an, lass das die Mädels machen. Und dann rufe die Kavallerie, mit allem Drum und Dran. Am besten auch gleich noch die Royal Flying Doctors, und sage ihnen, dass sie eine Psychologin mitschicken sollen.«

Er zögerte kurz – nicht, weil es ihm nicht passte, von mir eine Anweisung zu bekommen und zu befolgen. Ganz sicher nicht, weil er Angst vor den juristischen Konsequenzen hatte, vor dem Gerichtsverfahren, dass uns alle – und mich ganz besonders! – erwartete. Sondern einzig und allein, weil er sich um uns sorgte, wusste, dass wir ohne ihn die Anlage erkunden würden. Doch dann warf er einen Blick auf die jungen Frauen, in ihre Augen – und nickte stumm. Die Zellentüren öffneten sich, von derselben Magnetkarte entriegelt, und zwei schluchzende, zitternde, aber vor allem befreite Touristinnen fielen dem Ranger um den Hals.

Ich nickte Dee deutlich, Mary kaum merklich zu.

Es war Zeit, den Rest zu sehen.

*

Der nächste Raum war bereits in einem anderen Container – dem ersten der nun angrenzenden Dreierverbände, die Trennwände zwischen den einzelnen Frachtriesen entfernt und neue aus Verbundplatten eingezogen. Im schwach flackernden Licht der Neonröhren über unseren Köpfen unterschied dies nichts von einem zweckmäßigen, aber modernen Army-Krankenhaus.

Oder einer Mischung aus diesem und einem Schönheitssalon. An der linken Wand hingen zwei Spiegel, davor befanden sich höhenverstellbare Sitze mit Armlehnen, die Plastikriemen zum Festbinden widerspenstiger Opfer trugen. Auf einem Beistelltisch lagen Scheren, Kämme, ein Föhn herum, diverse Haarfarben der teuersten Sorte standen auf der Anrichte.

Zur Rechten befand sich die Krankenstation, sogar mit Röntgengerät. Vermutlich hatte der Drache in seiner Paranoia die Opfer auf Tuberkulose durchleuchten lassen – zusätzlich zu den gängigen Tests auf Geschlechtskrankheiten. Mary trat beinahe schwebend neben den Gynäkologenstuhl, der wiederum einem Schrank mit Dessous und Abendkleidern Gesellschaft leistete.

»Hier haben sie uns das brasilianische Waxing verpasst, also jenen von uns, die nicht glatt und *kindlich* genug waren für den erlauchten Geschmack von Drache und Direktor.«

Das Raubtier in mir heulte lauter, trieb Schweißperlen auf meine Stirn. Und nicht nur in mir erwachte die Rage, auch Dee war mehr zornig als erschüttert.

»Sieh dir das an, Pete, sie haben sie aufgeputzt und aufgetakelt für ihre Gäste! Wie die Opfertiere in irgendwelchen archaischen Religionen, die man schmückt und mit Kräutern salbt, bevor sie geschlachtet und verbrannt werden!«

Ein brutaler Vergleich, aber nicht vollkommen unpassend. Wir bewegten uns weiter, gingen in den nächsten Bereich. Da waren die Dienstquartiere, von denen Mary mir erzählt hatte, im Container zu unserer Linken.

Das Licht flackerte, und ich glaubte, ein Geräusch gehört zu haben. Ein metallisches Geräusch. Mein Gehirn begann, mir Streiche zu spielen, aufgeheizt und aufgestachelt von dem Kampf in meinem Inneren.

Hier waren schlichte Esstische und schmucklose Plastiksessel darum herum drapiert, in einer Ecke brummte ein Getränkeautomat vor sich hin. Mussten die Wachen ihr eigenes Cola bezahlen? Wohl kaum, vermutlich wurde das alles von ihren Chipkarten abgebucht. Dann musste zur Rechten, hinter einer Schwenktür mit eingelassenem Sichtfenster, die Küche sein.

War sie auch.

Dee und ich zuckten zusammen, rissen unsere Hände mit den Waffen in die Höhe, als die Tür aufgestoßen wurde und der Koch herauslief, das lange Messer schreiend über den Kopf erhoben. Er sah nicht aus wie ein Chinese, eher wie ein Malaie, ein knapp eins siebzig großer, untersetzter Mann um die fünfzig Jahre, mit einer Halbglatze und langsam ergrauendem Haarkranz darum. Da stand er nun, die Kochschürze mit den fettigen Fingerspuren um den Leib gebunden, ein ganz und gar lächerlicher Anblick.

Das Messer war dies jedoch nicht, besonders nicht in geübten Händen. Aber Pistole schlägt Messer, von wenigen Ausnahmesituationen abgesehen, in der der Schütze dämlich genug ist, den Stecher nahe genug herankommen zu lassen. Wir waren noch fünf Meter entfernt, und er blickte in die Läufe zweier auf ihn gerichteter Waffen.

Angst und Trotz, Zorn und Überlebenswille, eine falsche Loyalität und Vernunft kämpften in seinen Gesichtszügen gegeneinander, einige kurze Augenblicke lang.

Dann ließ er das Messer fallen und hob langsam die Hände.

Das Raubtier heulte nicht mehr, sondern brüllte seinen Hass in meine Seele, fauchte und schrie meinem Verstand geifernde Worte zu.

Er hat es gewusst! Er hat gewusst, was hier abläuft! Vielleicht hat er nicht selbst entführt, vergewaltigt und gemordet, aber er ist einer von ihnen! Ein Schuldiger! Ein Sünder! DAS IST KEIN MENSCH, DAS IST EINE BESTIE! LÖSCHE SIE AUS!

Drei Schüsse aus der Pistole.

Einer in die linke, einer in die rechte Brust, der dritte ins Gesicht, genau in die Mitte gesetzt. Der Kopf zerplatzte, sein Leben erloscht noch im Fall des plumpen Körpers.

Benommen drehte ich mich zu Dee, starrte sie ebenso überrascht wie ungläubig an. Die schluckte, ließ ihre Waffe sinken, von der noch zarte Pulverschwaden aufstiegen, und schüttelte den Kopf.

»Er hat es verdient.«

Mehr sagte sie nicht, mehr musste sie auch nicht sagen, und auch ich hielt meine Klappe, verkniff es mir, ihr dafür zu danken, dass sie den Abzug zuerst gedrückt hatte. Wer zur Hölle war ich, über sie zu urteilen, wenn mein kochendes Blut ihr Beifall klatschte?

Der letzte Raum wartete auf uns.

*

Es war kein Raum, es war eine Suite, größer als die meisten, die ich mir selbst in meiner kurzen Millionärszeit nur ungern gegönnt hatte – ich liebte Luxus, aber nur in Maßen, Protzen zum Selbstzweck fand ich immer schon obszön.

Aber genau das war hier geschehen. Ein Kronleuchter hing in der Mitte des Raumes von der Decke, weit ausladend und dafür kurz gefertigt, eine drei Meter breite, aber nur zwanzig Zentimeter herabhängende Abscheulichkeit aus vergoldetem Messing und Kristallen. Swarovski wahrscheinlich.

Trotz seiner Kürze hing er schon beinahe gefährlich nahe über dem drei mal drei Meter messenden Jacuzzi, der darunter den Raum dominierte. Teurer als mein Auto und damit wahrscheinlich hundertmal so viel wert wie einer der ausgebleichten, verbeulten Pickup-Trucks, mit denen in Forkland, Alabama, ein Redneck seine Meth rauchende Schwestercousinenfreundin zum romantischen Date auf einen Feldweg fuhr, um sie dort auf einer Südstaatenflagge unter den neugierigen Blicken wiederkäuender Weidekühe zu verrohren.

Allein die beiden rotbraun gemusterten Perserteppiche, auf denen schwarz gebeizte Tropenholztische neben ledergepolsterten Lehnsesseln ruhten, waren ein Vermögen wert, ebenso wie die angebrochene Flasche Hibiki Suntory Whisky, 30 Jahre alt, die dort herumstand. Egal wie sehr manche Chinesen Japaner aus Prinzip hassten, ihre Kunst im Schnapsbrennen lehnten sie deswegen noch lange nicht ab.

An der linken Wand hing eines jener sauteuren, neuartigen Gemälde, die man zusätzlich mit NFT auch digital wirklich besitzen konnte. Eine farblich gewagte Interpretation von Marilyn Monroe, deren Rock vom Windstoß hochgewirbelt wurde. Ein echter Murr, wenn ich mich nicht irrte, und das Motiv bildete einen geschmackbefreiten Kontrast zu dem ausladenden, mit rotem Samt und wahrscheinlich ägyptischer Bettwäsche ausstaffierten französischen Bett darunter.

Gegenüber, vor einer Spiegelwand und unter einer ebenfalls verspiegelten Decke, befand sich ein zwei mal zwei Meter großes Wasserbett, nur mit einem schwarzen Satintuch überzogen. Handschellen suchte man hier vergeblich, dafür gab es in Kristallglasschüsseln überbreite Kabelbinder, Fixierbänder, wie sie bei Antiterror- und Riot-Einsätzen benutzt werden.

Mein Raubtier riss an der Kette der Selbstbeherrschung, und sie gab nach. Nur für einen winzigen Augenblick kanalisierte sich meine Wut, raste durch meine Wirbelsäule in den Kopf, prallte von der Schädeldecke ab und fuhr über Hals, Schultern und Arme zurück in meine Fingerspitzen.

Der Boden zitterte, Glas vibrierte.

Ich stöhnte kurz auf, schloss die Augen. Als ich sie wieder öffnete, starrten sie in jene von Dee, wo Sorge, Neugier und ein Anflug von Angst miteinander rangen.

»Was war denn das? Bist du okay?«

Ich blinzelte.

»Nein, bin ich nicht. Wenn ich beim Anblick von all dem hier immer noch okay wäre, würdest du mir mit einer Kugel in den Kopf den einzigen Gefallen tun, den ich noch verdiene. Lass uns weitergehen, ich will sehen, was dort hinter dem Vorhang ist.

Tatsächlich war das hintere Drittel des Raumes abgetrennt, mit einem schwarzen schweren Theatervorhang separiert. Dee und ich gingen auf ihn zu, Mary folgte uns lautlos, gab keinen Laut von sich, als wir das Ungetüm auseinanderzogen und Licht in den allerletzten Bereich der Anlage fiel.

Was war das? Ein Darkroom, eine SM-Folterkammer wie aus einem schlechten Film? Ja, durchaus, mit Andreaskreuz und Streckbank, zweien dieser seltsamen Hängeschaukeln, die für mich immer ausgesprochen ungemütlich aussahen. Aber vielleicht war genau das der springende Punkt, was weiß ich, nicht mein Kink. Wobei ich gegen BDSM überhaupt nichts einzuwenden habe – aber genau das war es eben nicht. BDSM beruht auf Konsens, auf einer freiwilligen Unterwerfung zum eigenen Lustgewinn, auf einer Machtkonstellation, die psychologisch gesehen der Sub mehr Power gibt als dem Dominierenden. Das, was hier geschehen war, hatte damit absolut gar nichts zu tun, nein, es war eine Perversion und Verhöhnung dieser Grundsätze.

Aber nicht das war es, was uns erschreckte, sowohl mich als auch Dee kurz zusammenzucken ließ. Denn an der Rückseite der Anlage befand sich ein zweiter Eingang. Oder Ausgang, wie man es auch betrachten wollte. War dieser ebenfalls bewacht gewesen? Gab es viel mehr Wachen als gedacht?

Ich atmete flach ein, hob wieder die Waffe und stellte mich neben die Tür. Ein kurzes Nicken zu Dee, die mich wortlos verstand, ihre Pistole auf die Türe richtete.

Einmal noch holte ich tief Luft, dann stieß ich die Tür auf.

*

Nichts.

Keine Wachen, keine bewaffneten Schergen, die patrouillierten oder aufgeschreckt von den Schüssen mit den Sturmgewehren im Anschlag auf uns warteten. Lediglich ein schmaler, feinsäuberlich mit weißem Marmorkies ausgestreuter Pfad führte zu einem Parkplatz irgendwo rechts von uns.

Und auf einmal machte alles einen Sinn. Natürlich würde man die Ehrengäste, die zu kompromittierenden Politiker, Bonzen und Wirtschaftskapitäne nicht durch die gesamte Anlage führen, an wimmernden, flehenden Gefangenen vorbei, durch den Speiseraum der Angestellten oder gar durch die alles andere als erotisierende Krankenstation. Nein, ihnen wurde ein roter Teppich ausgerollt – oder zumindest das Äquivalent davon hier, dieser kleine, manierlich gepflegte Weg, der sie direkt zur Spielwiese brachte.

Das Raubtier heulte wieder, und diesmal konnte ich es nicht besänftigen. Es zerrte an meinen Nerven, aber auch an meinem Körper, trieb mich nach vorne in Richtung des Abhangs, der die natürliche Barriere und Rückendeckung der ganzen Anlage bildete.

Finsternis kroch aus der Schlucht nach oben, Schatten wurden zu formlosen, gewaltigen Tentakeln, die nach mir griffen, Grauen schwebte empor und kondensierte zu einer brodelnden Masse. Energien und Ausstrahlungen, die jedes höhere Tier im Umkreis von mehreren hundert Metern fernhielten, eine Aura des Verderbens und Vergehens, des Todes und des Verfalls.

Das Raubtier riss sich los, zog mich nach vorne, ließ mich einen Schritt vor den anderen setzen, immer hastiger, immer schneller, bis ich lief. Jawohl, ich rannte, direkt auf den Abhang zu, Mary nur wenige Schritte hinter mir.

Dee rief mir noch irgendetwas zu, mahnte mich zur Vorsicht – doch ich hörte sie nicht mehr. Das Tier hatte Witterung aufgenommen, und es trieb meinen Körper vorwärts. Ich sprintete in den Busch, über einen offenbar nur selten genutzten Trampelpfad, schmäler als meine Hüften, teilweise überwuchert. Ich erreichte den Abhang, schlug instinktiv einen Haken nach links, wo ein steiler Abstieg in die Tiefe führte. Ich sprang die ersten Meter hinein in den Abgrund, federte schmerzhaft mit meinen Knien den Aufprall ab, stolperte nach vorne, hüpfte und lief den Berg hinab in die enge, von beiden Seiten mit riesigen Eukalyptusbäumen überwucherte Schlucht. Der Mensch lief, das Tier aber galoppierte, sprang, hastete nach vorne, scherte sich nicht um Felsbrocken im Weg, um vom Sturm abgerissene Zweige.

Es lief in die Finsternis, die es ebenso fürchtete wie begehrte, der es als Feind begegnen, die es unbedingt bezwingen wollte. Und Mary folgte, federleicht und elegant, keinen Halm knickend, keinen Kiesel lostretend.

Wir erreichten den Kessel wenige Minuten später, und während das Raubtier jaulte und winselte, meine Aufmerksamkeit auf einen Haufen gut zwanzig Meter vor mir zwingen wollte, erinnerte sich mein Körper daran, sterblich und beschränkt zu sein. Ich keuchte, ich japste, ich rang nach Luft – und drehte mich dann zu Mary, die nicht einmal außer Atem schien, sondern nur starr nach vorne blickte.

Ich schluckte, atmete nochmals tief durch und ging mit erzwungener Ruhe auf den Haufen zu, dessen Details mit jedem Schritt erkennbarer, grausamer und grauenhafter wurden.

Es war ein Leichenberg, im wahrsten Sinne des Wortes. Die ersten Opfer, deren Überreste ganz unten lagen, hatten sie noch versucht zu verbrennen. Geschwärzte, zerborstene Knochen, verkohlte Plastikreste der typischen Ausrüstung abenteuerlustiger Backpackerinnen. Dann musste ihnen eingefallen sein, dass ein Feuer im australischen Busch eine denkbar schlechte Idee war, dass die Rauchsäule auch neugierige Ranger anlocken konnte – und sie waren dazu übergegangen, die neuen Toten einfach auf die alten zu werfen, dann eine Schicht Erde und Gestein hastig darüber geschaufelt, danach die nächste Tote – und so weiter. Über die Monate und Jahre hatte dieses Vorgehen gemeinsam mit den Launen der Natur, Regen, Wind und Erosion, verbündet mit den wenigen Aasfressern hier dafür gesorgt, dass wirklich ein Leichenberg entstanden war, ein widerliches Konglomerat aus roter Erde, gelbem Stein und bleichen Knochen. Ein zersplitterter Oberschenkelhals ragte aus einem klebrig wirkenden Erdklumpen, die linke Hälfte eines gespaltenen Schädels schien mit dem Stein darunter verschmolzen. Dazwischen, daneben und darunter bildeten ausgebleichte, zerfaserte Reste von Synthetikkleidung einen seltsamen Kontrast, verliehen dieser unwürdigen letzten Ruhestätte das Aussehen eines bizarren Kunstwerks, von einem wahnsinnigen Bildhauer in drogenumnachtetem Irrsinn geschaffen.

Das Raubtier verstummte, als ich den Haufen umrundete, in und zwischen die Leichenteile spähte, den Skeletten meine Ehrfurcht schenkte – und den Kunstfaserartefakten meine ganze Aufmerksamkeit. Ich war fast den vollen Kreis gelaufen, als ich zwischen den Resten eines Schulterblattes und einer dünnen gelben Gesteinsschicht das sah, wonach ich gesucht hatte.

Ausgebleicht und zerrissen, aber doch unverwechselbar, lag er dort vor mir, jener auffallend pink-purpur-violette Rucksack, an den ich mich in den letzten Tagen so gewöhnt, der mir als Leuchtfeuer in der Finsternis gedient hatte. Mit belegter Stimme drehte ich mich zu Mary um.

»Hier bist du also gestorben?«

Sie schüttelte den Kopf, und eine sanfte Melancholie drang in ihre Stimme.

»Nein, das haben sie oben erledigt, auf dem letzten Stück vor dem Abstieg, und dann meinen Körper und mein Zeug einfach auf den Haufen geworfen.«

Ja, das machte grausamen Sinn. So minimierten sie das Risiko einer ungeplanten Flucht beim schwierigen Abstieg, und eine Leiche war einfacher zu transportieren als ein Mensch, der sich wehrte. Ich legte all meine Dankbarkeit in den Blick, den ich ihr zuwarf, Dankbarkeit und die auf sie projizierte Gewissheit, dass nun alles besser werden würde. Ihre Konturen begannen zu flimmern, und die ersten Anzeichen von Transparenz erschienen, Sonnenstrahlen, die von ihr nicht mehr völlig abgeblockt wurden, sondern geschwächt durch sie hindurch den Boden erreichten.

Sie löste sich auf, wie es so oft der Fall ist, wenn der Knoten gelöst wird, jenes Trauma aufgearbeitet ist, das den Verstorbenen nicht ziehen lässt, an den Ort seines Schreckens oder Leidens, aber manchmal auch seiner Liebsten bindet.

»Ich danke dir von ganzem Herzen. Weißt du vielleicht, ob Alex auch hier liegt?«

»Ja, auch sie wirst du hier finden.«

Sie nickte und schloss die Augen. Die Abendsonne strahlte durch ihr Haar, durch ihren Kopf, riss mit unsichtbaren Photonen winzige Teile ihrer Essenz mit, die mich trafen.

Es war nicht unangenehm, im Gegenteil.

»Pete?«

»Ja?«

»Sag Marcus, dass ich ihn wirklich geliebt habe. Ich wünsche ihm und Gill alles Gute, von ganzem Herzen. Und meiner Mum. Ich fühle, wie Marcus sich um sie kümmert, und um Gill. Sag ihm, dass ich ihn dafür weiter liebe.«

Ich schluckte und schloss die Augen.

»Ja, das werde ich. Ich verspreche es.«

»Was versprichst du wem? Pete, was ist los? Führst du schon wieder Selbstgespräche?«

Ich riss die Augen auf – und Mary war verschwunden. Nein, nicht verschwunden, aber endgültig gegangen. Stattdessen kam eine keuchende Dee neben mir den Abhang herabgestolpert, sah zuerst mich an, als ob ich den Verstand verloren hätte – und dann den Haufen, vor dem ich stand. So, als ob *sie* gleich den Verstand verlieren würde. Ich zuckte mit den Schultern.

»Ja, genau das. Ich habe *wieder* mit mir selbst gesprochen.«

10. Shangri-La

»Was denkst du, Pete?«

Das war eine gefährliche Frage, besonders wenn sie von der Frau kam, mit der man gerade das Bett teilte. Vielleicht nicht ganz so gefährlich wie das lauernde »Weißt du eigentlich, was für ein Tag heute ist?«, das indirekte Ultimatum »Was sind wir eigentlich füreinander?« oder gar das hinter geschauspielerter Neugier versteckte verbale Todesurteil »Wer war eigentlich diese Brünette, mit der ich dich letzte Woche im Supermarkt gesehen habe?«, aber immer noch Grund genug, alarmiert zu sein. Vielleicht war es Zeit für ein klein wenig Humor, die Ernsthaftigkeit dadurch zu entschärfen, dass ich sie ein wenig auf den Arm nahm.

»Ich denke, Queensland gefällt mir. Es wäre durchaus eine Überlegung wert, mein Büro in New Jersey dichtzumachen und von hier aus zu operieren. Und damit meine ich wirklich von HIER aus. Deine Bude hat alles, was ich brauche – und ein paar sehr nette Benefits obendrauf.«

Sie schüttelte den Kopf in gut gespielter Entrüstung.

»Hey, hey, du vergisst unsere heiligen Grundsätze! Alles casual, *no strings attached*! Du kannst nicht einfach bei mir einziehen, das wäre ja schon fast die Vorstufe zu einem australischen Freundschaft Plus!«

Sie grinste bei den Worten und zwinkerte mir schließlich verschwörerisch zu.

»Was aber nicht heißt, dass du dir bei deinem nächsten Urlaub oder Auftrag hier ein Hotel suchen musst. Nein Pete, ich meine, was du über den Fall denkst, den du – nein, den wir gerade abgeschlossen haben. Wie du dich fühlst.«

Eine interessante Frage.

Wie ich mich fühlte? Im Moment und isoliert von allem betrachtet, was geschehen war, einfach göttlich. Mein Kopf lag zwischen Dees Beinen, also in seinem natürlichen Habitat, mein rechtes Ohr an die Innenseite ihres Oberschenkels gepresst. Ich konnte ihren Pulsschlag hören und fühlen. Meine Nasenspitze, Lippen und vor allem Zunge waren nur wenige Zentimeter von dem attraktivsten und verlockendsten

Feuchtgebiet entfernt, das dieses tropische North Queensland zu bieten hatte, und ihre Hand wuschelte gedankenverloren durch mein Haar.

Glücklich wie die Sau im Schlamm, das traf es wohl am besten. Was den Fall betraf? Zwiespältig. Oh, in gewisser Hinsicht war es ein totaler Sieg. Mein Auftrag war streng genommen erfüllt. Ein ganzes Heer forensischer Mediziner arbeitete gerade daran, die sterblichen Überreste feinsäuberlich zu trennen, eindeutig zu identifizieren. Angehörige von zweiundfünfzig Opfern aus aller Welt würden bald zwar grimmige Gewissheit, aber wenigstens die Chance auf ein richtiges Begräbnis, einen endgültigen Abschluss bekommen.

Noch befriedigender war die Tatsache, dass die beiden Geschwister – in der Tat Brasilianerinnen aus Fortaleza – gesund und wohlauf waren. In wenigen Tagen würden sie ein Flugzeug in die Heimat besteigen, zusammen mit einer Kopie der von ihnen unterschriebenen Geheimhaltungsvereinbarung mit der Premierministerin von Queensland und einem saftigen Scheck. Sie und ihre Familien hatten fürs Leben ausgesorgt. Sakura Hyobashi schien zumindest eine Chance auf Besserung zu haben; ihrer aus Kagoshima hastig eingeflogenen Mutter war es gelungen, sie zumindest aus dem ärgsten Schockzustand zu holen. Sie galt bereits als ansprechbar, ihre körperlichen Wunden würden heilen. Was die seelischen betraf – nun, das würde die Zeit zeigen.

Martin Fitzgerald III. war gerade dabei, die Schandtafeln niederzureißen, sie durch ein richtiges Mahnmal an der Stelle des Massakers zu ersetzen, ganz ohne Namen und Bilder. Dies und uneingeschränkte Landrechte für Eddies Volk waren ein kleiner Preis dafür gewesen, den Namen seiner Familie und seiner Firma aus der Berichterstattung herauszuhalten. Und wer weiß, vielleicht würde das auch den Knoten der Zwanzig lösen, die sich in ihrer Güte Marys angenommen – und mich zu ihr geführt hatten. Wobei, das bezweifelte ich. Die Aborigines hier waren mit ihrem Land und Wasser viel stärker, viel unzertrennbarer verbunden als jede andere Seele auf der Erde. In meiner kleinen, selbst gebastelten

Glaubenswelt sah ich sie weiter ihr altes Gebiet durchstreifen, Seite an Seite mit ihren Vorfahren und deren Vorfahren, die ganze Ahnenreihe zurück, über tausend und mehr Generationen. Ein tröstlicher Gedanke, ebenso wie jener daran, dass mir kein juristisches Nachspiel blühte. Insgesamt acht Stunden lang war ich festgenommen und in Polizeigewahrsam gewesen – damit zwei Stunden länger als Dee und Bruno. Eddie hatte man nur kurz und höflich im Krankenhaus vernommen. Der Befehl kam von oben – und zwar wirklich von ganz oben. Premierministerin, australische Tourismusbehörde und Wirtschaftsministerium waren sich in panischer, ungewohnt schneller Entschlossenheit einig gewesen, dass jedes Aufsehen vermieden werden musste. Weder die Agrarindustrie noch der Fremdenverkehr konnten es sich leisten, dreißig oder vierzig Prozent der Rucksacktouristinnen zu verlieren, wenn die Sache ans Licht kam – und genau in diesen Regionen bewegten sich die vorsichtigen Schätzungen.

Ein Gerichtsverfahren bedeutete immer Aufmerksamkeit, Presse, Öffentlichkeit, und so wurde erstaunlich schnell beschlossen, dass sich die Triadenmitglieder nach einem internen Streit unter massivem Drogen- und Alkoholeinfluss gegenseitig umgebracht hatten. Der geschätzte Elder Uncle Eddie hörte die Schüsse auf seinem traditionellen Bushwalk, alarmierte seinen Neffen, den hochverdienten Park Ranger Bruno, der gerade einer recherchierenden Autorin und ihrem Bekannten die Gegend zeigte, als der Ruf der Pflicht ihn ereilte.

Eine schöne Geschichte und vor allem eine, die kein Gerichtsverfahren, ja nicht einmal den Versuch von weiterführenden Ermittlungen benötigte. Man war sich einig, dass die Strippenzieher im Ausland saßen, irgendwo, wohin der Arm des australischen Gesetzes nicht reichte. Klappe zu, Känguru tot. Und genau das wurmte mich. Wie ich mich fühlte?

»Ich weiß es nicht, Dee. Ich weiß nicht einmal, wie ich mich fühlen soll.«

Sie nickte, kraulte mich dabei hinter dem linken Ohr wie einen Schoßhund, und mir fiel im unpassendsten – oder vielleicht passendsten? – Moment ein, wozu Schoßhunde ursprünglich gezüchtet worden waren. Aber noch war Dee in der Ruhepause, in jener postorgasmischen Klarheit, die vor allem ihre Neugier anzustacheln schien.

»Also, was wirst du jetzt tun?«

Das war eine viel spannendere, viel konkretere Frage. Das Naheliegendste wäre es gewesen, noch eine Woche Urlaub anzuhängen, die Tropen, das Land und vor allem Dee zu genießen, sich dann von ihr leidenschaftlich, aber ganz casual zu verabschieden und die Heimreise anzutreten. Natürlich wollte ich den Direktor, natürlich wollte ich den Drachen, aber man musste realistisch bleiben.

Realistisch. Ha! Von den Zwanzig und Mary hatte ich Dee natürlich nichts erzählt, auch wenn ihre Körperhaltung unbewusst einige Male verraten hatte, dass irgendein Teil ihres Gehirnes auf einer tief verborgenen Ebene die Anwesenheit letzterer registriert hatte. Aber selbst die Erwähnung von Shangri-La hielt ich vornehm zurück, vor meiner Gastgeberin, vor Eddie und natürlich erst recht vor den Behörden. Dem grimmigen Chief Inspector wäre dies nur ein willkommener Vorwand gewesen, mich diskret in einer Klappse verschwinden zu lassen, anstatt mich mit Zähneknirschen, einem Händedruck und dem weitergeleiteten Dank seiner Vorgesetzten auf freien Fuß zu setzen. Eines müsst ihr wissen – man kommt leichter aus dem Polizeigewahrsam, leichter aus einer Untersuchungshaft raus als aus einer Psychiatrie. Vor allem, wenn man behördlich eingewiesen wurde.

Nein, das hatte ich nicht riskiert – aber jetzt sah die Sache anders aus, besonders in Bezug auf Shangri-La. Ich hatte mich schlau gemacht und belesen, wusste, dass das Königreich eine Fiktion war, entsprungen einem mit westlicher Sehnsucht nach Mystik und Frieden geschriebenen Roman. Aber wie so manche Fiktion beruhte es auf einer Legende und diese Legende vermutlich auf einer tieferen, älteren Wahrheit. So war Shangri-La nur ein neuer, erfundener Name für Shambhala, Dreh- und Angelpunkt so mancher buddhistischen Legende. Wo es genau lag? Das wusste niemand, Vermutungen reichten von Bhutan über Tibet bis Xinjiang. Die letzteren beiden würden es in das Herrschaftsgebiet der Volksrepublik China setzen, und hier schloss sich der Kreis.

Ich hatte eine Spur, aber keine, die ich verfolgen konnte. Halt, nein, das stimmte nicht ganz, natürlich KONNTE ich sie verfolgen, Zehntausende Quadratkilometer eines mir nicht unbedingt freundlich gesonnenen Reiches durchstreifen, auf der Suche nach einem mystischen Königreich, das in Jahrhunderten esoterischer und ernsthafter Recherche kein Forscher hatte finden können. Es war nur eine ziemlich bescheuerte Idee. Andererseits, ich war auch ein ziemlich bescheuerter Typ.

»Vielleicht sollte ich nach Shangri-La pilgern.«

Dee stutzte, und ihre Hand löste sich von meinem Kopf. Sie blinzelte kurz, schien in sich hineinzuhören, ihrer inneren Stimme zu lauschen. Oder einfach nur ihrem Magen.

»Du willst mich zum Essen ausführen? Keine schlechte Wahl, Pete, ganz und gar keine schlechte Wahl. Das Frühstück dort ist zwar besser, ich sage dir, diese Bäckerplatte ist so manchen Mord wert. Aber ja, das Dinner ist auch nicht zu verachten, und die Aussicht über das Wasser, in dem sich Mond, Sterne und die Lichter der Stadt spiegeln, phänomenal. Wenn wir es jetzt aus dem Bett schaffen, können wir zum Dinner dort sein.«

Ich fuhr hoch wie von der Tarantel – Entschuldigung, der australischen Trichterspinne – gestochen, versteifte mich und glotzte Dee wie ein Idiot an.

»Von was redest du bitte?«

Sie legte den Kopf in den Nacken und runzelte die Stirn.

»Vom Shangri-La natürlich. Oder besser gesagt, dem Backyard, so nennen sie ihr Restaurant. Was meinst du denn?«

*

»Ich bin ein Vollidiot. Ein gottverdammter, blinder Vollidiot, eine Schande für meinen Beruf.«

Kopfschüttelnd stand ich im Fogarty Park von Cairns auf herrlich grünem, saftigem Gras, umringt von im tropischen Abendwind hin und her schaukelnden Palmen. Über unseren Köpfen kreisten adlergroße Fledermäuse auf der Suche nach reifen Mangos, im Rasen pickten exotische Vögel nach Insekten. Das Rauschen des Meeres vor uns vermischte sich mit den Geräuschen der Stadt in unserem Rücken und dem Gelächter der Bewohner und Touristen an der Esplanade, irgendwo ein paar hundert Meter zu unserer Linken. Ich war im Paradies und hatte doch keine Augen für seine Schönheit, im Moment nicht einmal für jene, die an meiner Seite stand.

Nein, all meine Aufmerksamkeit, gepaart mit viel zu spät einsetzender Erkenntnis und einer Spur Erschütterung, galt dem Gebäude vor uns. Das Shangri-La, ein dreieckig angelegter, in der Grundstruktur drei Etagen hoher und für die hiesigen Verhältnisse luxuriöser Hotelkomplex, der an jeder Ecke einen sechsstöckigen Turm aufwies. Einen im Westen, direkt an der Esplanade, einen im Süden, gegenüber des Fährenterminals – und einen im Norden, einen erhabenen Ausblick über die Bucht bietend.

»Wenn die Wachen recht haben, lebt der Direktor im nördlichsten Turm von Shangri-La, in einer Art Tempel, und steigt von dort nur herab, wenn er zur Anlage fährt.«

Sein Unterschlupf, seine Operationszentrale war die ganze Zeit direkt vor meiner Nase gelegen, und ich Sautrottel hatte es nicht bemerkt, mich in mystischen Legenden verloren, anstatt einfach nur auf eine Stadtkarte oder in ein Hotelverzeichnis zu blicken. Aber noch war es nicht zu spät. Ich wusste nicht, welches Burn-Protokoll die chinesischen Triaden einhielten, aber ich war mir sicher, dass ein kritischer Bestandteil davon ein »lay low«-Befehl war, eine Anordnung, sich im schlimmsten Fall in den Unterschlupf zurückzuziehen und einige Tage oder Wochen auszuharren, bevor man das Land verließ.

Nur so entging man der peniblen, lückenlosen Überwachung aller Grenzen, Flüge und Schiffe, die von der alarmierten Polizei in der Zeit unmittelbar nach dem Aufscheuchen einer Zelle exerziert wurde. Und dann, wenn sich der gröbste Staub gelegt hatte, reiste man per Auto zu einer weit entfernten Metropole, am besten in einem anderen Bundesstaat, wo man Schiff oder Flugzeug bestieg. Letzteres in der Economy-Class, eingepfercht unter Hunderten Landsleuten, die für die Weißbrote alle gleich aussahen.

Dee atmete tief durch, legte mir ihre flache Hand auf den Rücken. Ein angenehmes, ein beruhigendes Gefühl, das mir half, meine Gedanken zu ordnen.

»Dee, da drinnen ist der Direktor, und damit auch der Schlüssel zum Drachen. Ich kann die ganze Schweinebande ausschalten oder zumindest enthaupten.«

Sie ließ ihre Hand meinen Rücken herabgleiten, löste sich von mir und musterte mich skeptisch.

»Okay, ich glaube dir – aber was hast du vor? Sturm auf die Bastille? Vergiss nicht, diesmal sind wir wirklich unbewaffnet – davon abgesehen, dass dies ein Touristenhotel ist. Securitys und Überwachungskameras, vor allem aber Familien und Kinder inklusive. Du kannst da nicht den Yee-Ha-Amerikaner raushängen lassen, dich durch die Anlage metzeln und dabei Dutzende Zivilisten draufgehen lassen.«

Nein, konnte ich nicht, wir waren ja nicht im Irak. Aber es gab andere Mittel und Wege.

»Ich glaube, ich werde einfach höflich an seine Tür klopfen – falls ich so weit komme. Aber zuvor muss ich telefonieren.«

*

Denn in dem Puzzle, das ich zusammengesetzt hatte, klaffte ein riesengroßes Loch. Die Wahrscheinlichkeit, dass die Triade einfach ein großzügiges Schweigegeld an Marys Familie bezahlt hatte, war ausgesprochen gering. Und noch geringer jene, dass die australische Tourismusbehörde Mittel und Wege finden konnte, einen deutschen Nachrichtendienstoffizier an die Leine zu nehmen und zurückzupfeifen.

Was nur eine Option offen ließ: Es musste einen dritten Player geben, dem daran gelegen war, 14K und ihre Taten zu decken. Jemand, der vielleicht gar nicht genau wusste, was hier ablief, aber jedem in die Quere kam, der dieser speziellen Mafia zu sehr auf den Pelz rückte. Und genau das musste geschehen sein. Wahrscheinlich waren sowohl die ehemaligen Army-Kumpels von Marys Dad als auch Manfred Kramm 14K auf die Spur gekommen – nicht in allen Details, nicht mit dem grauenhaften Gesamtbild, das sich mir offenbarte, aber nahe genug, um jemanden nervös werden zu lassen. Leider hatte ich eine Ahnung, wen – die Antwort auf diese Frage war die ganze Zeit dagelegen, griffbereit und offensichtlich.

»Zuerst hat man ihn vertröstet, dann kaltgestellt. Ihm alle Zugänge gesperrt, seine Sicherheitseinstufung widerrufen – und ihm dann in einem Vieraugengespräch, einem nächtlichen Spontanbesuch klargemacht, dass er es auf sich beruhen lassen soll. Falls ihm sein Leben und das seiner verbliebenen Familie etwas wert sei.«

»Irgendetwas mit einem schwarzen gepanzerten Wagen, der eines Abends vor der Tür stand.«

Meine Finger zitterten, als ich eine ganz bestimmte Telefonnummer in meinem Telefon suchte, die Augen schloss, tief durchatmete – und anrief. Scheiß auf die Zeitverschiebung!

Acht Uhr abends hier – das bedeutete sechs Uhr am Morgen in Langley, Virginia, USA. Dennoch war die Stimme, die sich nach dem dritten Klingelton meldete, hellwach, angespannt, vielleicht eine Spur ungehalten, als sie ein einziges Wort knurrte.

»Brannon.«

Ich sah keinen Grund, ausführlicher zu sein als er.

»Special Agent McDewitt.«

Eine Pause, ein kurzes Schnauben.

»Nein Lieutenant, nicht mehr. Es heißt jetzt Assistant Director McDewitt. Warum rufen Sie an? Reicht Ihnen der Dreck nicht aus, den Sie gerade in Australien aufgewirbelt haben?«

Er wusste es – natürlich wusste er es. Es war naiv zu glauben, dass ich irgendwo auf dem Planeten operieren konnte, ohne einen Spion oder, viel wahrscheinlicher, Satelliten der Firma auf mich gerichtet zu haben. Wahrscheinlich war das Mikrofon meines Smartphones sogar an, wenn es ausgeschaltet und mit entfernter Batterie in einem Wandschrank lag.

Scheißegal.

»Nur eine Frage, Assistant Director. Die Triade 14K – wir decken sie, nicht wahr? Spielen für sie die bösen Buben und guten Samariter, bestechen und drohen, manchmal beides, zumindest dort, wo sie keinen direkten Einfluss haben?«

Diesmal war das Schweigen länger, und als Andrew McDewitt es endlich beendete, klang seine Stimme schneidend kalt.

»Lieutenant Brannon, es gibt in unserer Organisation viele hochrangige Leute, die Sie als Sicherheitsrisiko einstufen, das wir besser heute als morgen eliminieren. Denen gegenüber stehen im Moment noch zahlenmäßig mehr und vor allem mächtigere Stimmen, die darauf pochen, in Ihnen ein wertvolles Asset zu sehen. Einen nützlichen Idioten, den man auf Missionen schicken kann, bei denen der Erfolg absolut notwendig und das Überleben des Agenten zweitrangig ist. Sie verstehen?«

Das war mir sonnenklar.

»Ja, ich verstehe. Aber was hat das mit 14K zu tun?«

Er holte tief Luft, und ich konnte mir vor meinem geistigen Auge ausmalen, wie er mit Zeigefinger und Daumen die Nasenwurzel massierte, um die langsam einsetzenden Kopfschmerzen niederzuringen.

»Mit dieser Frage haben Sie gerade das Stimmengewicht deutlich zu Ihren Ungunsten verschoben.«

Okay, mir reichte es. Jahrelang hatte ich den Bullshit mitgespielt, als Part of the Deal akzeptiert, mich an die latenten Drohungen, Versprechen und düsteren Andeutungen der fucking CIA Führung gewöhnt. Eine kleine Abbuchung auf meinem Firmenkonto hier, um mir zu zeigen, dass sie mich jederzeit ruinieren konnten. Die gelegentliche Fake-Autobombe zum Geburtstag oder an anderen Feiertagen, einmal sogar ein Foto von Sam und ihrer neuen Familie – durch ein Zielfernrohr aufgenommen. Ja, man gewöhnt sich daran, wird Opfer seines ganz persönlichen Stockholm-Syndroms.

Aber nicht mehr, zumindest nicht hier und heute, mit beiden Beinen auf der Erde Australiens stehend und dem Kreuz des Südens hoch über meinem Kopf. Vielleicht machte ich nicht die Regeln, vielleicht reichte der Arm Langleys wirklich überall hin – aber das spielte im Moment keine Rolle. Und wisst ihr warum?

Weil McDewitt Familie hatte.

»Wie alt sind die Zwillinge jetzt? Jack und Katie, nicht wahr? Wenn ich mich nicht irre, müssten sie doch um die zwölf sein? In fünf oder sechs Jahren werden beide Ihnen in den Ohren liegen, mit Reiseplänen zum Backpacken und Trampen. Vielleicht Südamerika, vielleicht Europa, vielleicht auch Südostasien. Aber was, wenn es sie nach Australien zieht? Wissen Sie, was der Große Drache von 14K hier abgezogen hat?«

Ein Schnaufen und Knurren mischten sich in sein Schweigen, und die schneidende Kälte wich einer trotzigen, vielleicht schon aufgebrachten Rechtfertigung.

»Nein, *Herr Brenner*, ich weiß es nicht. Wir wollen es auch nicht wissen. Genauso wenig wie wir wissen wollen, wenn ein südamerikanischer Drogenbaron auf unserer Assetliste Leute bei lebendigem Leibe häutet, ein afghanischer, mit uns verbündeter Warlord neunjährige Kinder vergewaltigt oder der zentralafrikanische Rebellenführer, der unsere Interessen unterstützt, einen ganzen Zwangsharem gekidnappt hat. Sie verstehen?«

Oh ja, ich verstand, leider nur allzu gut.

»Also gut, dann nur die Informationen, die ich brauche. Wer ist der Direktor, und wo finde ich den Großen Drachen?«

McDewitt lachte freudlos auf.

»Wir wissen es nicht. So läuft das nicht, nicht mehr, seit die Zeit des Gebrochenen Zahns zu Ende ist. Sie müssen wissen – 14K wurde als nationalistisches Syndikat gegründet, ist eigentlich ein natürlicher Feind der KP in Peking. Dass sie inzwischen dort Kontakte und Einfluss haben, macht sie für uns nur noch interessanter. Aber Kontakte unsererseits zur Führungsebene, Kenntnis der wahren Identitäten? So weit exponieren wir uns niemals, Lieutenant. Ein Geschäftsführer einer ihrer Briefkastenfirmen tritt an den Geschäftsführer einer unserer Tarnunternehmen heran, mit einem Anliegen, einer Bitte. Wir gewähren diese und bekommen dafür gewisse Informationen.«

Ich biss mir auf die Unterlippe und schwieg, was McDewitt leider vollkommen richtig interpretierte.

»Sie sind dabei, eine Dummheit zu begehen, nicht wahr?«

»Vielleicht.«

Der Assistant Director senkte seine Stimme. Eine unnötige und eigentlich sogar dämliche Geste, vor allem, wenn man daran dachte, dass dieses Gespräch garantiert aufgezeichnet wurde.

Macht der Gewohnheit, schätze ich.

»Ich weiß vielleicht nicht genau, was der Große Drache da abgezogen hat, aber ich habe die Berichte der australischen Forensiker gelesen. Wenn Sie einen dummen, störrischen, typischen Brannon-Alleingang wagen, nur gegen die Verantwortlichen dieser Verbrechen – okay, wir kommen Ihnen nicht in die Quere. Hilfe haben Sie keine zu erwarten, aber auch kein Störfeuer. Alles klar?«

Das war eindeutig, aber deswegen noch lange nicht klar.

»Warum?«

»Wegen meinen Kindern. In diesem Punkt haben Sie recht.«

*

Ein modernes, großes Hotel zu infiltrieren ist einerseits viel einfacher als gedacht – und andererseits unerwartet schwierig.

Lasst es mich so simpel wie möglich erklären: Die menschliche Komponente ist auf deiner Seite. Das Personal am Eingang und an der Rezeption wechselt laufend, es gibt Schichten, kein Angestellter kann ohne Blick in den Computer oder seine Smartphone-App feststellen, wer gerade einquartiert ist und wer nicht. Der Trick besteht darin, dass man sich so bewegt und verhält wie ein Hotelgast. Ich trug vielleicht nicht meinen feinsten Anzug, aber he, wir waren in Queensland, dem legersten, gechilltesten Bundesstaat eines Landes, das mit Formalität und Kleidervorschriften ungefähr so viel am Hut hatte wie Jeff Bezos mit dem Zahlen von Steuern. Selbst mein casual Abendoutfit sah hier beinahe overdressed aus. Ich marschierte einfach am Portier vorbei, kaute ein amerikanisch verschandeltes »G'Day« zwischen meinen Lippen hervor, um zu unterstreichen, dass ich wirklich genau das war: ein dummer Tourist. Und es funktionierte, aus mir unerfindlichen Gründen nahm man mir besonders das »dumm« wirklich überall ab, egal ob am Eingang einer Höhle im Nordirak, in der Eiswüste der Antarktis oder auf einem Intelligence-Kongress in Wien.

Seltsam, nicht wahr?

Der offenbar von wuchtigen Torres-Strait-Kriegern abstammende Pförtner widerstand der Versuchung, die Augen zu verdrehen, murmelte ein höfliches »Good Evening« und ließ mich anstandslos passieren.

Phase eins abgeschlossen mit simplem Social Engineering. Der nächste Trick bestand darin, nicht verloren auszusehen. Unser Instinkt verleitet uns dazu, nach dem Betreten eines unbekannten Ortes innezuhalten, uns umzusehen und zu orientieren. Irgendwelchen Vorfahren hat dies in Dschungeln und Höhlen geholfen, nicht gefressen zu werden, was wiederum sehr nützlich dabei war, die eigenen Gene an viele Nachfahren weiterzugeben, die sich ebenso verhielten.

Ich negierte also einige hunderttausend Jahre konstruktiver Evolution, als ich genau dies nicht tat und stattdessen schnurstracks an der Rezeption vorbei in Richtung Korridor marschierte, wo irgendwo die Aufzüge auf mich warteten. Mit anderen Worten, ich ging wie ein bereits eingecheckter Gast auf dem Weg zu seinem Zimmer. Die freundliche Rezeptionistin, optisch asiatischer Abstammung, aber mit australischem Akzent verbrämtes Englisch sprechend, wünschte mir einen guten Abend. Höflich und einladend lächelnd, wie es dem Gesicht des edlen Hauses geziemte. Phase zwei, check.

Nun kam der heikle Teil – denn in den vergangenen Jahrzehnten hatten alle großen Hotelketten die Sicherheitsmaßnahmen drastisch verschärft, ihre Bettenburgen zu sektoral gesicherten Festungen umgebaut. Ihr werdet in euren letzten Urlauben vermutlich bemerkt haben, wie sich die Zahl der Überwachungskameras von Jahr zu Jahr zu verdoppeln scheint. Das ist der sichtbare Teil. Ein anderer, der mitunter als lästig empfunden wird, ist die Beschränkung der Liftnutzung auf die Träger einer Chipkarte, die auch das Hotelzimmer selbst öffnet. In den meisten Häusern regelt diese außerdem, dass der Gast nur in seinem eigenen Stockwerk und den öffentlich zugänglichen – Pool, Bar, Sauna, Fitnessraum – den Aufzug verlassen kann. Alles Teil eines ausgefeilten, komplexen Sicherheitsprotokolls, das von Firmen wie manchmal auch meiner für ein Schweinegeld für Hotels erstellt wird.

So wie hier, aber das spielte für mich keine Rolle – ich besaß nämlich gar keine Karte, zu keinem der Räume. Und deshalb holte ich mein Smartphone hervor, tat so, als ob ich die neuesten Börsenkurse oder Footballergebnisse lesen würde, bis ein passendes Opfer durch den Flur gegenüber der Lifte kam.

Ein bedauernswertes Opfer.

Sie war um die sechzig Jahre alt, sah in ihrer Dienstmädchenuniform – so modern und verzweifelt freundlich diese auch designt war – verloren und fehl am Platz aus. Schwer zu sagen, ob sie aus Indien oder Indonesien stammte, sicher war nur, dass sie hier als unterbezahltes Zimmermädchen – oder Zimmeroma – im Monat mehr verdiente als ihre Familie in einem Jahr. Vermutlich war sie genau das, die Erhalterin einer ganzen Sippschaft, die Brotgewinnerin für zwanzig oder mehr Menschen. Alle waren von ihr abhängig und damit wiederum von dem Job, den sie ohne zu klagen in der Ferne ausübte, um regelmäßig Geld nach Hause schicken zu können.

So jemand widerspricht keinem Gast, wagt es nicht, einen Gefallen abzuschlagen, und ich hasste mich ein klein wenig dafür, dies gnadenlos auszunutzen. Ich wartete ab, bis sie mich eindeutig im Sichtfeld hatte, über den breiten, schweren Schiebewagen mit den Leintüchern und dem Putzzeug hinweg, den sie vor sich her bugsierte. Demonstrativ griff ich in alle meine Hosentaschen, klopfte meine Brust ab, verdrehte die Augen und fluchte sogar – jugendfreundlich – ehe ich ihr einen verzweifelten Blick zuwarf.

Sie senkte den ihren, ehe sie mir freundlich zulächelte und beschleunigte. Es war nicht das erste Mal, dass ein Gast seine Karte auf dem Zimmer vergessen hatte, und es würde nicht das letzte Mal bleiben.

»Könnten Sie bitte …?«

Sie nickte eifrig, hielt aber kurz inne. Das war nicht geplant, und einen Moment lang wurde ich nervös.

»Aber nicht in Zimmer. Nur in Aufzug.«

Erleichtert atmete ich durch, was sowohl echt als auch schauspielerisch nützlich war.

»Ja, kein Problem. Meine Frau wartet im Zimmer auf mich.«

Sie lächelte wieder und nickte.

»Stockwerk welches?«

»Das vierte.«

Das war eine Lüge, aber eine nützliche. Die vierte Etage gehörte noch zum Hauptkomplex, beherbergte unzählige Zimmer. Sie konnte unmöglich wissen, wer dort alles residierte. Wieder – Social Engineering für Anfänger, simpel, aber effektiv.

Oben angekommen orientierte ich mich kurz und bog schließlich nach rechts ab in Richtung des Turmes, bis ich zu den Treppen kam. Denn seht ihr, noch mehr Angst als vor Terroristen und Einbrechern hat man in Hotels vor Feuer.

Nichts macht sich schlechter für die PR-Abteilung als ein paar Dutzend knusprig gebratene Touristen, die es nicht rechtzeitig aus einer Todesfalle geschafft haben.

Es gibt immer eine Treppe, und diese ist immer zugänglich, um im Falle eines Feuers genau das – und horrende Schadenersatzforderungen – zu verhindern. Natürlich führten diese nicht überall hin – nur in Fluchtbereiche. Aber das war ein Problem für später. Ich ging die Stufen langsam hinauf, um nicht außer Atem zu kommen. Es war wichtig, dass ich voll konzentriert und im Besitz meiner geistigen wie körperlichen Kräfte oben ankam. Denn wer wusste schon, was mich im Hauptquartier des Drachens erwartete?

*

Ich kam gar nicht hinein. Kaum hatte ich das Treppenhaus verlassen, einen Fuß in den Korridor des Turmes gesetzt, kreuzte mein Blick auch schon jenen eines Wachmanns, eines Securitys.

Nein, keiner des Hotels, auch nicht ein Mitarbeiter einer lokalen Agentur, sondern wieder ein Triadenmann, gut eins achtzig groß, Schultern wie ein Wandschrank, die ihn in dem schwarzen Anzug noch bedrohlicher aussehen ließen. Dieselbe Tätowierung am Hals, die gleiche Pistole an der Seite. Er war mir körperlich beträchtlich, waffentechnisch unendlich überlegen – und doch zuckte er einen kurzen Moment lang zusammen, als er mich sah.

Vielleicht hatte der Direktor Informanten bei der Polizei, vielleicht hatte er sogar ein Dossier von mir bereits vor sich liegen – aber das musste ein heftig geschwärztes sein. Wenn er Zugang zur unzensierten Wahrheit hätte, wäre er mit seinen Gorillas längst verschwunden, egal was sein Burn-Protokoll ihm vorschrieb. Die kurze Panik in den Augen wich einem Zorn, vielleicht auf sich selbst, auf seine verräterische Reaktion. Die Hand wanderte zur Waffe, zog sie aber nicht, als ich demonstrativ zur Decke starrte, auf die 360-Grad-Überwachungskamera.

»Was willst du?«

Ich lächelte und hob die Hände.

»Nur ein Gespräch mit dem Direktor.«

Er schüttelte den Kopf.

»Es gibt hier keinen Direktor. Ich bin nur Security für ein VIP-Pärchen, das hier ein paar ruhige Tage verleben will, ohne von Paparazzi belästigt zu werden. Du bist doch einer, oder?«

Er war gut, richtig gut, und seine Geschichte war es auch. Die Frage, glaubwürdig misstrauisch und abfällig formuliert, setzte dem Ganzen die Krone auf, versuchte, Zweifel in mir zu wecken, ob ich hier nicht doch das falsche Schwein schlachtete. Ich beschloss, mitzuspielen.

»Also gut. Falls hier doch ein Direktor residiert, richte ihm aus, dass ich morgen zurückkomme, um die gleiche Zeit. Bis dahin kann er ruhig überlegen, wie viel ihm meine Zurückhaltung wert ist.«

Ich konterte seinen Bluff mit meinem, und ich wusste augenblicklich, dass meiner besser ankam. Menschliche Gier war Teil des Kerngeschäfts jeder Triade, jeder kriminellen Vereinigung, von der sizilianischen Cosa Nostra bis zur Trump Foundation. Das war etwas, das er glauben konnte, nein, glauben wollte, etwas, das in sein Weltbild passte. Er wurde unsicher, trat von einem Bein aufs andere.

»Was meinst du mit Zurückhaltung?«

Langsam drehte ich mich im Kreis, meinen Zeigefinger demonstrativ ausgestreckt.

»Ich bin allein hier, nicht wahr? Keine Spezialeinheit der Polizei von Queensland, keine AFP-Shocktroopers mit schwerem Gerät, die den Direktor liebend gerne wegen einiger Touristinnen befragen würden. Das nenne ich Zurückhaltung.«

Er zuckte kurz zusammen, riss sich aber schnell wieder am Riemen.

»Du hast das falsche Zimmer, Mann, habe ich dir ja schon gesagt. Es gibt hier keinen Direktor.«

Ich lächelte breit und deutete eine Verbeugung an.

»Wie du meinst. Trotzdem sehen wir uns morgen, zur gleichen Zeit, genau hier.«

Ich drehte mich um und ging, nicht ohne zumindest kurz darüber nachzudenken, ob ich das Ende der Treppen lebend erreichen würde.

*

Nach der stark heruntergekühlten Hotellobby wirkte die Tropennacht vor mir wie ein Schwamm warmer, feuchter Luft, der mich in sich hineinsog und sanft festhielt. Das klingt für die meisten von euch vielleicht abscheulich, aber ich genoss es, holte lächelnd das Smartphone heraus und wählte Dees Nummer.

»Das war ein Reinfall, wie erwartet. Hast du den Tisch gebucht, den wir haben wollten?«

»Ja Pete, habe ich, genau wie besprochen. Wann kann ich dich erwarten?«

Ich überlegte kurz, blickte auf den Pier vor mir. Hunderte Boote, vom kleinen Zubringer bis zur Luxusjacht, lagen hier vor Anker, und der Holzsteg führte weit aufs Meer hinaus, tief in die Nacht hinein. Die Luft war einfach göttlich, und das Aroma des Ozeans trieb Endorphin in meine Adern.

»Gib mir zwanzig Minuten, ich will mir nur kurz die Beine vertreten.«

»Ich habe gehört, das ist gut für den Appetit. Also gut, ich sehe dich dann.«

Lächelnd ließ ich das Handy in meine Hosentasche gleiten und spazierte unter dem Vordach des Shangri-La hindurch, über den Rasen und Asphalt, der mich vom Steg trennte. Die Lichter der Uferpromenade und ihrer Restaurants hinter mir, das Meer und darauf langsam tanzende Boote vor mir. Ein Anblick für die Ewigkeit, und ich beschloss, ihn voll auszukosten. In besinnlicher Ehrfurcht ging ich hinaus, schlenderte zwischen den Schiffen weiter. Die Lichter und Lampen, die den Steg erhellten, wurden spärlicher. Zuerst alle zehn, dann nur noch alle zwanzig Meter, schließlich nur noch das Licht von Mond und Sternen. Die Geräusche der Nacht verstummten langsam, das Plätschern der Wellen dominierte, beruhigte mein Gemüt zusätzlich.

»Er ist hinter dir. Vielleicht zwanzig Meter entfernt, versucht, sich an dein Tempo anzupassen.«

Dees per Bluetooth übertragene Stimme in meinem Ohr erinnerte mich wieder an den Plan – und ließ mich grinsen. Ich mochte das organisierte Verbrechen, ja, ganz ehrlich – und zwar als Gegner. Sie waren so berechenbar! Natürlich blieb ich nicht stehen, sondern ging genau in der gleichen Geschwindigkeit weiter, tiefer in die Dunkelheit hinein. Irgendwo zu meiner Rechten ankerte ein Partyschiff, Gesang aus einem halben Dutzend Kehlen wehte über das Wasser.

»Zehn Meter. Er zieht etwas aus der Innenseite seiner Jacke. Keine Pistole, ich glaube, ein Messer.«

Das machte Sinn. Egal, was euch diverse Videogames, Hollywoodfilme und schlechte Schundliteratur weismachen wollen – sogar ein schallgedämpfter Schuss bleibt immer noch deutlich hörbar, besonders in einer stillen Umgebung. Zweifellos schliefen zahlreiche Leute links und rechts von uns auf ihren Booten oder waren noch wach, spielten Karten, tranken ein gutes Glas australischen Weins (Sorry Dee, aber mir schmeckt er besser als der französische!) zum Tagesausklang. Ein Schuss, vielleicht sogar mehrere, wäre ein unnötiges Risiko gewesen.

»Fünf Meter.«

Ein weiterer Schritt, den Blick immer noch verträumt auf das Meer gerichtet. Mein Körper nutzte den Kontakt mit dem Holz unter mir, begann, die feinen Vibrationen zu messen, zu erfassen, in meinen Körper umzuleiten. Mein Verstand tat den Rest, berechnete ein dreidimensionales, animiertes Bild der Umgebung in meinem Rücken. Und Dee bestätigte die Präzision.

»Drei Meter. Das Messer ist in seiner rechten Hand, halbhoch. Vermutlich zuerst in die Niere, dann durch den Hals.«

Er war vielleicht kein Soldat, aber ein Gangmitglied, jemand, der sich in den Triaden hochgearbeitet, hochgehehlt und wahrscheinlich auch weit genug hochgemordet hatte, um sogar im Ausland eingesetzt zu werden. Vermutlich ein überragender Messerkämpfer, einer jener Sorte, vor der selbst die Rangers und Marines Respekt haben.

Eigentlich sogar Schiss, aber das würden sie niemals zugeben. Ich schon. Auf Distanz schlägt immer die Pistole das Messer, so wie das Gewehr eben die Pistole, aber in engen Räumen oder im Nahkampf – da gibt es kaum etwas Furchterregenderes als einen wahren Könner der Klinge. Ein schimmernder Wirbelwind aus Stahl, eine Abfolge instinktiver oder jahrelang eintrainierter Bewegungen, Hiebe, die verletzen, Stiche, die töten – wenn auch manchmal langsam und qualvoll.

»Zwei Meter. Sein Körper spannt sich an.«

Das sagte mir mein geistiges Auge ebenfalls. Ich hatte keine Chance gegen einen auch nur leidlich begabten Messerkämpfer, nicht vollkommen unbewaffnet, nicht, wenn dieser das Überraschungsmoment auf seiner Seite hatte.

Hat er aber nicht, diese Glücksgöttin hält ihren Segen über mich, sofern ich alles richtig mache.

Nicht stehen bleiben, um sich umzudrehen, nicht die Geschwindigkeit verändern – sondern die einzig wahre Aktion, keine Reaktion, gebündelt in einer geschmeidigen Bewegung.

Mein rechter Fuß macht einen weiten Schritt nach rechts außen, landet auf den Spitzen, dem Vorderfuß.

Gleichzeitig kommt der Stoß aus den Muskeln des linken Beins, die Drehung, ein Herumwirbeln um die eigene Achse.

Ich beschleunige, bin beim Gegner, noch ehe er realisiert, was geschieht.

Meine rechte Hand packt das Gelenk, meine linke greift seinen Unterarm, zusammen vollziehen sie die Drehung nach innen.

Zu seinem Körper.

Meine Hände, mit aller Kraft von Bizeps und Trizeps, gegen einen Ellbogen von ihm.

Er hat keine Chance.

Dreimal, viermal, fünfmal stoße ich ihm die Klinge in den Leib, zwischen Rippen hindurch, in weiches Gewebe, an hartem Knochen vorbei.

Er reißt die Augen auf, dann den Mund, will schreien, doch seine perforierten Lungen kollabieren bereits.

Ein Röcheln, ein blutiges, schaumiges Blubbern, und rot fließt es aus seinem Mund, während seine Knie zu zittern beginnen.

Ich stoße weiter zu, wieder und wieder, bis sein Körper zu erschlaffen beginnt, sich der verkrampfte Griff um das Messer löst.

Jetzt erst nehme ich die Klinge in meine Hand, wirble ihn an der Schulter herum, drücke meine Linke in Nacken und Schulterbein.

Es ist ein Kampfmesser, bester, dunkel gefärbter Stahl, penibel scharf gehalten, und mit Freude ziehe ich die Klinge durch seinen Hals, durchtrenne Blutgefäße, Kehle und Stimmbänder, schmirgle mit präzisem Druck über die Halswirbel.

Sein Herz pumpt noch verzweifelt Blut, das sein Gehirn niemals erreichen wird, als er in die Knie sackt, ich ihm Chipkarte, Pistole und Handy mit flinken Fingern abnehme.

Ein kurzer Ruck, ein kräftiger Stoß, und der noch zuckende Körper fällt ins Wasser, wird zu einem unerwarteten Festmahl für die Haie.

*

Der Direktor war kein Chinese – zumindest nicht nur, allem Anschein nach eher halb Chinese, halb Indonesier. Das war die erste Überraschung, schließlich waren die Triaden nicht gerade berühmt dafür, locker-flockig Mitglieder anderer Völker in ihren Reihen willkommen zu heißen, jedenfalls nicht auf einer so hohen Ebene.

Die zweite war die vollkommene Ruhe und Gelassenheit, mit der er reagierte, als statt seines Schergen ich in das Zimmer trat, die Mündung der erbeuteten Waffe auf ihn gerichtet. Es war mehr Verärgerung, ein Naserümpfen, was vielleicht auch daran lag, dass er meine Intention falsch einschätzte. Schmale schwarze Augen in einem dunklen, faltigen Gesicht um die sechzig musterten, maßen und beurteilten mich. Und sie lagen daneben.

»Also gut, Mister Brenner, was wollen Sie?«

Für ihn war ich also keine Gefahr, sondern ein lästiges Hindernis, aber eines, das man aus der Welt schaffen konnte. Wenn schon nicht mit einem Mord am Pier, dann eben mit anderen Mitteln.

»Zehn Millionen Dollar, US natürlich, aber in Ethereum, geschickt an ein Wallet, dessen Kennung ich Ihnen jetzt durchgeben werde …«

Er nickte nur, versuchte nicht einmal zu verhandeln, klappte seinen Laptop auf, startete irgendeine App und blickte zu mir.

»Ich höre.«

Es war nur ein Test gewesen, verdammt noch mal! Ich hatte gar kein Wallet, nun, zumindest schon seit Ewigkeiten nicht mehr. Damals, als Bitcoin gerade erst seine zaghaften Babyschritte unternahm, hatte ich meinen alten Spielerechner zum Spaß minen lassen, so wie ich Jahre zuvor SETI Rechenleistung zur Verfügung gestellt hatte. Der Rechner war längst verloren, damit das Wallet und die Coins, mit dem heutigen Wert eines mittelgroßen Top-500-Unternehmens. Ob ich dem nachtrauerte? Ein bisschen vielleicht. Aber das änderte nichts daran, dass ich von diesem hageren, seelenlosen Kriminellen keinen Cent nehmen wollte. Nein, es war nur ein Test gewesen, ob er wirklich eine so große

Nummer war, wie ich vermutete, hoch genug in der Organisation, um zu wissen, wo sich sein Boss befand.

»… und den Wohnort des Großen Drachen, mitsamt seinem echten Namen.«

Der Direktor klappte wortlos den Laptop zu und lehnte sich zurück. Ein kaltes Lächeln huschte über seine Lippen, als er den Kopf schüttelte.

»Keine Chance. Das Geld ist Ihres, wenn Sie wollen. Aber diese Information werden Sie nicht bekommen. Nicht von mir, nicht von jemand anderem in unserer Organisation. Sie können mich auch gleich erschießen, dann haben wir es hinter uns.«

Er meinte es ernst, todernst sogar. Er würde sich von mir eine Kugel in den Kopf jagen lassen, ehe er seinen Boss verriet. Bewundernswert loyal? Vielleicht. Vielleicht hatte er aber auch einfach nur Angst vor dem, was irgendwelchen Angehörigen widerfahren würde.

Unter seinem weißen Hemd, dessen oberster Knopf offen war, konnte ich die Ausläufer zahlreicher Narben erkennen. Erst jetzt fiel mir auf, dass ein Stück seines linken Ohrs fehlte – nicht abgeschossen, nicht abgeschnitten, nein abgebrannt. Eine grimmige Verletzung, ein weiterer Puzzlestein in dem Mosaik einer Gewissheit, die sich langsam in mir manifestierte. Es war unmöglich, die Wahrheit aus ihm herauszuprügeln. Und was die Pistole betraf – nun, es gab Methoden, keine Frage. Direkt angesetzte Schüsse in der klassischen Fünferkombination – linkes Knie, rechtes Knie, linke Schulter, rechte Schulter, dann die Hoden. Die meisten knickten nach dem zweiten Knieschuss ein, im wahrsten Sinne des Wortes.

Er würde es nicht, war standhaft wie der Bruder eines Mafioso, wie ein Geheimdienstoffizier, der jahrelang darauf trainiert wurde, jeglicher Folter zu widerstehen. Sie alle waren loyal und schweigsam, selbst unter größten Qualen.

Und das Abfeuern einer Waffe würde mir auch Schwierigkeiten einbringen, die es zu vermeiden galt. Nein, weder meine Fäuste noch die Pistole brachten mich hier weiter. Das Messer war allerdings eine vollkommen andere

Liga. Als ich die Klinge zog, noch mit Schlieren des Blutes seines Leibwächters befleckt, blitzte zum ersten Mal Angst in den Augen des Direktors auf, gefolgt von einem Anflug von Panik. Ein leichtes Beben der Lippen, hin und her rasende Blicke, meinen Bewegungen folgend, ein Zittern der Knie.

Oh ja, sie alle sind immer schweigsam und loyal, viele bis zum bitteren Ende, und er war es zweifellos auch.

Zumindest so lange, bis ich zu schneiden begann.

Epilog

Terak Township (铁列克乡)
Ulugqat, Kizilsu, Xinjiang, Volksrepublik China

Drei Monate später …

Der Drache erwachte in seiner Höhle, und er begrüßte den sonnigen neuen Tag mit einem herzhaften Gähnen – und schließlich mit einer gerunzelten Stirn, einem Anflug von Ärger und Zorn.

Natürlich war es keine Höhle, sondern das luxuriöse Hauptschlafzimmer im dritten Stock seiner hoch in den Bergen errichteten, zweitausend Quadratmeter großen Villa. Ein Traum in Marmor und poliertem Granit von innen, von außen jedoch eine dreifach gesicherte Festung, die Stahlbeton und brutalistische Architektur mit größenwahnsinniger Ästhetik vereinte. Nicht, dass er sie selbst größenwahnsinnig genannt hätte, und auch sonst niemand, der am Leben bleiben wollte.

Und das wollten sie alle. Auch das immer noch zitternde, wimmernde Bündel neben ihm, der Grund für seinen Ärger. Nein, nicht dass sie wimmerte und vor ihm zitterte, das war genau, was er wollte, was er genoss. Aber die Tatsache, dass sie immer noch dalag, das Laken zwischen ihre Schenkel gepresst, teilweise in Blut getränkt. Ihrem Blut natürlich.

Sie hätte es längst wegbringen, sich und das Tuch entfernen und säubern sollen. Und damit aufhören, sich so anzustellen. Was hatte sie erwartet, wenn sie als sechzehnjährige Philippina nach China ging, um als Hausmädchen zu arbeiten? Dass man sie wegen ihrer Kochkünste geholt hatte?

Lächerlich.

Immer noch verärgert ging er in das Badezimmer, größer als das Haus, in dem er aufgewachsen war, wusch sich und kleidete sich an. Das Dienstmädchen war verschwunden. Gut für sie, sie würde leben, und in einer Woche, wenn er zurückkam, würde er sie wieder in sein Bett holen, sich an ihren Schreien laben.

Er lächelte bei dem Gedanken und trat auf den Flur. Gegenüber öffnete sich die Tür zum zweiten von zehn Schlafzimmern, und ein kleiner, zierlicher Kopf blickte heraus, sah ihm erschrocken in die Augen.

Seine Ehefrau, die dritte, um genau zu sein. Gehorsam senkte sie den Blick, zog sich zurück in ihr Schlafgemach. Sie wusste, was gut für sie war, lebte in keiner Illusion über ihren Wert und ihre Stellung. Was auf der Hand lag, nachdem er ihre Vorgängerin an die Tür ihres Elternhauses hatte nageln lassen, die verfluchte Gebärmutter aus dem Leib geschnitten, die ihm drei kurzlebige Gören beschert, aber keinen Sohn geschenkt hatte. Nummer drei war mit mehr Glück gesegnet und durfte nun den kleinen Drachen erziehen. Eine ehrenvolle Aufgabe, wie der Große befand, als er sich seine vom Koch perfekt weich gekochten Frühstückseier genehmigte und durch die Panzerglaswände auf die Weite seines Landes blickte.

Sein Land – es war genau das. Er herrschte hier, zumindest in diesem Teil der verfluchten und von Peking drakonisch zur Disziplin gebrachten Provinz. Nicht, dass ihn die Konzentrationslager für die Uiguren sonderlich störten, im Gegenteil, sie sorgten für einen ständigen Nachschub an billigen Arbeitskräften, die ruhig verschwinden durften, wenn man die richtigen Wärter bestach. Aber er machte nicht den Fehler, den Staat oder gar die KP als Verbündete zu betrachten. Dies war seinem Vorgänger in der Organisation zum Verhängnis geworden, hatte ihn die besten Jahre seines Lebens im Gefängnis verrotten lassen. Heute war er nur mehr ein kleiner Onkel irgendwo in Macau, naschte am halblegalen Casinogeschäft mit, war nicht mehr wirklich ein Teil von 14K.

Die Organisation gehörte nun ihm, dem neuen Großen Drachen, und er wusste, dass viele mächtige Männer in Peking ihn und die Triade am liebsten ausschalten würden. Klar, es gab informelle Kontakte, vor allem zum Geheimdienst, und er selbst hatte sein eigenes Netzwerk aus hochrangigen Bonzen, vorwiegend auf ihren Trips nach Australien gebaut.

Australien.

Er verzog das Gesicht, als er an diese Niederlage, diese verlorene Operation dachte. Drei Monate war er nun auf dem Trockenen gewesen, sowohl was seine Einladungen an erlesene Kreise als auch seine eigenen Gelüste betraf. Gut, das war ein kurzer Zeitraum verglichen mit den Jahren erfolgreicher Operation zuvor, aber niemand mischte sich ungestraft in seine Geschäfte. Und noch viel weniger in sein Privatvergnügen. Er würde die Kreatur finden, die dafür verantwortlich war, und sie leiden lassen, wie noch kein Mensch zuvor gelitten hatte.

Aber alles zu seiner Zeit. Heute war diesbezüglich sogar ein großer, ein freudiger Tag. In wenigen Stunden würde er nach Kambodscha fliegen, um das Grundstück für die Nachfolgeanlage zu besichtigen. Sehr vielversprechend. Natürlich, das Businessmodell hatte er adaptieren müssen, dort gab es keine Farmen, auf denen attraktive Touristinnen arbeiteten. Aber gut aussehende Backpackerinnen gab es genug, und jetzt gerade wurden zahlreiche Fremdenführer darauf trainiert, diese zu finden, zu beurteilen und ihnen einen Ausflug in einen erst vor wenigen Wochen entdeckten Tempel im Norden zu verkaufen. Ein guter Plan. Kein Wunder, er stammte auch von ihm selbst.

Lächelnd machte er sich auf dem Weg zu seiner Garage, an namen- und gesichtslosen, buckelnden Dienern vorbei, und startete seinen Lamborghini Centenario. Die Fahrt von Terak zum Flughafen Kashgar, wo seine Gulfstream auf ihn wartete, war normalerweise ein Martyrium, drei Stunden für knapp hundertzehn Kilometer brüchiger, schlaglochübersäter Bergstraße.

Nicht für ihn. Er hatte sich seine eigene Schnellstraße bauen lassen, nein, eine richtiggehende Autobahn, eine direkte Verbindung von seiner Residenz zur G314. Eine halbe Stunde, wenn er es gemütlich anging, zwanzig Minuten, wenn er den Lamborghini wirklich ausreizte. Heute war ein schöner Tag, die Sonne malte ein Spiel aus hell erleuchteten Felsen und harten Schlagschatten in diese nördliche Steinwüste Xinjiangs. Er setzte seine Sonnenbrille auf – von irgendeinem belgischen Designer, dreitausend Dollar das Stück, und er hatte zehn für sich gekauft, weitere fünf für seinen Sohn.

Der Motor röhrte beeindruckend auf, und irgendwie hörte es sich tatsächlich wie das Fauchen eines Drachen an, eines Riesen aus alten Legenden und Mythen.

Eines Herrschers der Welt – seiner Welt.

*

Was der Mann, der sich Großer Drache nannte, nicht wusste, nein, nicht wissen konnte, war die Tatsache, dass nur dreihundert Kilometer entfernt der Operateur in einer geheimen Militärbasis bei Akto die Kontrolle über seine Drohne verlor.

Wobei das natürlich nicht ganz richtig war – denn es handelte sich um die neue Hongdu GJ-11 Zìzhǔ, die vollautonome Weiterentwicklung einer der mächtigsten Stealth-Drohnen dieses Planeten. Streng genommen kontrollierte sie niemand, also konnte auch niemand die Kontrolle verlieren. Zumindest hatte sich das der schwitzende Lieutenant als Rechtfertigung zurechtgelegt, als die Drohne anfing, von den Missionsparametern abzuweichen, nach Norden schwenkte und beschleunigte – all seine Korrekturversuche ignorierend.

Das und den Fakt, dass es sich um einen Prototypen, eine Übungsdrohne handelte, die natürlich unbewaffnet war. Keine Raketen, keine Sprengköpfe – nichts davon hatte der unbemannte, semiintelligente Schatten, der nun mit achthundert Stundenkilometern über Kashgar hinwegraste.

Und, ganz ehrlich, er brauchte es auch nicht. In ihrer gegenwärtigen Konfiguration wog die Hongdu rund zehn Tonnen, und bei ihrer aktuellen Geschwindigkeit bedeutete dies nicht weniger als 250 Megajoule kinetische Energie. So viel wie ein schweres Schiffsgeschütz bei einem Treffer ins Ziel brachte.

Das Letzte, was der Große Drache in seinem Leben sah, war ein Schatten, der am Horizont auftauchte, vom Himmel herabstürzte, sich auf ihn warf.

Ein riesiger Vogel?

Ein abstürzendes Flugzeug?

Die Rachegeister seiner Ahnen oder jener, die er getötet hatte?

Er wusste nicht, was es war, und die Zeit reichte nicht aus, um zu reagieren. Kein Bremsen, kein Verreißen des Lenkrades, kein Beschleunigen.

Nur ein Blick, ein Sekundenbruchteil der Gewissheit seines bevorstehenden, unausweichlichen Todes.

Und so war das Letzte, was die Drohne mit ihrer hoch entwickelten Kamera im Hochgeschwindigkeitsmodus aufzeichnete und weiterschickte, das Bild eines Mannes, auf dem das Gesicht klar und deutlich erkennbar war, all sein Grauen und Entsetzen perfekt widerspiegelte. Eine allerletzte Aufnahme, bevor eine gewaltige Detonation die Drohne und den Lamborghini, den Großen Drachen und all seine Ambitionen zerfetzte, pulverisierte, in molekül- bis zentimetergroße Stücke aus Metall und Plastik, Fleisch und Knochen riss.

Aber das Bild blieb für die Ewigkeit. Es zeigte den Blick einer Kreatur, die sich für unantastbar, unangreifbar gehalten hatte und wusste, dass sie nun sterben würde.

*

Ich schickte es mit einer kurzen, zweizeiligen Erklärung per E-Mail an drei verschiedene Empfänger, sauber durch BCC voneinander getrennt. An Gabriela von der Trouten, die endlich von ihrer Tochter wirklich Abschied genommen, aber keine Gerechtigkeit gefunden hatte – bis jetzt. An Marcus Howler, der mit Gill in der Woche darauf vor den Traualtar trat – dies war mein Geschenk an ihn. Und dann an einen aufrechten, ehrhaften Senior Colonel der Luftstreitkräfte Chinas, der aus familiär-persönlichen Gründen den Großen Drachen, aus patriotischen die Triaden selbst genug gehasst hatte, um mir gewisse Steuercodes zu besorgen.

Die Verbindung war langsam, was vielleicht auch daran lag, dass Musk seine Schwärme immer noch nicht über der Volksrepublik absetzen durfte. Aber sie reichte, die E-Mail ging durch. Ich klappte den Laptop zusammen und fuhr die meterhohen Teleskopantennen ein, verstaute das Array zusammengefaltet auf der Ladefläche meines Ural Baijah.

Die Sonne stand hoch am Himmel, und ich blinzelte in Richtung Westen. Fünf Stunden holprige Fahrt über Stock und Stein erwarteten mich, bis ich die kirgisische Grenze erreichen würde. Ich begann sie mit einem Lächeln auf den Lippen.

Dem kalten, freudlosen Lächeln eines Drachentöters.

ENDE

Fragen der Testleser

Wie viel in diesem Roman ist Realität und was ist frei erfunden?

Es ist ein fiktiver Roman mit fiktiven Personen in einer fiktionalisierten Variante unserer Welt. Allerdings basiert er auf wahren Ereignissen und Fakten.

Verschwinden wirklich so viele Backpacker im australischen Busch?

Nein. Australien gehört aber unter den Industrienationen tatsächlich zu den Spitzenreitern in puncto vermisste Personen pro Jahr, und vor allem auch in »vermisste Personen, die nicht wiedergefunden werden«. Backpacker machen einen gewissen Anteil, aber nicht die Mehrheit aus.

Werden Rucksacktouristen auf den Farmen wirklich versklavt / entführt / schlecht behandelt?

Ja, das ist in der Tat ein massives Problem. Vor der COVID-Krise gab es einige Wellen der Berichterstattung und Untersuchungen seitens NGOs und investigativen Journalisten. Das Work & Holiday Visa System bringt Rucksacktourist*innen immer wieder in Situationen, in der sie dem Arbeitgeber mehr oder weniger hilflos ausgeliefert sind. Mehr als die Hälfte aller befragten Farmarbeiter*innen berichteten von chronischer Unterbezahlung, massiven unbezahlten Überstunden und schlechter Unterbringung. Mehr als dreißig Prozent der weiblichen Befragten gaben anonymisiert sexuelle Belästigungen an, zwischen fünf und zehn Prozent eine stattgefundene Nötigung oder Vergewaltigung. Die Dunkelziffer ist extrem schwer zu schätzen – 56 Prozent der Befragten gaben an, aufgrund der Visa-Situation und der damit verbundenen Abhängigkeit Übergriffe nicht zu melden. Entführungen, sexueller

Missbrauch, Tötung und sogar Kannibalismus an Rucksacktouristen kommt in Australien immer wieder vor und sorgt dann für entsprechende Schlagzeilen. Die Täter sind überwiegend männlich, weiß, mittleren Alters und verhaltensauffällige Besitzer abgelegener Farmer.
Durch die COVID-Situation und den Mangel an Rucksacktouristen für die Farmarbeit kam es zu einer leichten Machtverschiebung, inzwischen werden Gehälter bezahlt, die näher am australischen Mindestlohn, in Stoßzeiten und manchen Branchen sogar darüber liegen. Regionalregierungen unterstützen Programme, die Unterbringung, Behandlung und Freizeitgestaltung der Landarbeiter*innen verbessern sollen. Sexuelle Übergriffe und sexualisierte Gewalt sind aber leider immer noch Alltag für viele Helferinnen auf den Farmen.

Ich habe gehört, dass es rechtliche Schwierigkeiten gab?

Das ist vielleicht etwas drastisch formuliert, aber nicht ganz unrichtig. Tatsächlich habe ich aufgrund der im Buch verarbeiteten realen Geschehnisse, der beteiligten Personen und Unternehmen sowie der politischen Verbindungen einen umfassenden Legal Check durchführen lassen, und basierend auf diesem einige Orte und Namen abgeändert.
Entfernt wurden aufgrund des rechtlichen Schutzes der Täter und deren Angehörigen die Hinweise (auch in Dialogen) auf real stattgefundene Verbrechen.

Was hat es mit diesem Sorry Business auf sich? Ist das eine Erfindung von dir?

Nein, das ist eine vollkommen reale und auf die Gegend bezogen so authentisch wie möglich wiedergegebene Beschreibung der Aboriginal Trauerzeremonie. Tatsächlich ist die Abbildung und volle Namensnennung verstorbener Personen in allen Aboriginal Kulturkreisen problematisch. Es gibt einige wenige Ausnahmen, aber nur von Indigenen und meistens auch nur für Indigene klar definiert. Die

Beschreibung, warum diese (fiktiven) Gedenktafeln einen tödlichen Affront darstellen, ist für Queensland und den überwiegenden Teil Australiens allgemein gültig.

Gibt es wirklich zahme Salzwasserkrokodile?

Nein! Und bitte nicht versuchen, eines zu zähmen, ich brauche jede einzelne Leserin und jeden einzelnen Leser. Es gibt aber Krokodile, die so alt sind, dass sie in freier Wildbahn nicht mehr überleben würden, da sie nicht mehr effizient jagen oder ihr Revier gegen jüngere Artgenossen verteidigen könnten. Diese alten Herren und Damen leben in Gefangenschaft und werden großzügig gefüttert, was den Umgang mit ihnen für einen erfahrenen Krokodilhalter tatsächlich großteils ungefährlich macht. Das Vorbild für Hank heißt Cassius, ist geschätzte 110 Jahre alt und lebt auf Green Island. Ich kam ihm auf einen halben Meter nahe, und ich habe seine Flanke getätschelt. Aber keine Illusionen: Er ist immer noch schnell genug, um jeden Touristen zu erlegen, der einen Fehler im Umgang mit ihm macht. Petes Sturz in das Brackwasser hätte in den meisten Fällen weitaus weniger glimpflich geendet.

Ist Uncle Eddie eine reale Person? Wer hat dich in puncto Aboriginal Culture beraten?

Uncle Eddie im Buch ist eine Mischung aus verschiedenen Aboriginal Persönlichkeiten in meinem Umfeld. Den amtierenden Weltrekordhalter im Speerwurf habe ich tatsächlich in Queensland getroffen. Der Namensgeber Uncle Ed ist aber ein beliebter Elder hier in den Blue Mountains, der im Blumendorf Leura künstlerische Workshops für Kinder durchführt und ihnen spielerisch die Kultur nahebringt. Bruno ist inspiriert von dem Aboriginal Straßenmusiker, der mich in meinen ersten Monaten in Sydney begleitete, sowie von einem befreundeten Aboriginal Ranger der NSW Nationalparks.

Meinen Einstieg in die Aboriginal Kultur und den Grundstock meines Fachwissens verdanke ich aber Wayne Hoffman vom Dreamtime Kulturzentrum in Rockhampton, der mich als jungen, dummen Journalisten 2003 und als weniger jungen, aber immer noch dummen Produzenten 2012 an die Hand nahm, belehrte und initiierte. Ja, von ihm habe ich auch Didgeridoo spielen gelernt.

War Mary ein Geist oder ein Produkt von Petes Einbildung?

Ein Geist, den aber nur Pete sehen konnte. Wenn ihr die entsprechenden Passagen noch einmal lest, werdet ihr bemerken, dass niemand außer Pete auf ihre Anwesenheit reagiert oder diese auch nur zur Kenntnis nimmt. Ebenso scheint niemand außer Pete zu hören oder darauf zu reagieren, was sie zu sagen hat. Da sie aber Dinge weiß, die Pete nicht wissen kann, scheidet eine (psychische) Projektion aus.

Die Darstellung der CIA und der Verfolgung ihrer Interessen klingt schon ziemlich dramatisiert. Was davon ist real?

So ziemlich alles. Sowohl die Bereitschaft, jedes Arschloch weltweit zu unterstützen, sofern man gemeinsame Interessen hat, als auch jene, dieses Arschloch über die Klinge springen zu lassen, falls es opportun ist. In diesem fiktiven Szenario hier könnte es durchaus sein, dass der finale Enthauptungsschlag von Pete der CIA in die Hände spielt.

Die beschriebenen Selbstheilungskräfte von Pete sind übertrieben oder frei erfunden, nicht wahr?

Nein. Ich habe selbst schon Beispiele von weitaus spektakuläreren »Mind over Matter« Vorkommnissen und Aktionen selbst miterlebt. Und drei Wochen, nachdem mir im

Krankenhaus gesagt wurde, dass ich mit an Sicherheit grenzender Wahrscheinlichkeit bis an mein Lebensende eine Gehhilfe benötigen werde, im Landesfinale des niederösterreichischen American Football Cups gespielt. (Was, zugegebenermaßen, unglaublich leichtsinnig und dämlich war.)

Ich war schon einmal in Cairns. Ist das Tarrigan's in Wirklichkeit das Gilligan's?

Ja und NEIN. Das Gilligan's ist natürlich das Vorbild für das Tarrigan's meiner Geschichte, was Aufbau, Location und Angebot betrifft. Aber nach allen mir vorliegenden Informationen, Recherchen und Erzählungen ehemaliger Urlauber und Mitarbeiter, ist es ein sauberes Business. Natürlich darauf optimiert, dass die Gäste wirklich den Großteil ihres Urlaubsbudgets dort verprassen, aber rechtlich und moralisch gibt es da nichts zu beanstanden.
Problematisch sind die für naive oder verzweifelte Work & Holiday Visainhaber ausgelegten Hostels, vor allem in den Randzonen der größeren Städte und jene in der Provinz, in der Nähe der Farmen. Diese rekrutieren ihre Gäste oft über dubiose Vermittler in den Hauptstädten (Sydney, Brisbane, Melbourne), locken sie teilweise mit kostenlosen Bustickets in die Einöde. Dort angekommen, bekommt man aber keinen Job – wie versprochen – sondern wird auf eine Warteliste für den nächsten freiwerdenden Posten auf einer Farm gesetzt. Pro Nacht wird dann das Doppelte bis Dreifache der üblichen Zimmer/Schlafplatzkosten berechnet, oft angeschrieben mit dem Versprechen, dass diese Schulden über die künftige Arbeit abbezahlt werden können. Wer das Hostel aber verlässt, verliert seinen Platz auf der Liste und fängt in der nächsten Unterkunft wieder ganz unten an.

Operiert wirklich eine Triade vom Nordturm des Shangri-La aus?

Nein. Das Zimmer des Direktors mit dem Blick über die Bucht war in Wirklichkeit MEIN Hauptquartier während der Recherchen zu diesem Buch. Und ja, das Frühstück dort ist unglaublich gut, und der Preis pro Nacht für die gebotenen Annehmlichkeiten erstaunlich erschwinglich. Ich habe in Australien Motels gesehen, die für ein gutes Apartment mehr verlangen als dieses 5-Sterne-Hotel für mein Turmzimmer.

Ist Wim Dalboe eigentlich Bruce Pascoe und *Red Wombat* in Wirklichkeit *Dark Emu*?

Das ist eine schmerzhafte Frage. Bruce Pascoe galt bis vor kurzem als der bedeutendster Aboriginal Autor der Gegenwart, sein Buch »Dark Emu« als nationaler Schatz und eines der wichtigsten Werke australischer Literatur der letzten Jahre.
Beide Punkte werden seit Februar 2021 massiv angegriffen, und ich konnte die aufkeimende Diskussion nicht ignorieren.
Die Kritik an Pascoe, den ich als Schreiber und Mensch schätze, kam ebenso unverhofft wie jene an »Dark Emu« – und das zu einem Zeitpunkt, an dem dieses Manuskript hier zu zwei Drittel fertig war.
Ihm seine Aboriginal Identität abzusprechen, ist ein perfider Angriff, der eigentlich durch die gängige Definition von »wer ist Aboriginal oder Torres Strait Islander?« nicht gedeckt ist. Um es sinngemäß mit meinem fiktiven Uncle Eddie zu sagen: Wenn du dich als Aboriginal identifizierst, und eine Aboriginal Community dich als derart einstuft und anerkennt, ist es egal, ob du fünfzig, fünf oder null Prozent indigene Vorfahren hast – du gehörst dazu, niemand darf das infrage stellen. Trotzdem wurde das bei Pascoe getan.
Die wissenschaftliche Kritik an seinen Ausführungen ist hingegen valide, wenn auch nebensächlich: Alle ernstzunehmenden Forscher sind sich einig, dass irgendwann irgendwo in Australien Aboriginal Menschen Ackerbau betrieben, Brot gebacken und Häuser gebaut haben. Gestritten wird nur über Zahlen, Verbreitung und darüber, ob

diese ausreichen, eine wissenschaftliche Neueinstufung vom gängigen Bild der Aborigines als »Jäger und Sammler« durchzuführen. Wahrscheinlich nicht.
Die Kritik an dieser versuchten geänderten Klassifizierung durch Pascoe, vor allem aber an der Intention dahinter, muss ich nach reiflicher Überlegung jedoch teilen. Pascoe argumentiert nämlich mit der Einstufung als »Ackerbauer und Landbearbeiter« gegen das Terra Nullius Prinzip, mit dem die britische Krone Australien als ihr Land in Anspruch nahm. Sinngemäß kann man Dark Emu nämlich sehr wohl so lesen: »Da die Aborigines keine herumstreunenenden Nomaden einer Jäger & Sammler Kultur waren, sondern aktiv ihr Land bewirtschafteten, durfte es die Krone nicht in Besitz nehmen.« Das durfte sie meiner Meinung aber ungeachtet der Kultur vor Ort nicht. Es waren Menschen da, das Land ihrcs.
Mehr noch, indirekt propagiert Pascoe damit das eigentlich sehr weiße und eurozentristische Menschenbild einer linearen Kulturentwicklung. Also, dass eine Gesellschaft aus Ackerbauern und Viehzüchtern »moderner« und »hochwertiger« als eine nomadische Jäger & Sammler Zivilisation ist.

Und da wird es gefährlich.

Nicht nur, weil wahrscheinlich tatsächlich der Großteil der Aboriginal Bevölkerung der letzten 50.000 Jahre in die zweite Gruppe fällt und der argumentatorische Schuss nach hinten losgeht. Vor allem aber, weil damit eine Wertigkeit suggeriert wird, die meiner Meinung nach nicht vertretbar ist. Wenn wir, vereinfacht, die Kulturentwicklung als lineare Abfolge von Jäger & Sammler zu Ackerbauer und Viehzüchter zu Agrargesellschaft zur Industrialisierung zu Digitaler Revolution zu Futurismus/Posthumanismus betrachten, liegen wir schon daneben. Wollen wir tatsächlich Manchester 1820 mit Kinderarbeit und Massenelend oder einen Feudalstaat des 11. Jahrhunderts in Europa »höherwertiger« einstufen als Athen 500 vor Christus?

Die Debatte ist eröffnet.

Ich will mich daran aber nicht beteiligen, weswegen ich Bruce Pascoe aus meinem Werk wieder entfernt hatte. Was keineswegs als Urteil über sein Schreiben oder seine Person verstanden werden sollte.

So long,

euer Ivan

Mehr Crime & Thriller gefällig?

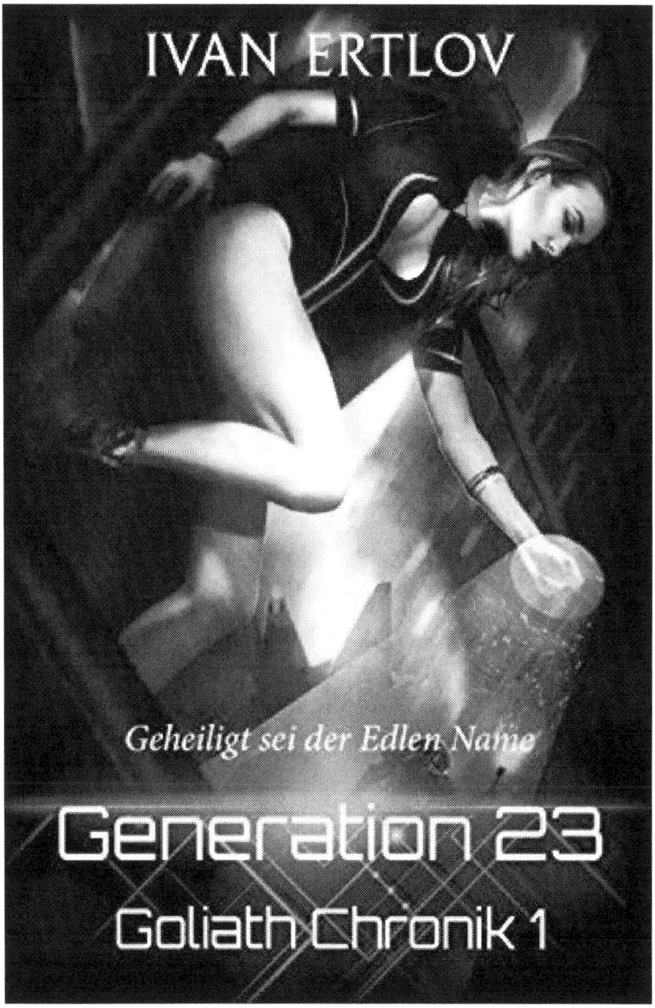

Generation 23: Geheiligt sei der Edlen Name

Seit beinahe 450 Jahren durchpflügt die Trappist die scheinbare Unendlichkeit des interstellaren Raumes. 23 Generationen sind vergangen, seit die Erde verlassen wurde. Die alte Heimat.

Die todgeweihte Wiege der Menschheit, die nur wenige

Jahre nach dem Exodus einem globalen Killer, einem alles vernichtenden Meteoriteneinschlag zum Opfer fiel.
Die Erde ist verloren – doch die Menschheit hat überlebt! In gigantischen Archen, mächtigen Generationenschiffen, die sich auf dem Weg zu neuen Welten befinden. Gebaut mit den finanziellen und logistischen Mitteln von visionären Unternehmern und Investoren, Wirtschaftskapitänen und Politikern. Deren Nachfahren sind es, die als Edle die Gesellschaft am Leben erhalten und das Schiff in Richtung seines Zieles kommandieren. Ihre Weisheit und Weitsicht haben unsere Spezies vor dem Aussterben gerettet.

Maria Gomez ist keine Edle – aber als Justiziarin, als respektierte Unabkömmliche genießt sie ein relativ luxuriöses Leben an Bord. Ihr Beruf vereint Kriminalpolizistin, Staatsanwältin und Richterin in Personalunion. Ihr unterstehen die einfachen Exekutoren und nur der Judikator, der alte, verschlagene Alexey Romanov, hat ihr zu befehlen.

Und das tut er auch – manchmal sogar mit Schadenfreude: Denn als er sie auf die Jagd nach einem Hühnerdieb schickt, ahnt die ehrgeizige Justiziarin noch nicht, dass der größte Kriminalfall ihres Lebens auf sie wartet …

Nach dem manchmal durchaus humorvollen "Onur-Zyklus" und dem teilweise Comedy-inspirierten Science-Fiction-Abenteuer "Mutation" wird es nun zum ersten Mal ernst: Mit "Generation 23" kommt ein düsterer, dystopischer Polit-Thriller, ein Krimi, der die Protagonistin und die Leser an ungeahnte Abgründe führt.

»Auch wenn wir den Humor von Mutation und Onur-Zyklus hier schmerzlich vermissen: Sprachlich und erzählerisch beweist Ivan Ertlov auch in seinem harten, bitterernsten Science-Fiction-Krimi, dass er derzeit zur absoluten Elite der deutschsprachigen Genreliteratur zählt. Ein dystopisches, teils verstörendes Abenteuer, das man sich nicht entgehen lassen sollte.«

– VLP Lese-Ecke, Print-Beilage 06/2019

Erhältlich als Taschenbuch und E-Book!

Weitere Bücher / Reihen von Ivan Ertlov:

Halbar von Malan – Die letzte Prüfung

Prolog zum Fantasy-Epos vom Autor der Avatar-Reihe!

Halbar hat es *beinahe* geschafft: Nach zwei Jahrzehnten harter Ausbildung steht er kurz davor, einer der berühmten und gefürchteten Klingensänger zu werden. Sanktionierte Söldner dämonischer Abstammung mit einem speziellen Ehrenkodex, der als Blutfluch unauslöschlich in sie eingebrannt ist. Mit Fähigkeiten, die normale Krieger vor Neid erblassen lassen und sogar den Magi gelegentlich Respekt abringen. Aber noch steht Halbar die letzte Prüfung bevor – eine geheime Probe, deren Inhalt keinem Anwärter bekannt ist. Sie zu bestehen, bedeutet ein Leben voll Ruhm, Ehre und reichlich Gold. Zu versagen – den Tod.

Als E-Book um nur € 0,99, Taschenbuch um nur € 4,99!

»Krieg! Wir ziehen endlich in den Krieg!«

So tönt es an allen Ecken und Enden des mächtigen Königreichs Farank. Zwerge liefern die neuesten Kanonen, Heerführer versammeln ihre Armeen, um Richtung Norden zu marschieren. Das Ziel ist die freie Stadt Hamb,

Handelsmetropole am kalten Meer. Regiert von Königin Aidasha, der unsterblichen Wasserhexe, letzter Zufluchtsort für mutanderverseuchte Kreaturen ohne Sanktion.

Drachen, Albrae, Werwesen und Meeresungeheuer stehen treu an der Seite der Hexe, machen Hamb zu einem mehr als nur würdigen Gegner für Farank.

Doch dessen König will eigentlich gar keinen Krieg, sieht dem Blutvergießen mit Grauen entgegen. Heimlich startet er einen letzten Versuch, den Frieden zu wahren – Klingensänger Halbar soll vermitteln. Gemeinsam mit einer spitzohrigen Botschafterin der Tha und einem *alten Bekannten* macht er sich auf den Weg in den hohen Norden …

Zwergenstahl & Drachenfeuer
Die Königin von Hamb

Band 1 der Reihe »Tanz des Klingensängers«

Ab Juli 2020 als **E-Book und Taschenbuch** erhältlich!

»Menschen? Wir hätten sie allesamt ausrotten sollen. Zugegeben, sie sind schmackhaft, für Drecksarbeit gelegentlich sogar nützlich, aber man kann ihnen einfach nicht trauen.«

– Aarashkvachora die Grausame

2000 Jahre sind vergangen, seit die vereinten raumfahrenden Völker unseres Spiralarmes ihre ultimative Nemesis in einem heldenhaften Abwehrkampf besiegen konnten. Eine aggressive, skrupellose Spezies breitete sich immer weiter aus, vernichtete ganze Zivilisationen. Erst ein aus Verzweiflung geborener Genozid, die totale Vernichtung ihres Heimatsystems und aller größeren Kolonien, konnte die verhassten Aggressoren stoppen.
Frank Gazer ist einer ihrer Nachfahren – doch er hat kein Interesse, Menschheit und Erde nachzuweinen oder den Verlust einstiger Macht zu betrauern. Er ist ein Prospektor, mit Leib und Seele. Während der kalte Krieg zwischen zwei konkurrierenden Sternenreichen immer schneller eskaliert, macht er sich auf den Weg zu einem lukrativ erscheinenden Kometen. Doch der Irrläufer beherbergt ein Geheimnis, das nicht nur Franks Schicksal, sondern auch jenes von Tausenden Welten besiegeln kann …

Nach der brachial-humorvollen Avatar-Reihe und den Space-Krimis der Goliath-Chronik folgt mit *Stargazer: Das letzte Artefakt* eine rasante Space-Opera.

Sense of Wonder, galaxieweite Abenteuer und bizarre Begegnungen. Nicht nur für Kenner und Genießer von HEAVY METAL: F.A.K.K.², Titan A.E., LEXX: The Dark Zone, sondern ein besonderes Lesevergnügen für alle Freunde außergewöhnlicher Science-Fiction.

Erhältlich als Taschenbuch & eBook!

Mutation – Alte Freunde und profitable Kriege
(Avatar-Reihe 1)

Die Venus – gegen jegliche wissenschaftliche Prognose, Wahrscheinlichkeit und Vernunft erfolgreich terrageformt – hat ein Problem:

Der Sauerstoffgehalt der Luft beginnt langsam zu sinken, und sowohl Mensch als auch gentechnisch optimiertes Tier scheinen mehr Sauerstoff zu verbrauchen als bisher. Fieberhaft wird an einer Lösung gearbeitet, doch kurzfristig scheint Hilfe von außen unvermeidlich. Das autonome Kollektiv, eine geldlos utopische Gesellschaft aus Freidenkern, verrückten Wissenschaftlern, Gelehrten und

Studenten, muss sich zähneknirschend dem Außenhandel öffnen, um die Krise zu meistern.

John Harris, ehemaliger Captain der UN-Streitkräfte, hat ebenfalls ein Problem – er ist pleite. Wieder einmal. In einem Sonnensystem, dessen Handel weitestgehend von allmächtigen Konzernen gesteuert wird, ist nicht mehr viel Platz für einen einfachen Freihändler …

»Die humoristischen Elemente brauchen sich jedoch bezüglich Hintersinn vor keinem Terry Pratchett, bezüglich Kreativität vor keinem Douglas Adams zu verstecken.«
»(…) ein Meilenstein, eine der spannendsten und auch am besten ausgearbeiteten Ich-Erzählungen der aktuellen Science-Fiction.«
– Phantastisch-lesen.com

Preisträger »Goldener Stephan 2019«
Preisträger »VLP« 2019

Erhältlich als E-Book und Taschenbuch!

Der Onur-Zyklus
(Reihe in 5 Bänden)
Preisgekrönte, humorvolle Invasions-Science-Fiction!

Erhältlich als E-Book und Taschenbuch.

Impressum

https://www.facebook.com/ivanschreibt/
c/o Homegrown Games Australia
2780 Katoomba, New South Wales
Johannertl[AT]gmx[DOT]at

Printed in Poland
by Amazon Fulfillment
Poland Sp. z o.o., Wrocław

10398866R00148